SAMANTHA CHASE

Feito
para você

São Paulo
2016

Meant for you
The Montgomery Brothers
Copyright © 2015 by Samantha Chase

© 2016 by Universo dos Livros
Todos os direitos reservados e protegidos pela Lei 9.610 de 19/02/1998.

Nenhuma parte deste livro, sem autorização prévia por escrito da editora, poderá ser reproduzida ou transmitida sejam quais forem os meios empregados: eletrônicos, mecânicos, fotográficos, gravação ou quaisquer outros.

Diretor editorial: Luis Matos
Editora-chefe: Marcia Batista
Assistentes editoriais: Aline Graça e Letícia Nakamura
Tradução: Suria Scapin
Preparação: Nina Soares
Revisão: Alexander Barutti
Arte e adaptação de capa: Francine C. Silva e Valdinei Gomes
Design original de capa: Dawn Adams
Foto de capa: Philip Lee Harvey/Corbis/Latinstock

Dados Internacionais de Catalogação na Publicação (CIP)
Angélica Ilacqua CRB-8/7057

C436f

Chase, Samantha
 Feito para você / Samantha Chase; tradução de Suria Scapin. – São Paulo: Universo dos Livros, 2016.
 272 p. (Montgomery Brothers; 2)
 ISBN: 978-85-7930-945-8
 Título original: *Meant for you*
 1. Literatura norte-americana 2. Romance I. Título II. Scapin, Suria

15-1269   CDD 813.6

Universo dos Livros Editora Ltda.
Rua do Bosque, 1589 • 6º andar • Bloco 2 • Conj. 603/606
Barra Funda • CEP 01136-001 • São Paulo • SP
Telefone/Fax: (11) 3392-3336
www.universodoslivros.com.br
e-mail: editor@universodoslivros.com.br
Siga-nos no Twitter: @univdoslivros

Prólogo

– Não gosto disso.

Eles nunca gostam, William Montgomery pensou. Por que todos tinham de questionar seus motivos quando todas as decisões nos últimos cinco anos – nos negócios e na vida pessoal – tinham sido grandes sucessos? A empresa estava no auge, entre as quinhentas com maior perspectiva de crescimento da revista *Fortune*, tudo graças à sua liderança. E a família? Bem, se não fosse por ele, toda a linhagem Montgomery teria chegado ao fim. Sim, senhor, William tinha feito uma campanha solitária para fazer essa geração mais jovem se apaixonar e constituir família.

Seus três filhos tinham feito sua parte nesse quesito. Por fim, William era o orgulhoso avô de quatro lindos netos e tinha muita esperança de ver esse número crescer. Ele olhou para seu irmão, Robert, e franziu o cenho:

– O que tem para não gostar?

Robert era apenas um ano mais jovem do que William, mas sempre pareceu muito mais velho. Levava a vida muito a sério e nem sempre se deu muito bem com a família. Apenas recentemente o segundo filho mais velho de Robert, James, voltara para a Carolina do Norte, depois de quatorze anos vivendo longe graças às discussões com o pai. William sabia que o irmão amava os filhos, só não se sentia confortável em realmente conhecê-los.

Esse era o dom de William. Era um observador por natureza e, com o passar dos anos, tinha tornado a habilidade uma ciência. Com apenas um pequeno tempo de convívio com uma pessoa, ele conseguia saber quem seria seu parceiro ideal. Foi fácil com seus filhos, pois vivia com eles. Sua sobrinha e seus sobrinhos? Estava demorando um pouco mais.

Por sorte, Ryder e James já conheciam a mulher com quem queriam passar a vida juntos; William apenas precisou dar um empurrãozinho na direção correta. Seu sobrinho mais velho, Zach, era um desafio; estava se preparando para ir escalar no Alasca. Se William não o conhecesse, diria que o sobrinho estava fazendo isso para evitar ficar perto dele. Ele riu. Chegaria a vez de Zach.

— Summer não tem o perfil corporativo, William. Por que você consideraria isso?

— Parece que ela já tentou de tudo – William deu de ombros. – Há um mês ela fica indo da sua casa pra nossa e me parece estar meio perdida. Tudo o que estou propondo é dar um pouco de orientação e ver se ela consegue encontrar um lugar na empresa.

— Mas por que enviá-la para Oregon? Zach ficará furioso.

Quanto a isso, William não tinha dúvidas.

— Não precisa de muita coisa para ele se irritar, ultimamente. Com o tempo vamos perceber o que o deixa tão tenso. Enquanto isso, acho que Summer pode ser uma grande aquisição à sua equipe.

Robert soltou uma risada.

— Você conhece a minha filha? William, Summer é avoada e não sabe nada sobre negócios. Ela pinta, dança, canta. Nada disso será de valor em nenhum lugar da empresa!

William não se importava com a descrição de Summer feita pelo irmão. Robert podia ser o pai dela, mas William sentia-se responsável pela sobrinha.

— Talvez ela faça essas coisas porque ninguém esperou que ela fizesse nada além disso com a sua vida. Me parece que você a vê como uma menina mimada que vai ter um bom casamento e então passar a ser responsabilidade de seu marido.

— Isso deixaria minha vida muito mais simples – Robert disse. – De verdade, William, não acho que isso seja o que ela queira. Ela nem conhece ninguém no Oregon.

— Besteira. Ela conhece o próprio irmão. Já visitou o escritório antes, então, conhece os funcionários. E tem o Ethan.

Robert olhou para o irmão por um momento.

– Ethan? Por que está mencionando o Ethan?

A vontade de revirar os olhos era intensa, mas William resistiu.

– Você tem algum problema com ele? Zach e ele são amigos desde os dez anos de idade. Ele é praticamente da família.

– É mesmo, mas Summer teve uma queda por ele durante muito tempo. Ela estava sempre indo atrás dele e de Zach. Fiquei aliviado quando eles se formaram no colégio e foram pra faculdade. Acho que ela já superou.

– Ele fez algo inadequado? – William perguntou.

– Não. Ele era muito respeitoso, mas é muito mais velho que ela.

– Seis anos não é nada nessa fase. – Pela expressão no rosto do irmão, William percebeu que não estava ajudando. – Tenho certeza que não há nada com que se preocupar. Ele provavelmente a considera uma irmã depois de todos esses anos. E você mesmo disse que acha que Summer já superou a paixonite infantil. Eu só estava indicando que ela teria ao menos mais um rosto conhecido no Oregon.

– Por que não a encaixamos aqui, na Carolina do Norte? Por que mandá-la para a Costa Oeste?

Por que seu irmão estava sendo tão difícil?

– Ela precisa sentir que está fazendo isso por conta própria, sem nenhum de nós a fiscalizando.

– Zach vai ficar em cima dela.

William não tinha a menor dúvida disso.

– A princípio. Depois vai se cansar e deixá-la em paz. Além disso, ele tem essa viagem para Denali em breve, então ela terá a chance de trabalhar por conta própria sem interferência de qualquer um de nós. Pode ser exatamente do que ela precisa para brilhar.

– Summer brilharia mesmo em uma sala cheia de luzes – disse Robert, incapaz de esconder o orgulho na voz.

Isso fez William sorrir. Não era sempre que seu irmão tinha algo positivo para dizer.

– Certamente – William sorriu. – Vamos dar uma chance para Summer brilhar e para mostrar que acreditamos que ela é uma mulher que levamos a sério. Acho que seria excelente para a confiança dela no momento.

– Eu mataria quem a magoasse.

William concordava, mas também sabia que quem quer que fosse o homem, não seria o amor verdadeiro de Summer. William tinha passado muito tempo com a família do irmão para observar bem. Estava muito fácil. Logo ele precisaria achar outro passatempo, mas, por ora, afiou sua flecha de cupido imaginária e se preparou para lançá-la.

Capítulo 1

– Está quieto. Muito quieto.

– Não, está uma paz. Pela primeira vez, em mais de um mês, posso ouvir meus pensamentos.

Zach Montgomery olhou para seu amigo Ethan e sorriu.

– Esse é o problema. Quando Summer está por perto, ninguém consegue ouvir os próprios pensamentos. Estou dizendo, tem algo acontecendo.

– Por que você está procurando por problemas? – Ethan perguntou. – Passou semanas implorando por um pouco de paz e de silêncio e, agora que conseguiu, está reclamando. Apenas agradeça e peça que dure.

Por mais que Zach soubesse que Ethan tinha razão, aquilo não estava lhe parecendo bom. Quando seu pai o avisara de que sua irmã caçula viria para o Oregon tentar seu espaço na empresa da família, Zach tinha ficado tudo menos feliz. Não havia nada de errado com ela em si, mas Summer era como uma força da natureza.

E não no bom sentido.

– Por que ela estaria em silêncio agora? – Zach perguntou enquanto caminhava pelo escritório. – Além de tentar trabalhar em todos os departamentos que temos na empresa e tornar todos seus novos melhores amigos – ela fez cookies para todos do departamento em que ela era assistente; quando estava na contabilidade, organizou o chá de bebê da Sheila; no recursos humanos, ensinou sapateado à filha da Margaret e, no jurídico, cuidou do cachorro do Mark –, ela tem falado muito dessa história de Denali. Eu embarco em menos de trinta e seis horas e ela desaparece? Ela está aprontando alguma. – Ele olhou para o amigo e vice-presidente da empresa e esperou que ele concordasse. – Certo? Ela só pode estar aprontando alguma coisa.

Ethan encolheu os ombros.

– Eu, particularmente, estou aproveitando o silêncio.

A verdade, no entanto, era que Ethan estava preocupado com o paradeiro de Summer, talvez mais do que Zach. Summer tem sido uma distração desde que chegou aqui. Desde que ela deu o primeiro passo para fora do elevador, Ethan se perdeu. Quando a irmã mais nova de Zach se tornou uma mulher tão sexy e intensa? Foi um choque para ele, perceber que a menina com quem havia crescido não era mais uma garotinha. Ela já não era uma chatice e, quanto mais tempo ambos passavam juntos e ele a conhecia, mais intrigado ele ficava. Ele esperava encontrá-la, falar com ela. Ouvir sua risada.

Ver seu sorriso.

Ele estava apaixonado. Ethan deu uma rápida olhada para Zach e ficou aliviado ao ver que o amigo estava muito ocupado olhando para o horizonte para perceber a provável expressão de pateta em seu rosto. Ethan tinha aprendido muito bem a disfarçar seus sentimentos por Summer, isso tinha sido necessário. Se Zach ou algum dos homens da família Montgomery descobrisse que Ethan gostava mesmo dela, estaria ferrado. E, certamente, levaria uma surra. Não era algo pelo que ele esperasse ansiosamente.

Então, ele escondeu seus sentimentos, a afastou e tentou fazer com que ela se sentisse apenas uma amiga, uma colega de trabalho. Mas não era assim. Summer era iluminada, tinha uma energia impossível de ser ignorada. Às vezes, bastava que ela entrasse em uma sala para ele sentir essa força. Ethan queria abraçá-la e conversar com ela. Infelizmente, sempre havia um de seus irmãos ou primos ou tios por perto, prontos para dar o bote quando ele baixasse a guarda. Era muito difícil lidar com todos eles.

E agora? Sim, ele estava feliz por ter paz, quietude e uma chance de ser ele mesmo em vez de observar como falava, olhava ou se movia quando Summer Montgomery estava por perto. Ele faria o que pudesse nesse aspecto até ela querer sair para sua próxima aventura qualquer.

– Por que ela não atende o telefone? – Zach resmungou, tirando Ethan de sua introspecção.

– Talvez você tenha, enfim, conseguido tirá-la do sério – Ethan retrucou. Honestamente, lidar com aquela família era o suficiente para fazê-lo ser grato por ser filho único. Num minuto Zach reclamava de a irmã estar por perto, no outro, reclamava por ela não estar ali.

– E o que isso quer dizer?

Ethan levantou-se e caminhou na direção da grande janela, parando ao lado de Zach.

– Escute – ele começou, colocando a mão no ombro do amigo –, você não foi hospitaleiro com sua irmã desde que ela chegou. Deixou que ela soubesse, diariamente, que não levava o seu interesse pela empresa a sério por achar que ela iria embora assim que lhe desse na telha.

– E? – Zach disse, um pouco incomodado. – É verdade! Ela já foi... o quê? Fotógrafa, instrutora de ioga, guia turístico de Nova York... Então teve aquela coisa de passeadora de cães. Quer dizer, Summer é dispersa, Ethan. Ela está desperdiçando o meu tempo e o da empresa ao vir aqui brincar no mundo dos negócios como se fosse a Barbie executiva.

– Isso foi muito frio, Zach, até mesmo pra você.

– Olha, você conhece minha irmã basicamente desde que me conhece. Estou exagerando? – Ethan negou. – Summer é um espírito livre. Minha mãe deve ter tido essa intuição quando ela nasceu para lhe dar um nome tão adequado ao seu jeito de ser.[1] Ela é incrivelmente talentosa e criativa; só precisa canalizar essa energia para outro lugar e me deixar em paz.

– E não é isso o que ela está fazendo? – Ethan o relembrou.

– Não. No momento ela está sendo um problema para mim. Fico ouvindo ela me encher por conta da escalada e como estou sendo irresponsável e...

– Bom, ela tem razão.

Zach revirou os olhos e disse, irritado:

– Você também? Já superamos isso, o médico me liberou.

---

[1] *Summer*, em português, significa "verão". (N. E.)

– E você sabe que isso não significa nada. Conheço você há muito tempo, cara, sei quando não está cem por cento. E você não está. Ainda está se recuperando da última viagem.

– Foi só uma perna quebrada. Não foi nada de mais.

– É demais quando não se está completamente curado. Você precisa ser um pouco mais responsável. Não é um percurso fácil. É preciso estar em excelentes condições físicas, e você não está.

– Isso não vai ser um problema.

– Zach...

– Podemos voltar ao tópico que discutíamos? Summer, e como ela está fazendo manha em algum lugar, provavelmente esperando que eu cancele meus planos para ir atrás dela. Bom, não vai funcionar. Não vou cair nessa.

– Não dá para ter tudo – murmurou Ethan, ao se virar para ir embora.

– Desculpe? – Zach disse encarando o amigo.

Ethan largou as mãos, frustrado, e voltou.

– Não posso ficar repetindo isso. Você diz que não a quer por perto, aí, quando ela não está aqui, você surta. Decida-se, Zach!

Ethan estava certo, Zach sabia, mas isso não o acalmava. Ele se afastou da janela e sentou-se, apoiando a cabeça sobre as mãos.

– Ela é como um pequeno furacão. Ela vem, revira tudo e vai embora. Só queria que ela atendesse às minhas malditas ligações. Assim eu saberia que ela está bem antes de partir para Denali.

– Já perguntou para os funcionários? Talvez ela tenha comentado com alguém para onde iria.

– Não tinha pensado nisso. – Zach levantou a cabeça e considerou as palavras de Ethan. – Ela fala tanto que deve ter dito algo pra alguém daqui. – Imediatamente, ele pegou o telefone e chamou sua assistente para vir à sua sala. Enquanto esperava, virou-se para Ethan. – A Gabriella sabe de tudo o que acontece neste prédio. Se ela não souber onde a Summer está, estamos ferrados.

– Estamos? – Ethan disse, soltando uma gargalhada. – Desculpe, amigo; sua irmã, seu problema.

– Nem vem – disse Zach, displicentemente. – Ambos sabemos que você é praticamente parte da família. E sei que lá no fundo você também está um pouco preocupado com ela.

Mais do que você imagina.

Por sorte, Ethan não precisou responder, pois a assistente de Zach entrou na sala. Gabriella Martine parecia ter saído das páginas da *Vogue* italiana. Ela era alta e magra, com curvas suficientes para chamar a atenção dos homens. Ethan sempre admirou sua beleza, mas não de forma a querer tomar alguma atitude. Gabriella tinha cabelos pretos, olhos azuis e era dona de uma postura fria e distante.

Ethan parecia preferir as loiras de olhos escuros, pele clara e natureza falante.

Summer Montgomery.

Ele estava ferrado.

– Queria me ver, senhor Montgomery? – Gabriella perguntou com a frieza habitual.

– Você sabe da Summer? – Zach perguntou, inclinando-se sobre a mesa.

– Tem algo errado? – Gabriella perguntou, olhando para ele com uma expressão de estranhamento.

– Ela não atende o telefone, e eu queria falar com ela antes de partir, amanhã à noite.

– A última vez que falei com sua irmã foi ontem. Ela precisava de ajuda com alguns detalhes para agendar uma viagem. – Ela olhou, curiosa, para Zach e Ethan. – Não pareceu nada de mais.

– Uma viagem? – Zach gritou, levantando-se. – O quê? Ela está pensando em ir pra Carolina do Norte sem dizer uma palavra? Por que não me contou?

Gabriella pareceu se encolher diante da momentânea explosão. Ethan estava prestes a intervir, mas ela recuperou-se rapidamente.

– Ela não vai voltar para a Carolina do Norte, senhor Montgomery. Summer estava fazendo planos para passar o fim de semana fora com... um acompanhante.

– Um acompanhante? – Zach repetiu, completamente estupefato. – E quem é esse acompanhante? – Ele se virou para Ethan. – Você sabia disso? Sabia que Summer estava namorando?

Ethan estava muito surpreso para conseguir responder. Summer estava namorando? Quando isso tinha acontecido? Como ele não sabia? Buscou na memória, tentando se lembrar de ter visto Summer com alguém, mas não conseguiu. Ele ficou louco. De raiva e de ciúmes. Sentindo que Zach também estava irritado, Ethan negou e se virou.

– Para onde eles vão? – Zach perguntou para sua assistente, que lentamente caminhava para a porta, mas parou ao ouvir a pergunta.

– Ela... ela reservou um final de semana em um desses resorts de águas termais.

Zach estava xingando em voz baixa.

– É a cara dela, soltar uma bomba dessa logo antes da minha partida.

Gabriella deu um passo em direção ao centro da sala e disse:

– Sem querer desrespeitá-lo, senhor, mas Summer não soltou uma bomba. Ela simplesmente fez o que o senhor pediu. Foi embora. Ela sabia que vocês dois continuariam brigando se o senhor fosse pra essa... escalada que vai fazer – ela disse, com uma pontada de desaprovação. Ao arquear de sobrancelhas de Zach, ela limpou a garganta. – Então ela decidiu não deixar o ambiente mais estressante antes de sua partida. Se me perguntasse, eu diria que ela quis ajudar.

Zach deu a volta na mesa, olhando para sua assistente, até ela começar a caminhar para a porta novamente.

– Me ajudar? Me ajudar! – ele gritou. – Como ir viajar no fim de semana com algum homem que nenhum de nós conhece pode me ajudar? Essa pequena façanha não diminuiu meu estresse, só aumentou! Ligue para ela! Agora!

– Não.

Zach e Ethan ficaram congelados diante da única palavra dita, suavemente, por Gabrielle.

– Me desculpe? – Zach disse, irritado.

– Eu disse não. Esse não é um problema da empresa. Obviamente é um problema familiar. Se quiser minha opinião, Summer fez a única coisa que poderia fazer. Ela não concordava com o que o senhor está prestes a fazer nem... – ela parou. – Se quiser discutir com ela, gritar com ela, vai ter de fazer isso sozinho. – Ela olhou para o relógio. – Vou almoçar. – Ela se virou em seus saltos ridiculamente altos e saiu da sala, fechando a porta ao passar.

Os dois se olharam, completamente atônitos.

– O que acabou de acontecer aqui? – Zach perguntou. – Ela nunca falou comigo desse jeito! O que está acontecendo com as mulheres deste lugar? É tudo culpa de Summer. Gabriella nunca me deu trabalho até hoje. Até Summer aparecer.

– Cara – Ethan o interrompeu –, você precisa parar de culpar sua irmã por tudo. Está começando a se perder. Acho que já terminou o que tinha de fazer por aqui. Vá para casa, termine a mala. Vou ajeitar as coisas no escritório e nos encontramos no aeroporto amanhã à noite. Acredite em mim, não vai conseguir nada ficando aqui. Apenas... vá para casa.

– Droga, Ethan! Como eu posso me arrumar e deixar Summer por aí com um cara que ninguém conhece? Eu deveria estar tomando conta dela, e ela se mandou com um estranho!

– Ok, muito drama? – Ethan foi sarcástico, esperando desviar a situação. – Apenas porque você não sabe nada sobre esse cara, não quer dizer que tenha algo de errado com ele.

– Ela está aqui faz um mês, Ethan. Na primeira semana, não saiu da minha vista. Então ela conhece esse cara há poucas semanas. No máximo. Não gosto disso. Talvez eu deva ir até esse resort falar com ela. – Zach passou os olhos pelo escritório em busca das chaves. – E se for aquele maldito que acabou com a vida dela em Nova York? E se ele tiver vindo até aqui e estiver tentando voltar com ela? Pode ser que ela acredite nas besteiras que ele disser sobre estar arrependido e nas promessas de que aquilo nunca mais vai acontecer. Como se fosse verdade.

Ethan o impediu de sair do escritório.

– Zach, recomponha-se. Está se preparando para uma escalada. Precisa de foco. – Ele sabia que se arrependeria de suas palavras, mas não pôde evitar. – Eu vou. Falo com Gabriella e vou tentar colocar um pouco de juízo na cabeça de Summer.

— Você também vai escalar, Ethan. Não tem por que ficar procurando minha irmã pelo litoral.

— Tem uma ideia melhor?

A derrota se abateu sobre Zach.

— Não. Mas se alguém deve ir, sou eu. Summer é minha responsabilidade.

— E essa escalada é algo para o qual você vem se preparando há um ano.

— E você não?

Ethan deu de ombros.

— Vai ser incrível, lógico. Mas estou indo pelo passeio. Não tenho pretensão de chegar ao topo. Isso é com você, cara. Eu fico feliz de chegar à metade.

— Qual o sentido disso? — Zach balançou a cabeça. — Você deveria estar lá comigo! Imagine que bacana estar no topo, olhar para baixo e ver o mundo! — Ele pegou Ethan pelos ombros. — Você não consegue ver? Essa será a nossa maior aventura! — Quando Ethan não respondeu, Zach tirou as mãos de seus ombros. — Você costumava querer as mesmas coisas que eu, o que aconteceu?

Ethan deu um passo para trás e deu de ombros mais uma vez.

— Não aconteceu nada comigo. Só não sinto mais essa necessidade. Você queria fazer isso, e eu acho incrível. Estarei lá com você, como sempre. Se eu chegar ao topo, ótimo; se não chegar, tudo bem.

— Que droga.

— Entende agora por que eu posso ir atrás da Summer? Você precisa se concentrar, se preparar. É isso o que importa. Eu vou, acho sua irmã, falo com ela e verifico o cara. Encontro você amanhã à noite. Prometo.

Zach pensou por um minuto.

— É bom mesmo, cara. Ela pode estar em qualquer lugar. Esses resorts estão espalhados por todo canto. Não quero fazer isso sem você.

— Não perco essa viagem por nada — sorriu Ethan.

•

Foi necessária toda a paciência de Ethan para fazer Zach sair do escritório. Ele não conseguiu respirar até as portas do elevador se fecharem e, mesmo depois, foram cinco minutos completos antes de conseguir relaxar. Ele olhou no relógio e viu que Gabriella deveria estar de volta do almoço a qualquer minuto. Sua relação profissional com ela sempre fora boa, então, supunha que não seria difícil obter a informação sobre o destino de Summer.

E com quem ela tinha ido.

Será que Zach estaria certo? Será que o ex-namorado de Summer estaria tentando reconquistá-la? Summer não tinha contado muito a respeito dele, além do tanto que a fizera sofrer, e isso era o bastante para Ethan querer matá-lo. Por mais que quisesse acreditar que Summer fosse mais forte do que isso – que não acreditaria nas desculpas e promessas do cara –, não podia ter certeza. Ethan a conhecia há muito tempo, mas não com essa profundidade. Ele odiaria ter de chutar o cara e mandá-lo embora correndo o risco de Summer ficar brava com ele por isso.

Com os punhos cerrados ao lado do corpo, ele caminhava. Onde estava Gabriella? Andava de um lado para o outro, de um lado para o outro, até começar a se sentir um personagem de Edgard Allan Poe, lentamente enlouquecendo e ouvindo apenas o tique-taque do relógio na parede. Ele tinha muita coisa para fazer antes da ida a Denali com Zach no dia seguinte; esse pequeno desvio certamente não o ajudaria de forma alguma. Infelizmente, ele estava colocando a necessidade de Zach à frente da sua para que o amigo pudesse se concentrar.

Ao longe, ele ouviu o som de uma gaveta se fechando e Gabriella chegando em sua mesa. Ethan abriu seu melhor sorriso descontraído e foi até a recepção. Ao ver a expressão ansiosa da assistente ao olhar em volta, Ethan soube exatamente como dar continuidade a isso.

– Não se preocupe, eu o mandei para casa.

– Ah, ok. – Ela relaxou visivelmente.

Ethan deu a volta e sentou-se na beirada da mesa.

– Só entre nós, eu não conseguia mais aguentá-lo por um minuto. Já é ruim o suficiente ter de viajar com ele, mas espero que nessas vinte e quatro horas ele se acalme.

– Só podemos esperar – disse ela, friamente, organizando os papéis em sua mesa.

– Ele já tem muito na cabeça, e você conhece Zach; gosta de controlar tudo e todos. Sei que ele só está preocupado com Summer, mas ele precisa perceber como fica louco de vez em quando.

– Tento sempre. – Ethan escondeu um sorriso. – Bem, acredite em mim, conheço os dois há muito tempo; isso não é novidade. Acho que ele não consegue evitar se sentir responsável pela Summer. E a Summer? Adora irritá-lo. E é boa nisso. – Gabriella mal prestava atenção. – Ainda assim, não podemos culpar Zach por se irritar. Quer dizer, está lidando com tantas coisas no momento... O mínimo que ela poderia ter feito era dizer para onde ia.

– Sei o que está fazendo, Ethan – disse Gabriella, finalmente, suspirando. – Uma coisa é eu ficar entre vocês dois quando estão discutindo; é muito diferente quando se trata de Zach e de Summer.

– Por quê? – Ethan ficou confuso.

– Eles são irmãos. Vocês dois são os principais executivos da Montgomery; às vezes é preciso que eu intervenha e mande cada um para sua sala até as coisas esfriarem. Mas, da forma como vejo, esse é um assunto privado, uma questão de família. Eles precisam resolver isso sozinhos. Não é da minha conta.

Ele odiava quando as pessoas lhe davam argumentos lógicos.

– Mas vai afetar Zach na escalada. É isso o que você quer? Que ele fique tão distraído que cometa erros bestas que podem machucar tanto ele como os outros membros da equipe? Só quero saber o nome da cidade para onde ela foi, Gabriella. Só isso. Por favor. Pela segurança de Zach.

– Golpe baixo, Ethan. – Ela olhou para ele.

– Também vou escalar – disse ele, aproximando-se dela. Ele sabia que estava quase conseguindo. – Zach é o líder. Preciso saber que fiz tudo possível para garantir que ele esteja concentrado. – Ethan parou e observou a reação da secretária. – Por favor, Gabriella. Se não quer fazer por ele, faça por mim. Só quero ter certeza de que Summer está bem.

– Está bem – suspirou ela. – Summer foi para Burns. Há um resort em que você fica em uma enorme tenda, com uma banheira particular perto das fontes. Ela vai hoje, mas não sei o horário.

– Obrigado – disse Ethan, aliviado, antes de descer da mesa e ir para o seu escritório.

Usando o telefone da empresa, ele tentou ligar para Summer. A ligação caiu direto na caixa postal. Pensando no que precisava fazer, percebeu que poderia delegar seu trabalho aos executivos juniores e sair em trinta minutos. Primeiro, ele passaria na casa de Summer, caso ela ainda não tivesse saído. Se por acaso se desencontrassem, passaria em casa para pegar algumas coisas e depois dirigiria cinco horas para o sul. Acampar em uma barraca? Só Summer para fazer isso. A maior parte da família dela morreria se tivesse de ficar em algum lugar com menos de cinco estrelas. Mesmo Zach, com todo o seu gosto por esportes radicais, nunca ficou em um lugar que não fosse luxuoso.

Essa família seria a sua morte.

Com um pouco de sorte, Ethan encontraria Summer antes de ela ter partido, e tudo seria resolvido antes que ele precisasse conhecer esse acompanhante misterioso e lutar contra a vontade de esganá-lo. Era o que ele menos precisava em um dia como aquele. Antes de conseguir sair da enrascada em que se metera, Ethan convocou uma reunião de emergência e fez o que pôde para amarrar todas as pontas soltas do escritório e sair em busca de Summer.

Ele não sabia ao certo o que esperava conseguir. Havia o fator óbvio de acalmar Zach, mas, no processo, estava claramente se torturando. No último mês, Ethan tinha dado seu melhor para se manter distante de Summer e nunca ficar sozinho com ela. Ao ir atrás dela, ele certamente estava provocando o destino.

O que ele diria ou faria quando a encontrasse? O que diria ao acompanhante misterioso que não resultasse em se expor e perder o voo para Denali? Summer Montgomery não tinha feito nada além de deixá-lo confuso durante boa parte dos últimos vinte anos; ele já deveria estar acostumado.

No entanto, de alguma forma, a imagem de Summer quando adolescente e agora, da mulher que se tornara, trazia dois tipos de confusão diferentes à sua mente. Antes era uma sensação fugaz, um desejo caprichoso. Agora? Ele a desejava como um homem, com todos os sentimentos que vêm juntos. Não fosse sua amizade com Zach e sua proximidade com toda a família Montgomery, Ethan teria se aproximado de Summer assim que ela havia se tornado adulta.

Ele era muito leal.

Ele tinha medo de estragar tudo.

Ele estava totalmente perdido.

Capítulo 2

No que ela estava pensando? Summer sempre estava pronta para uma nova aventura, mas talvez devesse ter pensado um pouco melhor a respeito dessa. O fato de que aquilo iria irritar seu irmão era animador. A suave voz do GPS a informava que ainda faltavam cem quilômetros.

– Eu deveria ter vindo de avião – murmurou para si. – Viajar de carro é ótimo, mas essa viagem está sendo um pouco mais longa do que eu esperava. – Summer não se importava em dirigir, até achava relaxante, mas sentiu inveja ao ver sua companhia de viagem dormindo. – Nota mental: dormir um pouco durante o fim de semana.

Uma coisa era dizer, outra, bem diferente, era fazer. Há meses Summer não tinha uma boa noite de sono – uma das consequências de ter sua vida virada do avesso e não saber qual o próximo passo a tomar.

Por outro lado, sua família sempre foi ótima, e quando seu pai e seu tio William sugeriram a mudança temporária para a Costa Oeste, Summer não viu por que recusar. O que ela tinha a perder?

Nada.

Esse era o problema.

Apesar de todas as viagens, empregos interessantes e o constante fluxo de atividades em sua vida, Summer Montgomery não tinha nada. Não tinha uma casa, uma carreira ou alguém que a amasse. Bom, exceto sua família, mas eles não contavam. Não da forma como ela queria. Summer queria um homem em sua vida. Alguém que fosse profundamente apaixonado por ela e que despertasse o tipo de paixão que só se vê em livros.

Ela achava que tinha conseguido ao menos uma parte disso com Alex. Ele a tirou do chão – literalmente – quando ela andava com os cachorros de seus clientes. Depois desse primeiro encontro, Alex começou a caminhar com ela pelo parque, contando sobre seu amor por cães e a proibição de ter animais em seu prédio. Summer ficou triste por Alex e gostou do fato de ele querer passar tempo com ela – e com os cachorros. Ele era atencioso e romântico, dizia as coisas certas, mas era tudo mentira. Foi um desastre descobrir que ele, na verdade, era casado e tinha dois filhos em Chicago. Nunca houve um questionamento a respeito das constantes viagens, isso fazia parte do trabalho dele. O que ela não sabia é que ela era parte das viagens, e não o contrário.

Ser a outra lhe dava náuseas. Aquilo não era para Summer, não era quem ela queria ser, e ainda assim, era exatamente no que tinha se transformado. Não demorou muito para ela arrumar a mudança e voltar de Nova York para a casa da família, na Carolina do Norte. Mas depois de um mês lá, Summer começou a ficar inquieta. Deve ter sido óbvio para todos, pois quando seu pai e seu tio a chamaram para conversar, pareciam ter tudo planejado. Já deviam vir trabalhando nisso há algum tempo para que todos os detalhes estivessem acertados, inclusive o apartamento em Portland.

Mudar-se para a Costa Oeste era, definitivamente, uma boa mudança de ritmo para Summer, mas ela ainda não se sentia completamente em casa. Era como se soubesse que aquilo seria temporário e se contivesse. Seria diferente se seu irmão não a tivesse recepcionado com a mais crua hostilidade.

Típico de Zach.

Não que ela estivesse esperando algum grande gesto ou uma festa de boas-vindas, mas teria sido bom se ele ao menos lhe desse um sorriso de vez em quando ou dissesse que estava feliz por tê-la ali. Não era do perfil de Summer fugir dos desafios, mas nesse ponto em particular de sua vida, ela precisava de mais carinho e atenção, e menos de... bom, de o que quer que Zach estava lhe dando.

Todos os funcionários da Montgomery a haviam recebido de braços abertos, calorosamente. Até Ethan.

Ela suspirou ao se lembrar de como ele ficou contente ao vê-la chegar. Era como se a estivesse esperando. Ela se derreteu ao ver aquele olhar. E se não fosse a mediação que fazia entre ela e Zach, ela provavelmente já teria partido. A música tocava no carro. Talvez a estação de músicas românticas não fosse a melhor escolha, mas combinava com o seu estado de espírito. Um dia ela teria tudo o que as músicas diziam: amor, paixão e alguém que desejasse apenas ela.

Não ela e mais uma esposa e dois filhos.

Maldito Alex.

Um leve ronco vindo do banco do passageiro fez Summer sorrir. Ser capaz de dormir tão sonoramente, tão profundamente, era algo a ser invejado. Talvez esse fim de semana fora a ajudasse a alcançar ao menos um pouco de paz. Apesar de não ser grande fã do estilo, pensar em dormir em uma barraca com uma banheira privativa de água quente parecia algo feito para ela. Ela sabia que podia ser um pouco excêntrica. Ninguém na família jamais consideraria algo assim. Bem, eles não foram convidados.

Já fazia tempo que tinham saído do perímetro urbano, e Summer ficou aliviada quando o GPS anunciou que faltavam apenas cinquenta quilômetros. Ou ela estava correndo muito ou tinha perdido a noção do tempo. Não importava, já estava quase chegando, e seria uma dádiva sair do carro e esticar as pernas.

Deu mais uma olhada para sua companhia de viagem e sussurrou:

– Só você, eu, uma banheira, águas termais e as estrelas no céu. Parece perfeito.

Um fim de semana longe de tudo e de todos era exatamente o que ela precisava para ver alguma perspectiva em sua vida. Quem sabe? Talvez, quando voltasse para Portland, teria um rumo, seria capaz de encerrar esse infeliz capítulo de sua vida e seguir em frente.

Com um propósito renovado, Summer acelerou e sorriu:

– Bem-vinda ao primeiro dia do resto da sua vida, Summer. Que assim seja.

•

Uma das maiores vantagens de trabalhar em uma companhia multibilionária era ter o avião da empresa a seu dispor. Ethan não sabia por que não havia pensado nisso antes; ele já não tinha muito tempo, então, por que dirigir quase cinco horas para chegar ao seu destino quando poderia pegar um voo e chegar em quarenta e cinco minutos? Ele não se sentia mal em usar o avião, afinal, era uma questão relacionada aos Montgomery – mesmo que fosse uma questão pessoal.

Quando chegou na casa de Summer, não sabia se ficava aliviado ou perturbado por descobrir que ela já tinha partido. Energia e tempo seriam economizados se ela ainda estivesse lá, mas ao menos ele agora tinha um pouco mais de tempo para pensar no que iria lhe dizer. A ideia de parecer um dos irmãos dela não o agradava. Para começar, Ethan não queria que Summer o visse dessa maneira. Fora isso, ele nunca concordou com a forma como Zach, Ryder e James a controlavam. Ela era a caçula da família, a única garota, mas era como se fizessem o possível para mantê-la de fora. Era como se Summer fosse uma filha única com três irmãos. Ele não queria fazer parte disso.

Ethan poderia se apresentar simplesmente como seu amigo, alguém que apenas estava se preocupando com ela, mas pressentia que ela enxergaria sua verdadeira motivação. Não havia como negar que ele estaria ali, primeiramente, por causa de Zach. Ethan podia ser muitas coisas, mas não era mentiroso. Talvez fosse melhor desempenhar muito bem aquele papel. Era seguro, era esperado. Summer não questionaria. E, enquanto isso, ele teria a chance de ficar com ela sem ninguém os observando e, também, de certificar-se de que ela estava bem.

Apesar de Summer não dar detalhes das razões pelas quais se mudara de Nova York, Ethan já havia percebido que ela não tinha partido de forma alegre. Talvez por alguma questão profissional, ou pode ter sido um daqueles momentos em que Summer ficava inquieta e precisava se mudar. Nenhum dos dois casos seria uma surpresa, mas ele percebia uma tristeza nela que o fazia considerar a existência de mais alguma coisa. As pessoas terminam relacionamentos o tempo todo sem que precisem mudar de estado para superar a separação. Ele esperava que Summer tivesse um grupo de amigos em Nova York para lhe dar suporte e fazer com que ela não quisesse partir. Se tinha sido por conta do término, o que o cara teria feito?

O pensamento o encheu de raiva. Como alguém poderia machucá-la? Esse infeliz fazia ideia da sorte que tinha por estar com uma mulher tão divertida, cheia de vida e amor? Ethan tinha namorado muitas garotas e nenhuma chegava perto do grau de vivacidade de Summer mesmo se tentasse. Qualquer homem que se afastasse dela por vontade própria era um idiota. Ele tinha procurado por uma mulher tão incrível como Summer, e isso se mostrou uma tarefa impossível. Se ele tivesse a oportunidade de, ao menos, cogitar um relacionamento com ela, agarraria a chance com as duas mãos e não largaria nunca.

Uau... espera aí, ele pensou quando o avião começava a descida para o pouso. De onde veio esse pensamento? Ethan sabia dos muitos, muitos poréns no caso de um relacionamento com Summer e, ainda assim, estava considerando a possibilidade de um relacionamento estável? Bom, isso encerraria a possibilidade de os homens da família Montgomery quererem castrá-lo caso o relacionamento acabasse, mas ele nunca tinha pensado em se casar.

Não mesmo?, uma voz interna perguntou. Nunca pensou porque não pode se casar com a única mulher que realmente quer.

– Ah, cala a boca... – ele murmurou e girou os olhos diante do absurdo pensamento. Ele estava indo para o meio do nada, atrás de uma mulher que desejava e não podia ter, tudo para ajudar um amigo. *Otário*, a voz caçoou e, infelizmente, Ethan teve de concordar:

– E um pouco masoquista, aparentemente.

Distraindo-se com a paisagem que podia ver pela janela, Ethan esforçou-se para afastar os pensamentos de casamento e tentou voltar a se concentrar no que iria dizer quando, de fato, encontrasse Summer. Ele não tinha ideia de quando ela havia pegado a estrada, então, ele poderia chegar antes dela. Isso não seria péssimo: correr para chegar e acabar tendo de esperá-la? Essa era a sorte dele.

Embora Gabriella não tivesse dado o nome do resort, Ethan havia pesquisado na internet e descoberto que havia apenas três opções. Ele já tinha alugado um carro para pegar quando chegasse ao aeroporto e o GPS de seu celular estava com suas opções de destino carregadas, para que pudesse usar seu tempo da melhor maneira possível. Ele poderia ter insistido um pouco mais para conseguir a informação precisa, mas achou que já havia importunado a assistente de Zach o suficiente. Se não tomasse cuidado, ele se veria tendo que ir atrás de seus próprios almoços e cafés ou acabaria com uma interminável sequência de funcionários temporários ineficientes para ajudá-lo em projetos futuros. Gabriella era muito boa em seu trabalho, e ele precisava lembrar-se de tratá-la com respeito. Até Zach sabia que deveria tratá-la bem.

Até aquele dia.

Ethan deu de ombros. Aquilo não era problema dele. Zach teria de resolver isso com ela quando voltasse de Denali. No momento, Ethan tinha seus próprios problemas. Já estava indo resolver os conflitos entre Zach e sua irmã, e não faria o mesmo em relação ao conflito de Zach com sua assistente.

Não dá para fazer tudo.

Quando o avião, enfim, pousou, Ethan pegou seus poucos pertences – telefone, carteira, casaco e óculos escuros – e foi falar com o piloto.

– Gostaria de poder lhe dar uma ideia mais precisa do horário de volta, mas, infelizmente, ainda não estou certo de qual será meu destino final.

– Sem problemas, senhor Reed. Já combinei de fazermos procedimentos de manutenção enquanto estivermos aqui, então, estarei ocupado por várias horas.

Com um aceno e um agradecimento, Ethan seguiu pelo aeroporto até a locadora de veículos. Como tinha ligado muito em cima da hora, ele não tinha certeza de que o carro seria de seu agrado, mas, no momento, não estava em posição de escolher. Irritado com o processo lento, Ethan esperou sua vez e quando finalmente chegou ao balcão, seus piores medos se confirmaram:

– Sério? – Ele disse ao garoto atrás do balcão, dando um passo para trás para mostrar seu tamanho. – Não tem como eu caber em um carro compacto! – Ele ia matar Zach por conta disso.

– Sinto muito, senhor, não temos mais nada disponível. Se preferir, posso encaminhá-lo a uma de nossas outras unidades e talvez eles possam...

Ethan ergueu a mão para que o rapaz parasse de falar.

– Estou realmente com pressa – disse. – Pode me dar esse mesmo que você tem aí.

Com um pouco de sorte, Summer estaria em sua primeira parada, e o tempo que passaria espremido naquele microcarro seria abençoadamente curto. Ethan assinou os papéis necessários, pegou a chave e saiu pelo estacionamento, xingando Zach o tempo todo.

De certa forma, ele sabia que deveria estar também muito irritado com Summer, mas era muito mais fácil direcionar sua raiva para Zach. Ele não se permitia demonstrar emoções quando o assunto a envolvia, eram anos de prática.

Todas as esperanças de que o carro fosse maior do que ele esperava acabaram quando Ethan viu o pequeno veículo branco de duas portas. Ele rezou e destrancou a porta antes de dobrar seu corpo de forma nada natural. Mesmo com o banco completamente para trás, ele ainda se sentia espremido. Ethan se ajeitou da melhor forma que pôde, pegou o GPS e se esforçou para lembrar que estava fazendo algo bom. Estava mantendo a harmonia entre irmãos.

Entre duas pessoas a quem ele amava.

Apenas de formas completamente diferentes.

•

Era tudo diferente. Summer já tinha se ajeitado em sua barraca e estava um pouco entorpecida com a experiência. Havia pouca mobília, e isso não era um problema. O tempo estava mais quente que o normal; então, assim que colocou roupas mais confortáveis, deixou a entrada da tenda aberta para que o ar fresco pudesse entrar.

– O que fazer primeiro? – ela se perguntou ao sair e olhar para a propriedade. – Poderia ir nadar nas termas, ou posso deitar e relaxar aqui mesmo.

Summer batia o dedo no queixo enquanto considerava as opções. Não demorou muito para perceber que estava muito ligada para simplesmente deitar e relaxar em qualquer lugar. Olhando para dentro da tenda, viu que sua companhia havia decidido relaxar no acolchoado sobre o chão. Algo que Summer não poderia fazer.

– Ioga é o que vai ser – ela murmurou, sabendo que meia hora de prática acalmaria seu corpo e sua mente. Ela então estaria pronta para aproveitar plenamente não só a banheira no meio de seu quarto improvisado, mas também as termas ao ar livre, caso decidisse caminhar até lá.

Summer sempre estava preparada. Caminhando pelo espaço, pegou seu tapete de ioga da mala e decidiu abri-lo do lado de fora de seu abrigo temporário. Depois de se posicionar, ela puxou o ar profundamente e, lentamente, o soltou.

Será que tem alguém olhando?

Talvez chova enquanto estou aqui fora.

Trouxe minha própria comida, mas, e se eu quiser sair para comer?

Essas calças deixam meus tornozelos grossos?

Relaxando, ela bufou de frustração.

– Ok, claramente ainda não estou bem. – Esforçando-se para limpar a mente, retomou a posição e respirou profundamente diversas vezes.

Summer ficou aliviada quando começou a ouvir os sons da natureza em vez das vozes em sua cabeça. Curvando-se lentamente, ela tocou o chão e manteve-se na posição. Trabalhando o corpo todo, Summer começou a sentir os músculos relaxando. Depois de fazer algumas posturas de alongamento, ela se levantou, respirou fundo e, enfim, encontrou a paz que procurava há mais de um mês. Sem querer perder a paz interna que tinha encontrado, começou uma série de agachamentos. Seu corpo doía, e ela se recriminou por ter ficado tanto tempo sem se exercitar. Ela então passou para a posição do cachorro olhando para baixo até estar pronta para fazer algumas de suas posturas favoritas.

As inversões sempre foram as suas preferidas, e não demorou para ela se curvar, dobrando-se ao meio, na posição do arado. Um de seus instrutores de ioga havia lhe dito que essa postura a ajudaria a dormir. Ela ainda não tinha comprovado, mas continuava esperançosa.

– Eu poderia ficar assim por horas – disse, delicadamente, ouvindo os sons à sua volta. Pássaros cantando… água correndo… vento assoprando… porta de carro batendo. Espera aí, porta de carro batendo? O que…?

Era raro Summer fazer exigências quando se hospedava em algum lugar. Esta tinha sido uma das poucas vezes em que havia feito. Ela requisitara ficar hospedada distante do público em geral e dos demais hóspedes. Pelo que haviam lhe dito, era uma barraca exclusiva, com sua privacidade garantida. Seus olhos estavam fechados e ela respirava profundamente, mas não havia como se enganar: era o som da porta de um carro se fechando e passos se aproximando dela.

E foi assim que Ethan a encontrou, de um jeito que ele não achava ser possível para seres humanos. Ele quase tropeçou ao ver o corpo perfeito de Summer completamente dobrado ao meio.

Sem sair de sua postura, ela disse:

– Oi, Ethan. O que você está fazendo aqui?

Capítulo 3

Ele claramente estava sendo punido por algo que havia feito em uma vida passada. Era a única explicação que Ethan podia cogitar por ter se metido em tal situação.

– Hum...

Graciosamente, Summer desfez sua postura, sentando-se antes de se levantar e entrar na tenda. Ela saiu, um momento depois, com uma garrafa de água nas mãos, e perguntou novamente:

– Então?

– O quê? Ah, sim – gaguejou Ethan. – Seu irmão ficou um pouco desesperado quando não conseguiu falar com você pelo telefone. Partimos amanhã à noite para a escalada, e ele estava ficando louco sem saber onde você estava.

Ela ergueu uma de suas sobrancelhas perfeitamente desenhadas:

– É mesmo?

Ethan fez que sim.

– Bom, então, Ethan, me diga uma coisa – disse ela, se aproximando dele. – Se Zach está tão nervoso, por que é você que está aqui e não ele? – Ela parou a centímetros dele, com um sorrisinho no rosto e as mãos no quadril.

A temperatura pareceu subir pelo menos dez graus, porque Ethan começou a suar repentinamente.

– Bom, ele tinha muitas coisas para resolver antes de partirmos. Você sabe, ficaremos fora algumas semanas.

Summer concordou com a cabeça:

— E você não tem muitas coisas para cuidar, é isso?

Por que ela não está com uma roupa mais adequada?, ele pensou. A calça de ginástica justa e sua regata deixavam pouco para a imaginação criar. O que ela estava fazendo... se curvando daquele jeito por ali? Onde estava o cara que deveria estar com ela?

— Hum... eu... eu não tenho que organizar tantas coisas como Zach, então me ofereci para ver como você estava.

O rosto de Summer demonstrava sua descrença.

— Sabe, Ethan, achei que você fosse diferente. — Ela deu meia-volta e entrou na tenda. Se houvesse uma porta, ela a teria fechado. Deixar a aba de tecido cair parecia perda de tempo e um jeito muito menos impactante de encerrar um assunto.

Ele a seguiu para dentro da barraca, e ela quase gritou quando ele a segurou pelos ombros, virando-a para encará-lo.

— E o que isso quer dizer?

Summer tirou as mãos dele de seus ombros e abriu uma certa distância.

— Esperava, ao menos, que você fosse honesto comigo, Ethan. Zach não está aqui porque ele não quer estar aqui. Ele espera que eu tenha feito minhas malas e voltado para a Carolina do Norte. Eu sei, sei disso. Ele não está curioso sobre onde estou, está, isso sim, bravo por não controlar onde estou. Então, Zach Montgomery mandou seu escudeiro para dar uma olhada em mim. Grande surpresa. — Ela esperava que isso tivesse soado de forma cruel e segura, mas, no fim, soou apenas cruel, e Summer imediatamente se arrependeu ao ver a expressão de Ethan.

Ele deu um passo na direção dela:

— Vamos deixar uma coisa clara, Summer. Não sou escudeiro de ninguém. Sim, seu irmão ficou bravo e, sim, em parte por não estar no controle, mas não estou aqui porque ele me mandou. Achei que seria melhor se eu viesse conversar em vez de Zach vir e gritar com você. Engano meu.

Ethan não pretendia fazer uma visita tão rápida, mas tinha ficado realmente irritado. Era assim que ela o via? Como escudeiro de seu irmão? O que isso significava, afinal? Ele foi até aquilo que chamavam de carro e estava prestes a entrar quando ouviu passos se aproximando. Ethan baixou a cabeça, contou até dez e esperou, em silêncio, pelo que sabia que seria uma explosão de raiva.

– Zach está gritando comigo há um mês e você não fez nada para impedir – disse ela, em voz baixa. – Por que impedir agora?

Ele conseguiria lidar com o grito, mas com isto? Esse apelo vindo sabe-se lá de onde o desmanchou. Ethan se virou lentamente e a encarou. Ele podia apenas lhe dizer a verdade, que estava cansado de ver Zach a perturbando. Que queria protegê-la, que queria manter a paz entre eles.

– Zach precisa se concentrar nessa escalada. Ele é o líder do grupo, e nenhum de nós já fez algo tão extremo. Não posso deixá-lo escalar pensando em onde você pode estar e com quem. – A expressão devastada de Summer quase o fez retirar o que havia dito. Ainda assim... – O que nos traz a outro ponto. Quem está aqui com você? Quem é o cara?

– Do que você está falando? – Por sorte Summer se recuperou rapidamente da desapontante confissão de Ethan. Ela ajeitou sua postura, cruzou os braços e rezou para que ele fosse embora logo.

– Ficamos sabendo que você traria um acompanhante. Quem é ele?

Summer se esforçou para tentar compreender sobre o que Ethan estava falando. Então, entendeu. Como Gabriella era cruel. Que bom! Ela quis soltar uma boa gargalhada, mas se conteve apenas para provocar Ethan um pouco mais.

– Não acho que é da sua conta, Ethan. Você pode voltar e dizer para o meu irmão que estou sã e salva no resort e que volto ao escritório na segunda pela manhã. Não que seja preciso. Zach deixou claro que queria que eu ficasse longe enquanto estivessem viajando. Acho que ele não acredita que posso ficar longe de problemas. Mas, quer ele goste ou não, eu vou voltar e rever as coisas que já aprendi. Acredito que estarei no departamento de marketing quando ele voltar.

Os dois ficaram se olhando pelo que pareceu ser um século. Por fim, Ethan deu um passo, aproximando-se de Summer.

– Olhe, Summer, tenho que pegar um voo de volta para Portland e arrumar minhas coisas para a viagem. Deixe-me conhecer o cara para eu poder dizer ao seu irmão que está tudo certo.

— Não posso. — Ela se encolheu.

Ele estava começando a ficar profundamente irritado. Nada daquilo era justo. Ele era um bom amigo, trabalhador e, caramba, merecia que alguma coisa desse certo de vez em quando. A família Montgomery estava, realmente, bagunçando a sua vida. E sua paciência estava acabando. Ele foi se aproximando até Summer precisar erguer a cabeça para olhá-lo nos olhos.

— Eu não estou brincando. Vim até aqui por um motivo. Não quero estar aqui mais do que você quer que eu esteja. Então, me apresente para o cara que eu vou embora. Agora, Summer.

— Eu apresentaria, Ethan, de verdade, mas...

— Mas o quê? — Ele soltou, já irritado.

— Não vim com um homem. Minha companhia é... feminina. — Summer, propositalmente, disse isso de forma insolente, e adorou ver Ethan abrindo a boca como se fosse dizer algo, mas sem saber o quê. Quem diria que provocar Ethan Reed poderia ser tão divertido?

— Você está... está com uma... com uma... mulher? — Ele sabia que as mulheres passavam finais de semana juntas apenas por diversão, mas a forma como Summer havia falado o fez duvidar dessa teoria. Ele sabia que ela namorava homens; conheceu vários deles durante esses anos todos. Seria esse o motivo de ela estar tão diferente ultimamente? — Então... — Ele tentou soar casual, mas sua voz saiu rouca. — Ainda assim, gostaria de conhecê-la.

Na verdade, ele não queria. Inferno, isso era quase tão ruim quanto ela estar ali com outro cara, porque agora Ethan teria todo tipo de imagem erótica de duas mulheres protagonizada por Summer Montgomery. Certeza, ele estava sendo castigado por algo que fizera em uma vida passada.

Sem dizer uma palavra, Summer se virou e voltou para a tenda. Ethan não teve escolha a não ser segui-la. Ele sentia enjoo só de pensar na forma como iria ter de ser gentil ao conhecer essa mulher misteriosa e, depois, explicar tudo para Zach. Oi, Zach. Foi tudo ótimo. No fim, Summer não estava com um namorado. Parece que ela desistiu dos homens e está passando o fim de semana com sua nova namorada. Sim, isso seria ótimo. Não havia dúvidas de que o mensageiro seria morto.

Ele quase queria que alguém o matasse naquele momento.

Ao entrar na tenda, por um momento ele se distraiu com o espaço. Dizer apenas que era alta seria subestimá-la, mas isso não era o mais impressionante. No meio da barraca havia uma banheira de fonte termal, com um grande deque de um lado e uma área para se sentar do outro. Era rústico, claro, mas incrivelmente criativo. Por mais excêntrica que Summer fosse, esse lugar parecia demais até para ela.

Quando ele finalmente voltou sua atenção para Summer, ela estava sentada na ponta da cama. Aquela imagem o confundiu ainda mais. Ethan limpou a garganta e tentou parecer mais controlado do que momentos antes:

– Então, onde ela está?

– Está olhando para ela.

Franzindo a testa, Ethan passou os olhos da cama para Summer, desviando, novamente o olhar para o quarto.

– Não entendi...

– Eu disse que você está olhando para ela. Aproxime-se.

Isso era tudo o que ele sempre quis e temia ao mesmo tempo. Summer convidando-o a se aproximar de uma cama? Ele estava prestes a chorar de alegria quando se lembrou do motivo pelo qual estava ali. Summer. Zach. A companhia misteriosa. Não havia ninguém na cama além de Summer. O que ela estava fazendo? Ele só via Summer e um pacote ao seu lado. Seria um travesseiro? Uma blusa? Ele deu mais um passo. – O quê...?

– Ethan, gostaria que conhecesse Maylene. Minha cachorra. – Ao ouvir o som de seu nome, a pequena cachorrinha levantou a cabeça. – É uma pug, e tem apenas três meses de idade. – Summer se virou para acariciá-la atrás das orelhas antes de se inclinar para beijá-la. – Diga oi para o Ethan – disse ela, com uma voz que a maioria das pessoas reserva para falar com bebês.

– Então você fez reservas para você e sua cachorrinha? – Ele perguntou com uma voz que expressava confusão.

Summer fez que sim.

– Ninguém disse que eu viajaria com um homem, disse?

Agora ele se sentia um idiota. Gabriella apenas disse que Summer havia feito reservas para ela e um acompanhante. Ele e Zach logo determinaram quem acharam que seria o acompanhante. Passando a mão por seus cabelos pretos, Ethan olhou para Summer com um sorrisinho no canto dos lábios.

– Acho que você está se sentindo muito bem agora, não é mesmo?

– Está certíssimo.

Não havia como se safar de uma maneira elegante, então Ethan resolveu assumir o erro e ir embora.

– Ok, erramos. Tenho certeza de que todos riremos disso quando voltarmos. – Summer se levantou e começou a andar na direção dele, rumo à entrada. – Então, hum, direi ao Zach que você está bem e que ele não tem nada com o que se preocupar. E que você tem um… um cachorro. Quando… quando você a comprou? – Ele perguntou, buscando algo para dizer que não demonstrasse como se sentia ridículo.

– Faz cerca de duas semanas – disse ela. – Eu estava com saudade de casa, me sentindo sozinha, e claramente meu irmão estava cansado de me entreter, então decidi comprar um cachorro. Pesquisei, achei um criador e, quando cheguei lá, olhei para ela e soube que ela era para ser minha.

Conheço a sensação, ele pensou.

– Bom, isso é… isso é ótimo. Ela é… uma graça. – Por Deus, Ethan! Você tinha mais habilidade social quando tinha treze anos! – Peço desculpas por ter invadido sua vida assim. Apenas estávamos preocupados com você.

– Estávamos? – ela perguntou, com uma pitada de brincadeira na voz.

– Sim. Estávamos. Eu… eu espero que você tenha um bom fim de semana, Summer. Nos vemos quando eu e Zach voltarmos de viagem.

– Ethan? – Summer o chamou quando ele se virou para ir embora. Ele se virou e a encarou novamente. – Não estou com um bom pressentimento. Sei que Zach acha que estou sendo ridícula, mas não é verdade. A perna dele ainda não está completamente curada. Ele está sendo teimoso e impulsivo. Sei que não sou médica, mas sou professora de ioga e sei muito mais do corpo humano do que Zach pensa.

– Olha, eu concordo com você – admitiu Ethan. – Também acho que ele está sendo precipitado. Mas como a temporada de escalada é muito curta, Zach tem medo de ter de esperar mais um ano por essa oportunidade.

– Esse é o motivo mais idiota do mundo para fazer uma escalada como essa! Ele não está fisicamente pronto. E, fora isso, o tempo não é muito previsível... Bom... as coisas podem dar errado em um piscar de olhos. Por favor, não quero que você vá. – Seus olhos e sua voz indicavam que ela fazia um apelo para ele.

– Eu? – Ethan perguntou.

– Bom, você e o Zach – Summer disse, corando. – É muito perigoso. – Ela se aproximou dele, colocando a mão sobre seu braço. – Prometa para mim que vocês não vão, que você vai falar com Zach e que vão adiar a escalada. Sei que vai demorar mais um ano e que ele está planejando essa viagem há muito tempo, mas não é seguro para ele.

Nos vinte anos em que se conheciam, nunca haviam se tocado, nem mesmo da forma mais casual. A sensação do toque de Summer quase fez Ethan perder o controle. Ele olhou para a mão dela e, depois, para seu rosto. Os olhos escuros de Summer estavam fixos nos dele, cheios de preocupação, e Ethan sentiu-se, lentamente, mergulhando em seu olhar. Eram muitas sensações ao mesmo tempo, e ele não sabia se conseguiria sobreviver.

– Summer – ele começou –, sei que você está preocupada. É um pouco além do tipo de aventura que fazemos, mas seu irmão e eu treinamos muito para isso. Sei que Zach não está em sua melhor forma por causa da história da perna, mas ele conseguiu um atestado médico e já informou a todos. Os guias estão de acordo e confiantes de que o clima não será um problema. Eles são experientes e confiamos neles. Você também deveria confiar.

– Mesmo alpinistas experientes se perdem ou se machucam em escaladas como essa – disse ela, preocupada. – Estou implorando, Ethan, como amiga, por favor, reconsidere.

– Foi por isso que foi embora sem falar com ninguém? – ele perguntou. – Para que Zach viesse atrás de você e tivesse de adiar a viagem? – Ele odiava fazer essa pergunta, mas sabia que precisava da resposta.

– Não – respondeu ela sem hesitação. – Vim porque não poderia ver vocês dois partindo. Se alguma coisa acontecer... – Ela desmontou, derrubando as primeiras lágrimas. – Droga – Summer resmungou ao virar o rosto.

Surpreendentemente, Ethan a virou, fazendo-a olhar para ele. Segurando seu queixo, ele disse:

– Ei, não vai acontecer nada. Vamos viajar, vai estar ridiculamente frio e vamos nos sentir no topo do mundo. Vamos tirar fotos e voltar. E, quando voltarmos, você vai querer que continuássemos longe.

Summer balançou a cabeça com firmeza.

– Não. Ele não deveria fazer isso, Ethan. Zach vai se machucar, e é provável que mais gente também se machuque, porque ele não está pronto para uma coisa desse nível. Não vá nessa viagem. Por favor – implorou ela.

Naquele momento, ele queria dar a ela exatamente o que pedia. Droga, ele toparia qualquer coisa que a fizesse parar de chorar.

– Summer. – O nome dela saiu como uma súplica e, antes que pudesse se conter, ele a puxou para um abraço. – Por favor, não chore.

– Então me prometa que você não vai. – Summer chorava, encostada na camisa dele. – Nunca pedi nada para você, Ethan. Por favor. Se você não for, Zach não vai, e eu vou saber que vocês dois estão seguros.

– Não posso fazer isso, princesa – disse ele, delicadamente, chamando-a pelo apelido de quando eram crianças. Summer olhou para ele com os olhos brilhando. – Está tudo certo. Não podemos desistir porque você acha que algo pode dar errado. Existe o risco de nos machucarmos a qualquer momento, Summer. Corremos riscos todos os dias. Não há garantias nessa vida. Às vezes, é preciso correr riscos.

Summer continuava a encará-lo enquanto ele falava. *Ethan está certo*, ela pensou. Não havia garantias. Ela havia corrido muitos riscos em sua vida, não como escalar uma das maiores montanhas do mundo, mas, para ela, seus riscos tinham sido enormes. Será que ela faria de novo?

– A maioria das pessoas passa a vida com medo de correr riscos – continuou Ethan. – Não quero me arrepender. E nem Zach. Nós nos comprometemos e vamos até o fim. Me diga que você entende. Você conseguiria viver sem correr nenhum risco?

Summer parecia instantaneamente refeita. Seus olhos ficaram mais claros, e ela se afastou, dizendo em voz baixa:

— Você tem razão, Ethan. Todo mundo precisa correr riscos.

Ele concordou, aparentemente feliz por tê-la confortado e por tê-la feito aceitar que ele e Zach iriam fazer aquela viagem.

— Exatamente. Fico feliz que você concorde.

— Ah, eu concordo — disse ela, imediatamente antes de ficar na ponta dos pés, passar os braços em torno do pescoço de Ethan e pressionar seus lábios contra os dele.

A princípio, Summer sentiu certo pânico quando Ethan pareceu ficar tenso. Em um instante, porém, tudo mudou. Ele também a abraçou e a apertou o mais forte que podia. Ele era forte e quente, como ela sempre havia imaginado.

Mesmo em seus sonhos mais selvagens, Summer nunca imaginaria Ethan Reed beijando-a daquela forma. Ela esperava surpreendê-lo com seu beijo e ter uma experiência perfeitamente agradável para lembrar. Mas aquilo? O que estava acontecendo? O termo agradável não fazia jus ao momento. Ethan a beijava como se sua vida dependesse daquilo. A língua dele passou pelo lábio inferior de Summer, e quando ela o entreabriu, a língua dele entrou em sua boca e assumiu o controle. Ela deve ter resmungado, deve ter gemido. Tudo o que Summer sabia, naquele momento, era que nunca havia sido beijada daquela maneira, nunca havia se sentido daquele jeito. Estava com vontade, anseio e, sim, completa e totalmente excitada. Uau.

Todo o corpo de Ethan estava voltado para a mulher em seus braços. Um homem não resiste a tanta tentação e, afinal, Summer o havia beijado primeiro, então, não sentia que estivesse fazendo algo de errado. Como poderia ser errado beijá-la se era tão incrível? Ela se encaixava perfeitamente em seus braços, seus lábios macios contra os dele. E a forma como o pequeno e curvilíneo corpo dela se encaixava no dele? Bem, era bem mais do que perfeito.

Summer passou os dedos pelos escuros cabelos de Ethan e, antes que pudesse pensar a respeito, empurrou-o para a cama. Se ele ia dar um discurso sobre a importância de correr riscos, então deveria estar preparado para seguir em frente. Por muitos anos ela desejara correr esse risco em particular, mas nunca houvera momento ou oportunidade. Era como se os deuses tivessem jogado Ethan Reed em seu colo. Só estava faltando um grande laço vermelho em volta dele. Ela sorriu ao imaginar essa cena.

Não foi preciso muito esforço para Ethan se mover e, quando a parte de trás das pernas dela tocaram a cama, Ethan a guiou, gentilmente, até que ela estivesse deitada. Ele estava deitado ao seu lado e ainda assim não havia interrompido o beijo. *Meu deus*, ela pensou quando suas mãos começaram a agir. Delicadamente, ele a acariciou do joelho até o quadril e do peito ao rosto. Summer queria puxar suas mãos de volta para baixo. Por sorte, Ethan pareceu ouvir seus pensamentos e, lentamente, muito lentamente, começou a abaixá-la, até ter o seio dela em sua mão e, delicadamente, apertá-lo.

Nesse momento, ele se afastou dela e seguiu o caminho da mão com sua boca. Summer se arqueava, inclinando-se em direção a ele, e gemeu quando ele trocou a mão pela boca. O nome dele saiu num suspiro e, com um leve girar, Ethan estava sobre ela. A cachorrinha soltou um chorinho por ter sido perturbada e saltou para sua cama improvisada no chão.

Ethan não podia acreditar em sua sorte; ter Summer em seus braços daquela maneira tão íntima era melhor do que tudo que ele já havia imaginado. Sentir suas curvas, a maciez de sua pele, ouvir seus gemidos de prazer quando ele descobria novas áreas para tocar o deixaram pronto para avançar para um ponto que ele nunca achou que teria a oportunidade.

Era tudo perfeito: o jeito como ela reagia, o encaixe de seus corpos, o cenário… Ethan não poderia querer nada mais. Uma vibração em seu bolso o congelou. A princípio achou que fosse apenas resposta de seu corpo, mas, quando percebeu que era seu telefone, rapidamente saiu de cima dela e rolou para o lado. Ele xingou ao pegar o telefone.

Zach.

Droga.

Ele estava dividido: atender o telefone e acabar com o momento ou ignorar a ligação e voltar para cima de Summer, terminar o que haviam começado.

– É melhor atender – disse ela, suavemente, e Ethan não precisou olhar para ela para perceber sua decepção. Sem outra opção, ele tocou na tela e aceitou a ligação.

– Alô.

– E aí? Encontrou minha irmã? Vi que você pegou o avião. Está tudo bem?

– Está tudo certo. Summer está bem. Ela está aqui em um resort de águas termais para passar o fim de semana.

– E quem é o cara? Preciso pegar um voo e aparecer aí também?

Ethan soltou uma risada.

– Não, não precisa. Ela não está com cara nenhum.

– Como assim? Gabriella disse...

– Ela disse "acompanhante". Nós dois deduzimos que era um homem.

– Não entendi. Então, quem está com ela?

– Maylene – disse Ethan, com um leve sorriso surgindo no rosto ao ver a cachorrinha dormindo.

– Maylene? E quem é essa tal de Maylene? Ela não...? Quer dizer, Summer não...?

– Relaxa, Zach. Maylene é a nova cachorrinha dela. Uma pug. Muito fofa, se você quiser saber.

– Sério? Minha irmã agora tem um cachorro? – Zach resmungou. – Ela mal consegue cuidar de si e agora acha que é responsável o suficiente para cuidar de um cachorro? Só um cachorro! Com a sorte que tenho, ela vai se cansar disso e vai acabar sobrando para mim!

– Qual é o seu problema? – Ethan finalmente retrucou. – Não sei por que você de repente parece achar que todo tipo de problema que cai no seu colo é culpa da sua irmã. Não é verdade! – Ethan se levantou e saiu da barraca, afastando-se de Summer, que estava surpresa. Quando ficou a uma distância segura, ele retomou a fala. – Desde que ela chegou você tem jogado tudo para ela. Qualquer coisinha que dê errado você diz que a culpa é dela. Você e eu sabemos que não é bem assim, então, qual é o problema?

Zach ficou em silêncio por um longo momento.

– Primeiro Gabriella discute comigo, agora você. Nos dois casos por causa de Summer. Me diga, por favor, onde estou errado?

Ethan queria gritar de frustração.

– Está bem, nesses dois exemplos, sim, mas e no resto? Não mesmo. Summer é muito diferente de você, mas isso não a torna sua inimiga. Você precisa parar de tratá-la assim.

– Ela não tem uma carreira, não para em lugar nenhum, pega esses trabalhos ridículos e...

– E o quê? Está fazendo todas as coisas que sonhou? Qual a diferença entre isso e você ficar treinando todos os esportes radicais? Do meu ponto de vista, ela pode ficar mudando de emprego o tempo todo, e alguns parecem um pouco excêntricos, mas nenhum deles apresenta risco de morte como o que você faz.

– De que lado você está? – Zach disse, com uma fria calma.

– Não se trata de escolher lados, caramba, e cansei de ter de escolher um! Vocês dois são mais parecidos do que acham. Ela é a sua versão feminina, mas com menos vontade de morrer! Você precisa recuar um pouco e pensar nisso.

– Ela é um saco, Ethan. Ela está tentando me convencer a não ir escalar e por quê? Porque ela acha que minha perna não está boa! Ela até me acusou de ter pagado o médico pelo atestado. Isso faz sentido para você?

– E daí? Você diz, todos os dias, para ela não fazer coisas muito menos perigosas... Não vá na academia a não ser que seja a sua academia, não vá naquele restaurante chinês porque você não gosta, não compre um carro que não seja você que escolha... Isso tem lógica para você? Você tenta gerenciar os detalhes da vida dela. Ela está pedindo para você não fazer uma coisa. Uma coisa! E você está agindo como se ela estivesse cometendo um tipo de pecado mortal. Você pode não acreditar, mas ela está preocupada com o seu bem-estar.

Zach suspirou.

– Nunca pensei desse jeito. É que... ela é tão jovem e, para mim, parece irresponsável. Quer dizer, vamos pensar no dia de hoje: ela simplesmente foi viajar sem falar com ninguém!

– Ela se retirou de um ambiente de conflito. Existe uma diferença.

– Por que você a está defendendo tanto assim? – Zach perguntou, desconfiado. – Você nunca a defendeu desse jeito.

Droga.

— Estou apenas mediando a situação — Ethan disse, tentando soar diplomático. — Você é meu amigo e ela é minha amiga. Eu estou tentando tornar essa situação desagradável menos... instável. Você precisa estar com a cabeça tranquila para fazer essa viagem e ela precisa saber que você ficará bem. — Ethan olhou por sobre o ombro e viu Summer parada na entrada da barraca. Ele sorriu. Queria ir até lá, beijá-la, abraçá-la... mas precisava terminar de discutir com o irmão dela primeiro.

— Eu vou. Não vai acontecer nada, certo? Sei que existe uma pequena possibilidade de minha perna ser um problema, mas acho que conheço meu próprio corpo melhor do que ela. E prometo conversar com ela quando voltarmos.

— Bom — disse Ethan, respirando aliviado.

— Aliás, falando nisso, quando você volta?

— Logo. Disse ao piloto que ligava quando estivesse voltando para o aeroporto. Eles iam fazer alguns procedimentos de manutenção no avião, então, quero ter certeza de que estará tudo pronto quando eu voltar.

— Era necessário? — Zach perguntou. — Não poderiam ter esperado até estarem de volta em Portland?

— Não faço ideia. — Ethan deu de ombros. — Não questionei porque me pareceu melhor do que o piloto ficar à toa enquanto eu procurava a sua irmã.

— Está mesmo tudo bem? — Zach perguntou e, pela primeira vez, sua voz realmente transmitia preocupação e não irritação.

— Ela está bem. Está preocupada. Poxa, tenho certeza de que não é só ela que está preocupada. Ela só foi a única que falou.

— Com certeza. Ok. Olha, agradeço por você ter ido até aí e conseguido controlar as coisas. Sinto muito por ter feito você perder um dia procurando pela Summer. Volte logo para poder descansar e podermos partir amanhã tranquilos.

Ethan não tinha certeza se conseguiria ficar tranquilo, não amanhã e, certamente, não hoje. No entanto, em vez de compartilhar essa informação, ele disse para Zach que o veria no dia seguinte e desligou. Seu primeiro instinto foi voltar para dentro da tenda, mas ele sabia o que isso acarretaria e, por mais que quisesse, Ethan sabia que não seria positivo para ninguém a longo prazo.

— Droga! — ele resmungou e pegou o telefone para ligar para o piloto.

•

Summer não sabia ao certo o que esperar, mas certamente não era isso. Enquanto caminhava pelo cômodo, ela pacientemente esperou por Ethan, que estava em outra ligação. Quando ela saíra de Portland, naquela manhã, não achou que alguém fosse vir atrás dela. Ela ainda não estava pronta para falar com ele.

Ver Ethan a poucos metros enquanto ela praticava ioga? Sim, foi uma grande surpresa. E vê-lo preocupado com ela e não apenas com as vontades do irmão lhe havia feito abrir os olhos.

E, então, teve o beijo.

Meu deus, como ele beija bem!

Mesmo agora, cerca de dez minutos depois, seu corpo continuava vibrando por conta do encontro. Por muitos anos Summer percebeu a indiferença de Ethan em relação a ela e a aceitou. Ela não gostava, mas não parecia haver algo que pudesse fazer a respeito. Como ele podia tê-la tratado com tanto distanciamento por tantos anos e beijá-la daquele jeito? Não fazia sentido. Summer não era ingênua quando se tratava de homens, mas havia algo em relação ao beijo de Ethan que não era apenas casual.

Será que ele realmente se sentia atraído por ela? E por que nunca tinha feito nada antes? Seria por causa da família? Não seria uma surpresa se Ethan tivesse receio de se aproximar por conta de seus irmãos (e pai, e primos e etc.). Durante a maior parte de sua vida, Summer precisou lidar com o fato de vir de uma família predominantemente masculina que adorava intimidar qualquer rapaz que ela levasse para casa. Qual a surpresa por ela ter saído de casa aos dezoito anos?

Espreitando o olhar para fora da tenda, Summer viu que Ethan não estava mais no telefone, mas ele não parecia querer voltar para terminar o que haviam interrompido. *Isso não pode ser bom*, ela pensou. Será que ele estava arrependido? Ou será que ela, de alguma forma, o havia desapontado? Esse pensamento a chateava. Ela se virou e balançou a cabeça.

– Não – resmungou Summer, e voltou a caminhar. – Não, isso não tem nada a ver comigo. Se ele está hesitante, é por conta de suas próprias questões. – Summer sempre foi muito confiante, e não ia ser agora que deixaria de ser.

– Ei – disse Ethan, logo atrás dela.

Que isso? Ele é um ninja?, ela pensou, ao se virar para ficar de frente para ele.

– Oi. Tudo certo com o Zach? – perguntou. Ethan lhe contou um resumo da conversa com o irmão dela. – Então, o quê? Agora ele ficou bonzinho? Ele está mesmo percebendo como foi um babaca comigo nesse último mês?

Ethan riu e disse:

– Aos pouquinhos. Apenas posso esperar que, quando voltarmos, ele cumpra sua palavra e pense um pouco sobre as razões de estar sendo tão duro com você.

Quando voltarmos. Summer suspirou, triste:

– Então vocês vão mesmo?

Ele deu um passo, aproximando-se dela, e colocou as mãos em seus ombros.

– Temos de ir. Já lhe disse.

Assim que ele a tocou, Summer se afastou.

– Obviamente não há nada que eu possa fazer para você mudar de opinião, então... é melhor você ir embora. – Doeu muito dizer essas palavras. O que Summer realmente queria era levá-lo de volta para a cama para poderem continuar o que haviam começado e mandar essa escalada estúpida para o inferno. Se alguma coisa acontecesse, ao menos ela teria a memória de ter estado uma vez com Ethan.

Mas ela não era o tipo de mulher que consegue fazer sexo sem entregar seu coração e, claramente, se ele algum dia tivesse sentido algo por ela, teria feito algo antes daquele dia. Provavelmente, tinha sido apenas uma situação cheia de carga emocional somada ao fato de ela ter iniciado o beijo. Ele devia beijar todas daquele jeito. Pensar nisso a machucou.

– Summer. – Ethan começou, mas ela estava muito concentrada em acariciar a cachorrinha, que dormia. Ele esperou para ver se ela lhe daria atenção e, depois de alguns minutos, cansou de esperar. – Por favor, não seja má. Eu queria poder lhe dar uma garantia de que não há com o que se preocupar, mas não posso. – Ele olhou para o relógio. – Preciso voltar para o aeroporto. O avião estará pronto quando eu chegar lá e tenho muito o que fazer em casa.

Ela sentiu um frio na coluna:

– E por que o avião não estava pronto?

– Não é tão ruim quanto parece. A tripulação estava fazendo manutenção rotineira. Havia um pequeno vazamento de óleo e estavam cuidando disso. Vai estar pronto quando eu chegar. Não há nada com o que se preocupar. – Devagar, ele pensou. Dê mais uma coisa para ela se preocupar. Ele esperou que ela tentasse impedi-lo de ir dizendo como era perigoso e inseguro, mas ela não deu atenção.

– Então vá – disse Summer, caminhando pelo cômodo e forçando um sorriso. – Faça uma boa viagem, Ethan. – Ela desejou com uma alegria que não sentia e voltou para o local onde praticava ioga.

Ele chamou seu nome mais uma vez e ficou surpreso por ela parar em seu caminho.

– Eu queria que as coisas pudessem ser diferentes. Você e eu sabemos que o que aconteceu aqui poderia deixar tudo ainda mais complicado. Complicar muitas coisas. Sua família inteira viria atrás de mim para me matar.

Olhando por sobre os ombros, Summer deu um sorriso triste e disse:

– Esse é o ponto, Ethan. Não tem ninguém aqui. Ninguém precisaria saber.

O que ela estava dizendo? Ele ficou confuso. Ela estava lhe dando a permissão para ter uma única noite em que poderia não ser o melhor amigo de seu irmão, não precisaria se preocupar com a ira dos Montgomery? Isso era bom demais para ser verdade. Ele estava prestes a se aproximar dela, mas sua consciência não o deixou.

– Você merece mais do que isso, Summer, merece alguém que possa lhe dar mais do que uma noite. Você merece mais do que ser o segredo de alguém.

A expressão dela ficou ainda mais triste.

– Não seria a primeira vez. Boa noite, Ethan.

Ethan não tinha certeza de quanto tempo ficou parado ali, estupefato pela mudança de rumo das coisas. Se Zach não tivesse ligado, ele e Summer estariam nus e sem ar, se preparando para o segundo round. Droga. Ele olhou novamente para seu relógio e xingou. Ele precisava ir embora, mas sabia que aquilo não estava terminado. O tempo podia não estar ao seu lado agora, mas ele e Summer precisariam conversar a respeito do que havia acontecido e sobre o que fariam a respeito.

Talvez fossem fazer mais do que tinham feito, mas sem a ameaça da família dela.

Ele só podia esperar.

Capítulo 4

— O que você quer dizer com "não podemos decolar"? — Ethan esbaforiu. Ele movia os olhos do mecânico do avião para o piloto, Mark. — Você me disse pelo telefone que estava tudo certo.

O piloto estava um pouco desconfortável.

— Naquele momento, achei que estivesse. Era um pequeno vazamento. Tivemos que pedir uma peça e, quando verifiquei, a montagem estava sendo feita, mas, infelizmente, enviaram a peça errada. Não consigo outra até amanhã de manhã. Estão a enviando essa noite, mas acredito que o mais cedo que chegará será por volta das dez da manhã. Estaremos no ar às onze. E isso é o melhor que consigo. Sinto muito. — O mecânico parecia sincero, mas isso não ajudava Ethan naquele momento.

— E o que eu faço? — Ele não estava perguntando a ninguém em particular, apenas parecia a coisa certa a dizer.

— Já verifiquei para o senhor — disse Mark. — Tem apenas mais um voo para Portland saindo hoje, mas ele faz duas paradas e chega ao destino final apenas às seis e meia da manhã.

Ethan se virou, chocado, e olhou para ele:

— É um voo de quarenta e cinco minutos! Isso é ridículo!

— O senhor poderia alugar um carro e voltar dirigindo. — Mark estava nervoso. — Não é o ideal, e sei que são cinco horas e meia de viagem, mas...

— Inacreditável — resmungou Ethan, e se afastou para tentar organizar os pensamentos. Já eram quase seis da tarde, ele não tinha comido e estava exausto. Não seria seguro pegar a estrada sem se envolver em um acidente e morrer ou matar alguém. Ele se aproximou novamente dos dois homens. – E vocês me garantem que amanhã, às onze horas, estaremos voando? – Os dois fizeram que sim. – Onde você vai passar a noite, Mark?

Mark encolheu os ombros.

– Não há muitas hospedagens por aqui, mas tem um motel a cerca de quinze quilômetros. Devo dormir lá – Ethan concordou. – E o senhor?

Essa era mesmo uma boa pergunta. A primeira coisa que passou pela cabeça de Ethan ao ouvir que passariam a noite ali foi voltar para o carro e ir até Summer. Passariam a noite juntos, e ele conseguiria parar de pensar nela e ir para a escalada com uma preocupação a menos. Então ele percebeu como isso era superficial e como ele mesmo tinha dito que ela merecia mais do que isso. E ele tinha razão.

Com um suspiro resignado, ele agradeceu aos dois homens, disse que os encontraria na manhã seguinte e foi para o carro procurar algum lugar não muito distante melhor que os hoteizinhos que viu quando estava voltando do encontro com Summer.

Não era o que ele queria fazer e nem onde queria estar, mas, como muitos dos acontecimentos recentes em sua vida, ele podia não gostar, mas teria de aceitar.

•

A ioga foi relaxante.

O banho em sua terma particular foi ótimo.

O jantar de granola com iogurte deixou um pouco a desejar.

Eram quase oito horas da noite e Summer não estava nem um pouco cansada. A paz e o silêncio estavam ótimos, em sua opinião, mas lhe davam muita chance para pensar.

Sobre Ethan.

Sobre o beijo.

Sobre sua partida.

Embora Summer amasse sua família profundamente, às vezes ela era uma grande chateação. Em momentos assim, ela conseguia entender perfeitamente os quase quinze anos sabáticos que seu irmão James havia tirado de tudo que estivesse relacionado à família Montgomery. Se achasse que daria conta, Summer teria, alegremente, feito sua mala e se mudado para um lugar onde ninguém pudesse interferir em sua vida. Principalmente em sua vida amorosa.

Se ela tivesse uma.

– Por favor – disse ela em voz alta –, eu poderia ter uma vida amorosa nesse exato momento com Ethan, não fosse a interferência da minha família.

Infelizmente, por mais que Summer pensasse em se mudar e viver sem eles, ela era uma garota de família. Ela os amava.

Mesmo quando os odiava.

Como naquele exato momento.

Summer colocou novamente as roupas que tinha tirado antes do banho e, sem nenhuma obrigação a pressionando, decidiu levar Maylene para um passeio. Não era o jeito mais animado de se passar uma sexta-feira à noite, mas, com um pouco de sorte, ambas se cansariam, e dormir cedo não seria um sacrifício.

A propriedade era imensa. Ao lado das tendas, havia alguns chalés espalhados e um grande prédio principal para aqueles que precisavam de um pouco mais de conforto. Embora nada fosse luxuoso, Summer pensou em passar no edifício principal no dia seguinte para fazer uma refeição quente e tomar uma ducha. Havia banheiros e chuveiros fora das barracas, e isso era bom, mas ela não pretendia fazer uso regular deles. Não quando havia um local privado no hotel. Uma coisa é usar essa opção por escolha, outra, bem diferente, é por falta de outras opções.

Maylene correu feliz, chacoalhando seu guizo. Pararam algumas vezes, e Summer conversou com outros hóspedes pelo caminho, mas uma hora depois, já estava de volta à sua tenda.

– Não foi a caminhada mais cansativa que já fiz – disse ela, secamente, ao entrar de volta em sua tenda e parar para contemplar a porta, que, na verdade, era uma lona. Por mais que houvesse tiras para amarrar, não parecia a forma mais segura de garantir que ninguém entraria ali. Por que ela não tinha pensado nisso antes?

Maylene rodeava as pernas de Summer, tentando soltar a coleira.

– Calma, menina!

Assim que se viu livre, Maylene foi até seu potinho de água antes de se enrodilhar em sua caminha. Em segundos, já estava roncando.

Ah, ser capaz de dormir fácil assim...

Ainda era cedo e Summer não estava cansada. Ela tinha trazido seu *e-reader* carregado de livros, mas não era isso o que ela queria. Summer estava inquieta. O ar fresco e a caminhada tinham sido ótimos, mas não conseguiram acalmar seus sentimentos. A temperatura estava muito agradável dentro da tenda e, sem nada mais interessante para fazer, Summer se despiu e voltou para sua terma privativa. Um suspiro de contentamento escapou quando ela se sentiu relaxar.

– Deve ser algum tipo de água mágica para fazer você suspirar assim.

Summer deu um grito e saiu da água.

– Ethan? – Ela colocou a mão sobre seu coração acelerado. – O que houve? Achei que você tivesse voltado para Portland! Você me assustou!

Ethan não queria tê-la assustado; ele honestamente achou que ela o tinha visto sentado no sofá, no canto do quarto. Infelizmente, ela estava tão absorta em seus pensamentos e na conversa com o cachorro que nem havia percebido. Não que ele estivesse reclamando; vê-la tirar a roupa de ginástica havia sido bem divertido. Só faltou uma música para que ele pudesse dizer que aquele tinha sido o striptease mais sensual que já havia visto.

– A manutenção não foi finalizada. Enviaram uma peça errada e o avião só vai ficar pronto pela manhã.

– E o Mark? – Summer conhecia o piloto, que trabalhava para os Montgomery há aproximadamente dez anos.

– Está em um motel.

– E só tinha um quarto? – ela perguntou, arqueando a sobrancelha.

Encolhendo os ombros, Ethan se aproximou da banheira.

– Não sei, nem me dei ao trabalho de consultar.

– E por que não? – Por que sua voz parecia estar tão sem ar?

Agora ele estava bem à sua frente. As gotas escorriam do biquíni por seu corpo, fazendo com que ele a desejasse ainda mais.

– Não queria ir para um motel.

O coração de Summer ainda batia acelerado, só que agora não era mais por conta de medo, e sim porque estava nervosa, sem saber que rumo essa conversa tomaria. Riscos. Ela precisava se lembrar de que precisava correr esse risco. Naquele momento. Com Ethan.

– E o que você queria?

Ethan não respondeu. Em vez disso, manteve o olhar fixo no dela enquanto tirava os sapatos. Ele mal piscava enquanto tirou a camisa e a jogou de lado. E quase gemeu quando Summer lambeu os lábios enquanto ele desabotoava a calça jeans e a tirava. Quando estava só de cueca, aproximou-se da banheira para poder tocá-la.

– Você – disse ele, com a voz grave. – Eu queria você, Summer.

Nunca palavras soaram mais doces aos ouvidos de Summer.

Sua mente estava acelerada, em busca de algum comentário sedutor para responder, mas as palavras não vinham. As mãos de Ethan tocaram sua cintura nua, e ela engasgou. As mãos dele subiram lentamente por suas costas e chegaram aos seios. Summer fechou os olhos e suspirou. Muito rapidamente, Ethan levou as mãos ao rosto dela.

– Sou um idiota por ter voltado aqui – disse Ethan. – Eu realmente acho o que disse mais cedo, você merece mais do que isso, mais do que posso lhe dar, mas, que Deus me proteja, não consegui ficar longe.

– Não queria que ficasse – admitiu ela, suavemente.

Dessa vez, quem começou o beijo foi Ethan. E foi tão bom quanto o outro. O vapor os encobria, e Summer não sabia dizer se ele vinha da água quente ou de seus corpos, pois ela, certamente, estava a ponto de explodir. Lentamente, não só mergulharam no beijo, os lábios dele sobre os dela, como ajoelharam-se na água.

– Tão bom – ele murmurou ao lamber gotas dos lábios e do rosto de Summer, descendo pelo pescoço e pelo colo dela. – Seu gosto e seu toque são tão bons, Summer. – As palavras eram parte elogio, parte anseio. Foi estranho o jeito como se acomodaram, as costas de Ethan contra a lateral e Summer em seu colo, mas, depois de se ajeitarem, tudo ficou ótimo.

Havia tantas questões passando pela cabeça de Summer, mas ela tinha medo de dizer qualquer uma delas e arruinar o momento. Era seu sonho, sua fantasia, e estava realmente acontecendo. Passando as mãos pelos braços dele, seus bíceps e ombros, Summer se deliciava ao senti-lo. Seus músculos eram firmes e macios. Ele tinha uma faixa tribal tatuada no bíceps esquerdo e ela ficou fascinada por um momento. Quando ele teria feito aquilo? Qual seria o significado? Mas ela não perdeu tempo. Suas mãos continuaram a jornada até o rosto de Ethan, passando por sua mandíbula forte e chegaram ao seu cabelo, puxando a boca dele para a dela. Ethan se moveu por baixo de Summer, e sua ereção a pressionou de forma muito impressionante. Ela sempre o achara impressionante, tanto intelectual como fisicamente, mas senti-lo assim, tão perto, de maneira tão íntima, ia além de sua compreensão. Summer se sentia como se fosse outra pessoa. Ela nunca havia se sentido tão bem, se sentido tão desejada.

– Me diga que você também quer isso, Summer – disse ele, sem fôlego, ao afastar a boca da dela. Suas mãos a seguravam pela cintura, mantendo-a junto dele. – Preciso saber que você não está em dúvida.

Ela deu um sorriso sensual e disse:

– Não fui eu que fugi mais cedo.

Era a resposta que ele precisava.

•

Ethan acordou mais tarde um pouco assustado. Havia um ronco alto, e a princípio achou que estivesse ouvindo coisas; ele tinha certeza de que aquilo não podia vir da Summer. Então, Ethan percebeu que era Maylene. Ele respirou aliviado, pois seria difícil lidar com aquele som saindo de um humano, ainda mais de alguém tão feminina e sexy como Summer.

Mais acordado, sentiu-a deitada ao seu lado e sorriu no escuro. Era uma situação tão tranquila e inesperada que ele quase quis se beliscar para ter certeza de que estava realmente acontecendo.

Quando Summer o lembrou de que quem tinha fugido era ele, foi quase o mesmo que mostrar uma bandeira vermelha para um touro. Ethan liberou sua parcela animal e, apesar de ter achado que poderia estar sendo muito bruto, as marcas em suas costas provavam que Summer tinha aproveitado junto a ele.

E como tinha sido bom.

Droga.

Durante todos esses anos em que ele conhecia a família Montgomery, Summer sempre fora muito simpática e amigável, mas sempre muito... feminina. Gostava de atividades físicas, mas não praticava exercícios com seus irmãos ou tentava se enturmar dessa forma. Mas por todas as suas escolhas inusitadas de carreiras e hobbies, Ethan achava que ela era um pouco mais reservada.

Cara, ele estava errado.

Como ele nunca havia percebido a parcela selvagem dela, a paixão dela? Em sua cabeça, em suas próprias fantasias, Summer era exatamente assim, mas ele não esperava que fosse realidade. Ela o havia destruído naquela noite. Em vez de fazê-lo parar de pensar nela, aquilo só o havia deixado com mais vontade. Com um braço em volta de Summer, Ethan a puxou para perto e sentiu sua ereção voltar com os movimentos de seu corpo nu tocando o dele. Como a tenda não tinha janelas, ele não tinha ideia de que horas poderiam ser. Podiam ter dormido por horas ou minutos; ele não tinha ideia. Só sabia que precisava tê-la de novo. Imediatamente.

Ele passou a mão por sua coluna até parar em seu quadril e dar um leve apertão. Summer soltou um sutil gemido. Com a outra mão, Ethan tocou sua perna, que estava enrolada na dele, e subiu até a coxa. Ela murmurou e se esfregou contra a coxa dele antes de soltar um gemido.

Era fácil se acostumar a acordar desse jeito.

Sem saber qual deveria ser seu próximo passo, pois seu animal interior estava pronto para assumir o controle e começar tudo de novo, Ethan ficou surpreso quando Summer pareceu completamente desperta e tomou a decisão por ele. Rapidamente, Summer ficou em cima de Ethan. Ele estava prestes a falar, mas, apesar de a tenda estar completamente escura, como se soubesse, Summer colocou um dedo sobre sua boca.

Inclinando-se, Summer o beijou antes de descer para seu peito. Ela podia passar horas apenas beijando, lambendo e tocando Ethan. Seu corpo era uma obra de arte. Ela estava prestes a acender a luminária ao lado da cama para poder vê-lo, mas... ela sorria e seguia seu caminho. Sentir o corpo dele no escuro e deixar a imaginação solta era muito bom. Era como uma sobrecarga sensorial. A cada respiração, a cada espasmo do corpo dele, ela se sentia mais poderosa.

Podia ser que só tivessem aquela noite. Quando o sol nascesse e Ethan partisse, ela só teria suas lembranças. E se mataria se perdesse tempo dormindo quando podia aproveitar o homem mais sexy que já conhecera, que já desejara. Que já tivera.

Dormir era uma coisa muito superestimada.

•

Ethan estava se vestindo olhando Summer deitada na cama, os lençóis mal a cobrindo. Ele estava exausto, mas era o melhor tipo de exaustão que já tinha sentido. Ao olhar no relógio, viu que já eram dez horas. Para garantir que o voo saísse na hora, ele precisaria ir para o aeroporto imediatamente. Não era possível ficar mais tempo longe. Por sorte, ele era muito organizado, e todas as suas malas para a escalada já estavam prontas; só precisaria pegar as coisas de última hora e tirar um cochilo.

Ele sorriu. Houve um tempo em que ria de quem não dava conta de uma noite de diversão e precisava de um cochilo no dia seguinte. Agora, orgulhava-se de ser um desses.

– Está parecendo todo convencido – disse Summer, sonolenta, da cama. Ao ouvir a voz dela, Maylene se levantou, deu uma esticada, se balançou e pulou na cama, começando a pular em volta de Summer. – Eu queria ter a energia dela.

Ethan riu.

– Todos nós. – Ele receava que a manhã seguinte fosse constrangedora, mas quando Summer acordou, lindamente nua, aquilo pareceu a coisa mais natural do mundo. – Deixa que eu vou – disse ele, e foi pegar a coleira para prender Maylene. – Voltamos já.

Sinceramente, a última coisa que Ethan poderia estar fazendo seria sair para passear com a cachorrinha de Summer; ele precisava ir para o aeroporto. Por que estava fazendo aquilo?

– Porque você está tentando fugir do inevitável – resmungou ele para si mesmo. Ele sabia que precisava partir, mas não queria.

Maylene saltitava pela paisagem, feliz por estar passeando. Ethan queria se sentir assim também. O tempo estava um pouco mais frio do que ele esperava, mas estava feliz por ter levado uma jaqueta. Quando percebeu que Maylene parava e cheirava todos os arbustos pelos quais passavam, ele começou a ficar um pouco impaciente.

– Vamos, cachorra – disse ele, com firmeza, e quis se matar ao vê-la olhando para ele com aqueles grandes olhos tristes. – Sinto muito.

Ele estava muito perdido. Ethan era um homem másculo. Por Deus, ele fazia esportes radicais! E ali estava ele, pedindo desculpas a uma cachorra de dois quilos e meio porque queria voltar para a tenda aquecida.

Sim, estava perdido.

Enfim, Maylene fez o que tinha de fazer e, saltando de felicidade, voltou para sua dona. Ethan sabia exatamente como ela se sentia; ele também queria estar de volta ali.

Summer os aguardava na cama. Ela se levantou e colocou comida para a cachorra. Quando Maylene já estava solta e comendo, toda feliz, Summer virou-se para Ethan:

– Obrigada por ter saído com ela. Não precisava.

– Eu já estava vestido – disse ele, aproximando-se.

– Bom, foi muito gentil da sua parte. Agradeço. – Ela se aproximou e o abraçou, olhando em seus olhos. – Bom dia – disse suavemente.

– Bom dia – respondeu ele pouco antes de baixar a cabeça e beijá-la como estava louco para fazer. No fundo, Ethan sabia que era errado; teria sido melhor ter ido embora sem esse tipo de aproximação. A noite tinha terminado, assim como... tudo. Ele precisava partir, levar as lembranças da noite passada e ficar feliz por a terem vivido. Mas os lábios de Summer eram tão macios, seu corpo tão aconchegante...

– Se continuarmos, você vai perder o voo. – Summer recuou.

– Sou o único passageiro, podem me esperar. – Seu olhar era intenso.

Esperar... O que ele estava dizendo? O que estava fazendo? Por Deus, ela estava dando a desculpa que ele precisava e ele não a estava usando. *Acorda, Reed!* Ele pensou consigo. Com um grunhido, ele segurou os longos cabelos loiros de Summer e lhe deu um último beijo. Não era justo. Em um mundo perfeito, esse beijo significaria um adeus temporário. Ele a veria de novo, a amaria de novo assim que voltasse de Denali.

Mas assim? Esse era o último beijo. Aquele que significava o fim. Não teriam outra chance. Não se encontrariam quando ele voltasse. Dando tudo de si, Ethan ouviu Summer gemer com sua própria necessidade. Se ela pedisse para ele não ir, se pedisse para ele ficar, Ethan sabia que não resistiria. O avião decolaria mais tarde e ele teria mais algumas horas com ela para levar para a vida.

Mas ela não pediu.

– Preciso ir. – As palavras pareciam erradas mesmo com ele se forçando a falá-las.

– Eu sei.

– Summer, eu...

Ela colocou um dedo sobre os lábios dele, como havia feito antes.

– Não precisa dizer nada, Ethan. Sei que você não pode fazer promessas e sei que não quero ouvir que você se arrependeu.

Ele balançou a cabeça:

– Não. Não me arrependi da noite passada, só fico triste que isso seja tudo o que podemos ter.

Isso também estava magoando Summer, que se levantou e não deixou que ele percebesse como as palavras a tinham tocado.

– Eu sei. Eu também.

Os dois ficaram se olhando por um bom tempo.

– Se cuida – disse Summer, enfim.

Não eram as últimas palavras que Ethan gostaria de ouvir, mas ele não podia abusar da sorte. Então, se enfiou no minúsculo carro alugado e deu a partida, esforçando-se ao máximo para não olhar para trás.

Estava tudo acabado; eles tinham tido sua noite juntos e ninguém precisava saber.

Mas ele sabia.

E Summer sabia.

Capítulo 5

O voo foi tranquilo e Ethan estava em casa pouco antes de uma da tarde. Depois de uma checagem rápida do que faltava colocar na mala antes de encontrar Zach, ele caiu na cama para tirar um cochilo de duas horas.

E sonhou com Summer.

– Isso não é bom – murmurou ele ao acordar. Precisava estar com a cabeça tranquila, focar na escalada e em voltar para sua rotina. Zach o conhecia e perceberia imediatamente se ele estivesse distraído. O relógio da cabeceira mostrou que já eram quase quatro horas. Ele deveria encontrar Zach no aeroporto às sete. O cochilo tinha ajudado, mas quando entrou no chuveiro, percebeu que mais doze horas de sono seriam ainda melhor.

O carro que o levaria ao aeroporto chegou no horário. Tudo estava fechado e Ethan estava pronto para partir. Um de seus vizinhos ficaria de olho em sua casa durante as três semanas e meia que ele passaria fora. Olhando em volta pela última vez, Ethan trancou a porta e foi para o aeroporto. O que deveria ser um percurso curto mais parecia uma estrada sem fim.

Por que ele estava fazendo isso? Ele queria ir? Era um pouco tarde para esse tipo de questionamento, mas quanto mais Ethan pensava a respeito, mais chegava à mesma conclusão. Por muito tempo ele simplesmente fez o que os amigos faziam em vez de se perguntar o que ele queria fazer. Quando ele havia se tornado um seguidor em vez de um líder? Ethan apoiou a cabeça e suspirou. Não era o momento para esse tipo de reflexão.

Eles chegaram em pouco tempo no aeroporto e, antes de se dar conta, Ethan estava ouvindo Zach dizer como ele estava animado com a escalada. Ethan tentava responder de maneira apropriada. Pelo que podia notar, Zach não estava desconfiando de nada. Foi só depois de já terem embarcado que perguntou de sua irmã.

Ethan encolheu os ombros.

— O mesmo que ela já vinha dizendo há semanas, Zach. Ela só está preocupada com você. Dê um tempo para ela.

— Olhe, eu agradeço a preocupação dela, mas ela nunca ligou para as viagens que faço ou para os riscos que corro. Ela só está assim dessa vez porque está por perto, acompanhando os preparativos. Acredite, se Summer tivesse passado os últimos anos mais próxima de mim, saberia tudo dos meus hobbies. Skydiving? Corrida de carros? Touradas de rua? Se ela tivesse mais contato comigo e soubesse que eu fazia esse tipo de viagem, ficaria preocupada do mesmo jeito. Ela gosta de se preocupar.

Ethan não tinha certeza. Ele conhecia Summer há muito tempo. Muitas vezes ele e Zach tinham ido para a casa da família Montgomery e conversaram sobre suas aventuras na presença de Summer e ela nunca sequer fez um comentário negativo. No máximo, ficava animada com as histórias. Isso era diferente. Ele balançou a cabeça. Talvez ela tivesse razão. Talvez essa viagem fosse mais uma questão de orgulho do que qualquer outra coisa. Ele olhou para Zach, que estava ocupado conversando com a comissária. Típico.

Zach sorriu, apreciando a bonita morena partir antes de falar com Ethan.

— Como lhe disse ontem, prometo passar um tempo com Summer quando voltarmos. Vou inclusive tentar ser gentil e não pegar no pé dela por ter sido uma dor de cabeça por conta dessa viagem e nem pressioná-la a voltar para casa. — Foram novamente interrompidos quando a comissária lhes serviu a bebida. — Mas, me conte, foi estranho chegar lá preparado para confrontar um cara e se deparar com uma cachorrinha? — Zach mal continha a risada enquanto fazia a pergunta.

— Não foi um dos meus melhores momentos — Ethan riu ao se lembrar da cena e contou para Zach como Summer tentou fingir que sua companhia era outra mulher antes de, enfim, apresentá-lo à cachorrinha.

– É muito errado eu estar muito aliviado por ser um cachorro? – Zach perguntou.

– Claro que não. Nem posso dizer quanto eu fiquei aliviado. – Ethan tomou um gole de sua bebida. – Ela é uma gracinha, vai ser uma boa distração para sua irmã.

– Me lembre de comprar cem quilos de petisco, se for o caso – disse Zach, rindo, antes de erguer o copo para Ethan. – Saúde, amigo. Aqui estamos em mais uma grande aventura!

Ethan brindou, mas não estava se sentindo exatamente animado.

•

Já havia passado da meia-noite quando chegaram ao hotel e Ethan se viu sozinho no quarto com seus pensamentos. Depois da conversa sobre Summer, Zach não parou de falar a respeito da escalada. Ethan sabia que estava preparado, tinha treinado por seis meses e comprado todos os apetrechos recomendados. Se alguma coisa estivesse faltando, seria uma surpresa para ele. O problema não era a habilidade ou o preparo, no entanto. O problema era ele. Ele não queria ir. A ideia não o agradava mais, e não tinha certeza se isso já vinha acontecendo ultimamente ou se era algo que tinha surgido nas últimas vinte e quatro horas.

Por causa de Summer.

Andando pelo confortável quarto de hotel, Ethan procurava um jeito de sair daquela situação. Não seria possível fingir uma doença ou um machucado, Zach perceberia. Se Ethan fosse direto e admitisse que não queria ir, tinha certeza de que Zach o atormentaria até seus ouvidos sangrarem e ele faria qualquer coisa para fazê-lo calar a boca. Não dava para fingir uma emergência profissional, pois trabalhavam juntos. Ele estava ferrado de todas as maneiras. E não só um pouco ferrado, completamente ferrado. Estava preso em uma viagem de três semanas para escalar uma montanha e deixar outra pessoa feliz.

Mas você está decidido a não ir pela mesma razão?

Ele odiava quando sua voz interna decidia se pronunciar. Não havia uma resposta simples para esse impasse, mas, se Ethan tivesse de escolher, diria que sentia mais vontade de não fazer a escalada do que de fazer. Isso já significava algo, certo? Agora ele só precisava descobrir como dizer isso para Zach.

Xingando, ele se jogou na cama king-size. Quando a vida tinha se tornado tão difícil? Como ele tinha deixado as coisas saírem do controle dessa forma? Mesmo se não fosse escalar com Zach, Ethan sabia que, ainda assim, precisaria de um tempo longe da empresa – tempo para tentar colocar a cabeça no lugar e descobrir o que estava fazendo com sua vida e onde gostaria de estar nos próximos cinco anos.

A resposta imediata era que ele gostaria de estar com Summer. Infelizmente, havia ao menos uma dúzia de homens da família Montgomery que não ficaria nada feliz com isso e, mesmo se ele batesse o pé, Ethan sabia que eles não facilitariam as coisas. Mas, ao mesmo tempo que sentia que Summer valia o desgaste, a briga constante com sua família seria algo que ela suportaria? A família era tudo para ela. Ele não conseguiria viver se fosse a razão da discórdia entre ela e a família.

Esse era, claramente, um cenário em que ninguém se daria bem.

– Nada vai ser decidido esta noite – resmungou ele levantando-se da cama e indo até a mala para pegar suas coisas de banheiro. – Um banho quente e uma boa noite de sono vão ajudar a deixar as coisas mais claras pela manhã. – Nem ele acreditava em suas próprias palavras.

Em poucos minutos, ele estava embaixo do chuveiro quente e, automaticamente, voltou a pensar em Summer. Ele queria ligar para ela, saber se ela e Maylene estavam bem. Estava preocupado com ela ter de dirigir sozinha de volta a Portland. Por que ela não havia pedido o avião da empresa? Por outro lado, havia sido uma sorte para ele o fato de ela não o ter feito, ou ele teria feito essa longa viagem sozinho, mas o incomodava saber que, se qualquer coisa acontecesse, ela era uma mulher solteira, sozinha, sem ninguém para protegê-la exceto uma cachorrinha de dois quilos.

Não era um pensamento agradável.

Quando a água ficou fria, ele saiu, enrolou-se na toalha e foi procurar seu telefone. Que mal teria uma ligação? Eram amigos, não eram? Amigos que tinham tido uma incrível noite de sexo selvagem menos de vinte quatro horas atrás.

– Ah, cale a boca! – ele disse para si mesmo. – Não pense no sexo. Pense nela como a irmã de seu melhor amigo. Ela é Summer Montgomery, uma amiga. Não Summer Montgomery, a mulher sexy que faz você perder a cabeça com suas mãos, sua boca e seu corpo.

Ótimo, agora ele estava excitado. E não havia como ligar para Summer nesse estado. Mais uma vez reclamando, Ethan voltou para o banheiro, terminou de se secar e foi para a cama. Ficou o tempo todo tentando se concentrar no programa de esporte que estava passando, esforçando-se para não pensar na possibilidade de ter uma loira curvilínea deitada ao seu lado na cama, lembrando-o de que ele tinha sido um otário por ter partido.

•

– Você está brincando, né? – Ethan fez que não com a cabeça, e Zach resmungou. – É por causa da Summer, não é? – Ele xingou mais uma vez quando Ethan tentou falar. – Você estava bem até ir visitá-la! Que merda, cara! Você está aqui, com tudo pronto! Não pode simplesmente desistir!

Ethan já esperava pela reação de ira, só não sabia como tentar contornar a situação.

– Para ser honesto, já faz tempo que não tenho certeza se quero fazer a escalada. Não queria dizer nada porque não queria irritá-lo, e achei que eu fosse me animar quando chegássemos aqui, mas... não me animei. Minha cabeça não está aqui e não quero ser um ponto fraco da equipe.

– Besteira – retrucou Zach, colocando um dedo no peito de Ethan. – É ela que está na sua cabeça. Eu sabia! Devia ter mantido meu plano original. Eu deveria ter ido atrás de Summer, pois seria mais firme. Você sempre foi fraco com ela. Talvez por você ser filho único e ela ser como uma irmã para você, mas, acredite, o que quer que ela tenha dito, está errado.

Agora era Ethan quem estava irado.

– Você acha que eu não consigo tomar decisões por conta própria? É isso o que está dizendo? – ele disse, irritado.

– Só estou dizendo...

Feito para você · 61

– Nem comece! – Ethan o interrompeu. – Você acha que só porque passei um tempo conversando com a sua irmã, assim, de repente, decidi não fazer a escalada? Que merda de pessoa você acha que sou?

– É esse o ponto, Ethan, eu não sei! Você nunca mencionou a possibilidade de não querer vir! Treinamos juntos, fizemos reuniões com os guias juntos, compramos o material juntos. O que você queria que eu pensasse? Não vi uma única pista de hesitação até esse encontro sem sentido com Summer!

– Não é sem sentido! – Ethan declarou com firmeza, percebendo, ao falar, que aquilo era verdade. – Isso é sobre mim. Sou um homem adulto e não devo a você nem a ninguém explicações pelas decisões que tomo. Toda essa coisa de escalada foi ideia sua e, para ser honesto, também não acho que você devesse ir. Summer apenas disse em voz alta o que todos sabíamos: você não está fisicamente pronto para algo assim. Pessoalmente, acho que você está louco. Vai ser uma vulnerabilidade da equipe, mas você se recusa a admitir isso. Se é algo que você quer fazer, faça. Mas não me encha por eu não querer viver a minha vida exatamente do jeito que você vive a sua. – Suas palavras tinham tanto um tom de desafio como de conclusão.

Zach ficou em silêncio por vários minutos antes de se afastar alguns passos e voltar.

– Por que você não disse nada antes?

– Teria feito alguma diferença? – Ethan não esperou pela resposta. – Você estava decidido a fazer isso, a provar que pode fazer isso. Não acho que seja necessário. Não tenho nada a provar.

– Não sei o que dizer – respondeu Zach, com a voz muito mais calma do que minutos antes.

– Poderia dizer que entende o que estamos todos dizendo e que vai esperar até o ano que vem, quando sua perna estiver mais forte.

Zach balançou a cabeça.

– Não... Não posso fazer isso. Sei que consigo, Ethan. Preferia que você estivesse junto.

– Não vai acontecer. Eu não vou. – Suas palavras foram simples e honestas.

– Você tem certeza? – Zach perguntou, e Ethan confirmou. – E o que vai fazer? Voltar para Portland?

– Não, vou aproveitar esse tempo para relaxar. Já faz muito tempo que não tenho oportunidade de fazer isso – respondeu Ethan.

Zach queria estar bravo, tudo nele pedia para que fizesse Ethan mudar de ideia. Mas bastou um olhar sincero para seu amigo para saber que não adiantaria. Quaisquer que fossem suas razões, Zach sabia que a decisão de Ethan de não fazer a escalada estava tomada. Então, em vez de se irritar ainda mais, fez a única coisa que sabia fazer.

– Que ridículo. Muito, muito ridículo. Vai aproveitar o spa? Talvez fazer os pés ou uma limpeza de pele enquanto estiver no hotel?

– Depende – sorriu Ethan.

– De quê?

– Se terei direito ou não a um desses drinques com guarda-chuvinha enquanto estiverem lixando as minhas unhas.

•

Como sempre foi um amigo presente, Ethan apareceu na manhã da escalada para desejar sorte a Zach. Ele esperou para ver se se arrependia ou, ao menos, ficava em dúvida, mas isso não aconteceu. Era tudo o que Ethan precisava para ter certeza de sua escolha. Todos os seus equipamentos estavam no hotel, então, não seria difícil mudar de ideia, caso quisesse. Mas a verdade é que seu coração nunca quis, realmente, fazer essa viagem. Ele tinha concordado com a escalada primeiramente por hábito: Zach sempre vinha com a ideia da aventura, e Ethan sempre topava.

Até aquele momento.

O que isso significava? O que queria dizer a respeito do estado de sua vida? Ele sempre foi um comandado? Ser independente e cabeça-dura eram características das quais Ethan sempre se orgulhara; esse orgulho estaria equivocado?

Depois que Zach e a equipe partiram, Ethan se permitiu o luxo de ficar alguns dias no hotel, sem interação com o mundo exterior. Não ligou para o escritório para avisar que não faria a escalada. Se alguém ficasse sabendo que ele estava disponível, certamente Ethan perderia o tempo para si que havia conquistado. A equipe era eficiente, mas todos se sentiam mais confortáveis com sua aprovação das decisões.

No terceiro dia, o ambiente começou a ficar desconfortável. Com todo aquele conforto, não tinha conseguido pensar qual rumo gostaria de seguir. Por anos, tinha seguido os planos de Zach. Droga. Ele era um seguidor. Agora, com o mundo a seus pés, poderia ir para qualquer lugar e aproveitar essas três semanas sem interrupções.

Mas era mais fácil falar do que fazer. Procurou muitos destinos exóticos, mas poucos o tocaram, e aqueles que o tocaram fizeram com que ele quisesse a companhia de alguém. Alguém como Summer. Droga.

Não, ele disse para si mesmo pela centésima vez. *Ela não é para você. Você precisa seguir em frente e esquecê-la. Esquecer a noite que passaram juntos e todas as possibilidades de um futuro.* Não aconteceria. Por quê? Porque, por mais que o matasse admitir, Ethan sabia que sua amizade com Zach e com todos os Montgomery significava muito para ele colocar em risco por uma relação que poderia não dar certo. Ele seria capaz de lidar com a crise familiar em que se meteriam se começassem a namorar?

Só de pensar, Ethan ficou com dor de cabeça. Por que ela? De todas as mulheres com quem se relacionara, merda, de todas as mulheres do planeta, por que Summer Montgomery era a que ele não conseguia tirar da cabeça? O universo o estava punindo por algo. Não havia outra explicação para esse cruel capricho do destino.

– Férias – murmurou ele. – Encontre um lugar para ficar por algumas semanas e poder voltar para Portland com a cabeça limpa. – Era uma boa ideia agora que ele estava sozinho no quarto do hotel, mas será que funcionaria na vida real? Será que ele conseguiria tirar Summer de seus pensamentos? – Só tem um jeito de saber.

Ethan colocou o tablet sobre a mesa e abriu um mapa da região. Ele nunca havia visitado o Alasca, e a ideia de ficar por ali enquanto Zach fazia a escalada pareceu fazer sentido. Havia muitas coisas para fazer, muitas atividades que o interessavam, e nenhuma ficava muito longe. Fora que ele estaria ali quando Zach voltasse e poderia ouvir tudo sobre a escalada no voo de volta.

Não demorou muito para perceber que já estava de saco cheio da própria companhia. Resmungando, pegou a chave do quarto e decidiu ir até o bar para tomar alguma coisa. Talvez ele pudesse conversar com o bartender e ver se ele teria alguma sugestão de lugar com uma bonita vista onde ele pudesse se sentir um pouco fora da civilização.

O bar estava bastante cheio. Ethan arranjou um lugar e pediu uma cerveja. Havia um casal ao seu lado e ele sorriu para eles, esforçando-se para não ouvir a conversa.

– Eu não acredito na quantidade que vimos! – A mulher estava em êxtase. – Quer dizer, eu achei que fôssemos ver uma ou duas baleias, mas nunca imaginei ver seis de uma vez só!

O marido riu.

– Como podemos ter certeza de que eram seis diferentes? Talvez fosse a mesma se exibindo.

– Ah, Jim – riu ela. – Não acabe com a minha alegria!

– Sinto muito – ele também riu. – Sei quanto você gostou. Pessoalmente, me diverti muito pescando. Nunca pensei em ter uma experiência assim. Precisaremos voltar outra vez.

– Com licença – disse Ethan, virando-se para o casal. – Não pude evitar ouvir a conversa de vocês. Estou procurando um lugar para pescar. Se importariam se eu perguntasse aonde foram?

– Baía dos Glaciares – respondeu Jim. – Há um grande hotel e muitas atividades. Fomos observar as baleias e pescar. Também passeamos de caiaque e fizemos alguns passeios aéreos para observar a vista. Estou dizendo, é o passeio perfeito se você gosta de estar ao ar livre.

– Disso eu gosto – disse Ethan, com a mente começando a pensar em todas as possibilidades. – Obrigado, vou dar uma olhada. Tenham uma boa noite. – Ethan pagou a conta e voltou para o quarto para fazer uma pequena pesquisa.

Não demorou muito para descobrir que aquele era exatamente o tipo de lugar que ele estava procurando. Na verdade, se Zach não fosse tão viciado em adrenalina, Ethan até consideraria sugerir a baía dos Glaciares como um possível futuro destino. Infelizmente, ele pressentia que aquilo seria muito calmo para os padrões de Zach.

Mas não para Summer.

Droga. Por que ele tinha chegado nisso? Por quê? Porque, no último mês, Ethan havia descoberto que Summer continuava gostando de atividades ao ar livre. Quando eles eram mais jovens, seus irmãos nunca a incluíam nos programas que faziam – como esportes, acampamentos, pescarias –, mas Summer havia encontrado sua própria diversão ao ar livre pedalando e jogando tênis, caminhando e velejando. Os homens da família Montgomery consideravam suas atividades muito calmas, mas, vendo agora, ele tinha de admitir que eram muito interessantes.

– Ok, se concentre. – Ele se advertiu ao ver o site.

Baía dos Glaciares. Diversas atividades e um hotel no local. Seria um ótimo passeio que o manteria ocupado enquanto poderia fazer as atividades ao ar livre que tanto gostava sem arriscar sua vida. E foi aí que ele encontrou a resposta: Ethan não sentia mais a necessidade de ser tão extremo. O que havia de errado em pescar? Passear de caiaque? Ou apenas caminhar e aproveitar a natureza? Por que essas atividades não poderiam ser plenamente satisfatórias, sem a necessidade de levar tudo ao nível extremo de adrenalina?

Com uma renovada forma de ver a si mesmo, Ethan fez a reserva e começou a montar a mala. Agendou um voo para a manhã seguinte. Agora, só tinha de conseguir passar a noite sem duvidar de sua escolha.

Seria tão difícil assim?

Capítulo 6

– Presumo que as termas não foram como você esperava.

Summer olhou para Gabriella na segunda-feira pela manhã ao chegar na empresa:

– Por que você diz isso?

– Porque você não parece nem um pouco relaxada. Ou descansada. Se quiser minha opinião, parece ainda mais tensa do que quando foi embora daqui, na quinta-feira.

Com um suspiro, Summer colocou sua pasta no chão e puxou uma cadeira para se sentar em frente a Gabriella.

– Não foram mesmo.

Não havia necessidade de explicação, Gabriella sabia exatamente o que ela queria dizer e de quem estava falando.

– Provavelmente estão se preparando para começar a escalada enquanto conversamos.

Summer balançou a cabeça.

– Não posso pensar nisso. Já é ruim o suficiente meu irmão gostar de enfrentar a morte, mas precisava levar o Ethan com ele? – Um sorriso complacente surgiu no rosto de Gabriella. – O que quero dizer é que já é ruim o suficiente me preocupar com um membro da família, agora preciso me preocupar com dois.

– Membro da família. Sei.

Seu olhar se aprofundou.

– Certo, não vejo Ethan como tecnicamente da família, mas ainda assim me preocupo.

Gabriella quase disse que ela também se preocupava, mas manteve essa informação para si.

– Bom, se as termas não ajudaram, só resta uma coisa a fazer.

– O quê?

– Uma viagem juntas.

Foi a vez de Summer abrir um sorriso.

– Humm... gosto da ideia. E o que você está pensando? Massagens? Manicure? Pedicure? Jantar um pote de sorvete? Porque, preciso lhe dizer, eu topo completamente.

Gabriella balançou a cabeça, triste.

– Por que você sonha tão pequeno?

– Que foi? O que tem de errado com um fim de semana preguiçoso tomando sorvete? Se você for boazinha, ainda coloco cookies.

Mais um olhar triste.

– Eu tinha algo mais... emocionante em mente.

– Ah, não – disse Summer, balançando a cabeça. – Deixo toda a droga da aventura para o meu irmão. Se você quiser escalar uma montanha ou saltar de um avião, não conte comigo.

– Pare de ser tão dramática – disse Gabriella, sorrindo. – Estou falando de algo um pouco mais aventureiro, ao ar livre.

– Estou curiosa.

– Baía dos Glaciares. Podemos ir na sexta-feira. Tenho duas semanas livres, graças ao seu irmão. E você também.

– Sim, percebi isso essa manhã – disse Summer, sem entusiasmo. – Rick me parabenizou pelo bom trabalho que fiz no projeto da semana passada e se desculpou por não ter mais nada para me passar por este ser um período fraco do ano – suspirou ela. – Eu estava começando a pegar o ritmo e já estou parada.

– Você está vendo isso do jeito errado.

– Aposto alto que Zach o mandou falar isso para que eu não possa fazer nada enquanto ele estiver fora.

– Esqueça seu irmão por um minuto. Você ganhou férias sem precisar esperar um ano. Fique feliz! Alegre! Coloque um sorriso no rosto!

– Aqui está. – Summer fingiu um sorriso. – Feliz.

– Sinceramente, tem algum defeito nos genes dos Montgomery – disse Gabriella. – Tudo bem se divertir um pouco, Summer. Você pode se divertir. Eu, pessoalmente, tinha pensado em ficar em casa e fazer uma faxina de primavera, mas isso parece muito mais interessante. O que você acha?

Summer parou um minuto para pensar na proposta.

– Podemos fazer isso? Quer dizer, está meio em cima da hora.

– Sim, já fiz as reservas.

Summer olhou para ela com estranheza:

– Já reservou? Mas... por quê?

– Eu... eu fiz muitas pesquisas para ajudar Zach com a viagem – Gabriella corou. – A região, você sabe, o Alasca, é intrigante. Vi a baía dos Glaciares nas pesquisas porque queria entender por que ela é tão famosa.

– Acho que a baía dos Glaciares não fica perto de Denali, fica?

Gabriella negou.

– Não fica, mas é uma viagem rápida de avião. – Ela desviou o olhar, desconfortável. – Não que tenhamos algum motivo para ir até Denali. Quer dizer, os dois já partiram e não vão voltar antes de estarmos sãs e salvas aqui.

– Você está estranha, Gabriella. Está tudo bem?

– Está, sim. – Gabriella limpou a garganta. – E então, o que diz? Podemos ir, descobrir o que há de tão interessante nas paisagens do Alasca e, talvez, ter um pouco para conversar com eles quando voltarem.

Summer arqueou a sobrancelha:

– E desde quando você quer ter algo em comum com Zach?

– Não foi o que eu quis dizer – respondeu Gabriella rapidamente, ainda mais corada. – De qualquer maneira, podemos conhecer uns caras interessantes que não curtam atividades tão perigosas. Fora que ouvi dizer que observar as baleias é muito emocionante. – As duas riram. – Estou falando sério, Summer. Podemos ir e fazer alguns passeios, caminhadas e, talvez, você conheça alguém interessante.

– Ah, eu não sei, Gabs – hesitou Summer. – Acho que não estou pronta para isso.

– Não seja tão covarde. Se você não está saindo com ninguém, apenas vamos seguir o fluxo e talvez, só talvez, deixar um homem nos pagar bebidas. Flertar um pouco. O que me diz?

Era muito tentador. Haveria muita distração para manter seus pensamentos longe da escalada de Zach e de... Ethan. Mesmo que estivessem a apenas uma curta viagem de distância. Summer ainda não conseguia lidar com o fato de ela e Ethan enfim terem dormido juntos e de ele ter partido. Pior, ter partido e entrado em um avião para fazer uma viagem perigosa com seu irmão. Era como levar dois tapas na cara.

– Não posso – disse ela. – Não posso simplesmente ir viajar. Tenho que cuidar da Maylene. Ela é só um filhote... bem... o treinamento dela não está indo tão bem como eu previa.

– Então você tem muita sorte por eu conhecer uma *dog sitter* que é especialista em adestrar filhotes.

– De verdade, tem alguma coisa que você não saiba?

– Claramente, não sei como fazer você aceitar um passeio para descansar! – Gabriella disse, soltando uma gargalhada. – Vamos, Summer. Maylene ficará bem. Quando você voltar ela será o cãozinho perfeito.

– Minha natureza impulsiva é querer me meter em encrencas. Estou tentando ser razoável e ponderada. E você não está ajudando em nada.

– Ser razoável é uma característica muito superestimada. E, se eu puder acrescentar, chata.

– Sabe, você costuma fazer esse escritório parecer um ambiente razoável e ponderado. Esse é um lado seu completamente diferente. – Summer estudou a amiga por um momento. – Acho que gosto dessa versão de você.

– Então? – Gabriella perguntou, ansiosa. – O que me diz? Posso cuidar de tudo, você só precisa fazer as malas e embarcar. – Ela esperou um momento antes de se inclinar para a frente na cadeira. – Então?

– O que posso dizer? – Summer abriu um grande sorriso. – Vamos ver algumas baleias!

Ethan não entendia tanta animação. Vinte e quatro horas de sua grande aventura no Alasca e ele já estava entediado.

– Há algo muito errado comigo – murmurou ele enquanto entrava na fila para o passeio de bote que o levaria para ver as baleias. Ethan havia decidido fazer o passeio à tarde para poder dormir um pouco. Mas, por mais que estivesse descansado, as coisas que via não o impressionavam. – Com certeza o problema sou eu.

Mais de uma mulher bonita havia demonstrado interesse por ele na última hora, enquanto ele comprava os tíquetes para o passeio e, apesar de isso ser algo que deveria despertar seu interesse, não foi o que aconteceu. Ethan não queria estar com outra mulher. Não no momento. Talvez nunca mais. Depois de ter passado a noite com Summer, de ter feito amor com ela, sabia que seria difícil substituí-la por outra pessoa. Não se encontra esse tipo de conexão, de química, com frequência. Às vezes, nunca.

Suspirando, Ethan olhou para as pessoas com quem passaria o dia. Era impressionante que ele nunca tivesse se sentido mais sozinho, mesmo estando em uma sala cheia de gente. Para onde quer que olhasse, via Summer. Ethan sabia que aquilo era impossível, pois ela estava em Portland, trabalhando, cuidando da cachorra... Vivendo. Enquanto isso, ali estava ele, cuidando de uma xícara de café enquanto segurava uma capa de chuva, binóculos e uma câmera, e a imaginava rindo.

– Ótimo, agora também ouço coisas – murmurou Ethan, e tomou o último gole do café.

Quando ouviu o mesmo riso outra vez, endireitou a postura e olhou em volta. A poucos metros dele estava uma mulher que facilmente poderia ser gêmea de Summer. Ela estava de costas para ele e, antes que pudesse ver seu rosto, o alto-falante informou que deveriam embarcar.

Droga.

Sem outra escolha, Ethan seguiu o grupo e não pôde evitar entrar na animação daqueles que o rodeavam. Aquela não era uma atividade usual para ele, mas isso não significava que não a aproveitaria.

Apenas precisaria se esforçar um pouco mais.

Seguindo a multidão, ele encontrou um lugar no deque. Aquele barco em particular levava cerca de trinta passageiros por vez, então não ficava tão cheio. O problema é que parecia que todos tinham companhia, menos ele.

Tentando fazer "One is the loneliest number" parar de tocar em sua mente, Ethan concentrou-se na água e fez o melhor que pôde para manter uma atitude positiva. Seriam quatro horas observando as baleias bem na sua frente, então, ele precisava encontrar algum entusiasmo e tentar não imaginar Zach apontando o dedo e rindo por ele ter feito algo tão leve.

Depois de uma hora de passeio, Ethan estava com frio por causa da água e decidiu sair do deque para pegar mais uma xícara de café. Até o momento, não tinha visto baleias, mas o cenário era de tirar o fôlego. Fechando a porta que levava ao deque atrás dele, ele olhou em volta e viu que a fila para bebidas e salgados estava relativamente pequena. Havia apenas duas mulheres na sua frente. Quando Ethan se aproximou, ouviu a risada de novo.

A risada de Summer.

Ele estava ficando louco. Como poderia continuar ouvindo a risada dela, imaginando vê-la em todo lugar? Por que sua mente estava fazendo isso com ele? Por quê...? Então, ele viu. Sua mente não estava pregando peças nele. Ao se aproximar, percebeu que a mulher que ele ouviu rindo era Summer e que Gabriella estava junto.

Sem saber o que fazer, continuou apenas olhando. O que as duas estavam fazendo no Alasca? Por que não estavam em Portland? Ele sabia que Gabriella precisaria tirar suas férias durante a ausência de Zach, mas por que Summer, ou mesmo Gabriella, não mencionaram que viriam para a baía dos Glaciares? Esse não era exatamente o tipo de férias que ele imaginaria que as duas tirariam.

E por que não? Summer era uma mulher atlética que gostava de atividades ao ar livre. Ethan não tinha ideia que Gabriella também fosse assim. Ela parecia mais adepta de spas de luxo. Ele estava pensando de quem teria sido a ideia de ir para lá. Será que elas teriam ido até Denali antes para tentar impedir Zach de fazer a escalada? Ou impedi-lo?

Só tinha um jeito de descobrir.

Assim que pensou isso, dois homens se aproximaram de Summer e Gabriella. Ele se afastou e silenciosamente fulminou o homem que disse algo que fez Summer sorrir. Merda. Não dava para ele ficar vendo-a com outro cara. Ele estava se preparando para se aproximar quando os quatro pegaram suas bebidas e voltaram para o deque.

– Posso ajudar? – O atendente perguntou. Ethan estava dividido entre pegar o café que havia ido buscar e ir atrás de Summer. – Senhor?

Ethan pediu seu café e rapidamente voltou para fora. Todos estavam exclamando, admirados, e ele percebeu que era a primeira vez que viam uma baleia saltando de costas. Era realmente impressionante, mas ele só tinha olhos para Summer. Então lentamente se aproximou de onde ela e Gabriella estavam com seus novos amigos. Gabriella o viu primeiro, e ele viu quando ela indicou que Summer olhasse em sua direção.

– Ethan? – Summer disse, seus olhos arregalados de surpresa. – O que você está fazendo aqui? Por que não está na montanha com Zach? – Ela rapidamente parou de falar e olhou em volta. – Ele também está aqui? Vocês decidiram não ir?

Era isso? Era só o que ela tinha a dizer para ele? Seus olhos se firmaram no dela e ele observou sua roupa esportiva. Ela usava calças jeans, botas, um colete e uma echarpe colorida que dava várias voltas em seu pescoço. O cabelo estava preso em um rabo de cavalo, e ela usava apenas um pouco de gloss.

– Ethan – perguntou Summer novamente enquanto ele continuava apenas a observá-la.

– A escalada foi cancelada? – Gabriella perguntou para interromper o silêncio constrangedor.

Ethan queria que todos fossem embora. Exceto Summer. Ela estava ali. Claramente era um sinal de que poderiam ter mais do que uma noite, mais do que uma noite secreta. Enfim, ele respondeu:

– Não, Zach não está aqui. Não, a escalada não foi cancelada. Eu decidi não ir. – Ele viu os olhos de Summer se arregalarem com suas palavras. – Não consegui. – Então ele a viu engolindo em seco e olhando para Gabriella e depois novamente para ele.

– E o que está fazendo aqui? – Summer perguntou, em voz baixa.

– Poderia fazer a mesma pergunta.

– Se vocês dois nos derem licença, vamos ver as baleias – Gabriella disse, indo até a beirada do barco com seus dois novos amigos.

– Não entendo, Ethan – disse Summer. – Por que você não foi com o Zach?

Ele deu de ombros.

– Eu nunca quis de verdade fazer essa escalada. E foi só quando chegamos lá que percebi quanto eu não queria ir.

Ela ficou extremamente desapontada. Não era por sua causa que ele não tinha ido, era por outro motivo.

– Ah.

Aproximando-se, Ethan colocou um dedo sob seu queixo:

– Tudo o que você disse faz sentido, Summer. Você estava certa. Não havia como eu ir de consciência tranquila. Sinto muito por não ter conseguido convencer seu irmão a desistir, mas, como você sabe, ele é bem teimoso.

Ela concordou, mas não conseguia falar. Apenas o toque de seu dedo a fazia se entregar. Ela olhou para Gabriella e viu que os dois rapazes com quem estavam conversando tinham ido embora. Summer suspirou. Por mais que ela quisesse ficar ali e conversar com Ethan, passar mais tempo com ele, ela estava em uma viagem de amigas com Gabriella. Era apenas sua má sorte.

– Bem – ela começou a dizer tentando dar um passo para trás –, acho melhor me juntar a Gabriella. – Ela demonstraria mais animação a caminho do dentista. Seu olhar encarou o de Ethan por mais tempo do que deveria. – Você... você quer se juntar a nós?

A resposta imediata seria sim, mas Ethan olhou e viu Gabriella com outros dois homens. Aquilo o deixou enciumado pois, se não tivessem se encontrado, Summer estaria passando a tarde com eles.

– Eu adoraria, mas não gosto de ficar sobrando.

– Sobrando? – Então ela entendeu. Ao olhar para trás viu Gabriella observando o mar com um par de binóculos. – Vem, vai ser legal.

Havia outras atividades que Ethan gostaria de fazer com Summer, e observar baleias não era uma delas. Em vez de discutir, mudou de assunto.

– Onde vão ficar?

– Ah, vamos ficar no hotel.

– Você não comentou que viria para cá quando nos encontramos.

Summer corou ao se lembrar da última vez em que ele a tinha visto.

– Foi uma coisa de momento. Gabriella já tinha tudo arranjado. Depois de toda a pesquisa que fez para Zach, ficou curiosa para conhecer o Alasca. Nós duas ganhamos um tempo livre e decidimos vir ver.

– Espero que não fiquem desapontadas – disse ele, sorrindo.

Summer não podia evitar retribuir o sorriso. Ela queria dizer que seria impossível ficar desapontada agora que ele estava ali e poderia compartilhar tudo com ela. Summer se aproximou de Ethan e estava prestes a perguntar se ele tinha planos para o jantar quando Gabriella chamou:

– Venham! Estão perdendo tudo. É incrível! Já vi pelo menos duas baleias!

– Acho que é a nossa deixa – disse Summer, delicadamente, ao se virar para ir até a amurada. Como Ethan não se moveu imediatamente, ela pegou sua mão e a apertou.

Podia não ser exatamente o que ele tinha imaginado para os dois, mas, por ora, Ethan estava feliz em aproveitar a chance que podia.

•

Quando o passeio terminou e o barco aportou, Summer estava se sentindo mais feliz do que ultimamente. Além de ter visto lindas paisagens e de ter passado tempo com Ethan, ela se sentia muito confiante.

– Já tem algum plano para esta tarde, Ethan? – Gabriella perguntou, e Ethan achou que ela sabia de seus sentimentos por Summer. Ela ficava empurrando Summer para perto dele e parecia feliz por ele estar ali.

– Na verdade não planejei nada. Estava pensando em ir fazendo as coisas de acordo com o que fosse aparecendo. E vocês? Já têm planos? – A pergunta foi para as duas, mas ele só tinha olhos para Summer.

– Pensamos em descansar e depois sair para jantar. Você nos acompanha, né? – Summer perguntou.

– Claro – respondeu Ethan. Por mais que soubesse que não poderia pedir para Gabriella se afastar, ficou pensando em como poderia conseguir um tempo a sós com Summer. Por enquanto, esperaria pelo momento certo.

Os três voltaram para o hotel conversando sobre o que tinham visto no barco. Summer falava, animada, sobre seus planos de fazer um scrapbook e a ansiedade de tirar mais fotos durante a estada, o que a levou a compartilhar sua breve tentativa de ser fotógrafa de uma revista em Nova York.

– Você faz escolhas ecléticas de carreira – disse Gabriella. – Sorte que tem tantos talentos.

– Por favor, você ganha de todos nós no quesito talento – disse Summer, ao entrarem no hotel. – Ainda estou tentando descobrir uma coisa em que seja realmente boa para poder me fixar. Você achou seu espaço. É você que tem sorte.

Gabriella corou e limpou a garganta:

– Vou comprar uma revista e água na loja de presentes. Quer alguma coisa?

– Não, obrigada – respondeu Summer, mas sua atenção estava totalmente voltada para Ethan.

– Então – ele começou –, a que horas estão pensando em jantar?

– Não sei bem. Acho que não fizemos reservas, e você?

Ethan aproximou-se de Summer:

– Eu tinha pensado em pedir serviço de quarto e ficar por lá. Então, sou flexível.

– Ah, claro. – Summer estava nervosa e não sabia bem o que dizer. O pensamento de jantar com Ethan no quarto era mais do que convidativo, mas ela sabia que não seria possível. – Eu... hum... acho que vou falar com Gabriella e ligamos para você quando definirmos o que fazer.

– Acho que pode ser – concordou Ethan. – Ou...

– Ou o quê?

Ele se inclinou na direção dela, perto o suficiente para ver suas pupilas dilatarem e para sentir seu perfume.

– Ou... você pode vir comigo. – Ele não deu mais detalhes porque estava tudo implícito.

Summer queria desesperadamente dizer sim; era como ter uma segunda chance de viver sua fantasia perfeita. Ela poderia fugir disso? Bastou olhar para Gabriella para saber sua resposta:

– Eu... eu não posso.

– O quê? Por quê?

– Nós dois sabemos por quê. Não contei para ninguém sobre o fim de semana passado, Ethan. Estou aqui com Gabriella, e ela vai, certamente, perceber se você e eu sairmos juntos. Fora isso, estamos dividindo o quarto. Ela vai perceber quando eu não voltar. – Em algum ponto de sua mente, Summer sabia que aquilo era o melhor a fazer. Ela só queria que não machucasse tanto.

Ethan recuou e concordou. Ele não queria pressioná-la e deixá-la desconfortável. Ter tomado consciência do que sentia por ela era um fato recente, talvez precisasse lhe dar o tempo de conhecê-lo como homem, e não apenas como amigo de seu irmão.

– Eu entendo. Acho que vejo você no jantar. – Ele não se moveu. Droga, ele mal respirava.

Não era difícil perceber a indecisão no rosto de Summer, mas, no fim, ela se virou e foi até a loja. Ele não se moveu quando ela saiu de seu campo de visão, nem quando Gabriella se virou na sua direção.

– Você está louca? – Gabriella disse assim que Summer chegou a seu lado.

– Do que você está falando? – Summer perguntou ao pegar uma revista e começar a folhear.

– Pode me dizer por que você está aqui, comigo, lendo *Men's Health* quando poderia estar em qualquer outro lugar com Ethan?

Summer olhou para a amiga em choque:

– Eu e Ethan? – Sua voz desafinou. – Você está louca? Onde... o que fez você pensar isso?

Gabriella jogou a cabeça para trás e riu uma gargalhada alta que fez as pessoas que estavam por perto olharem na direção delas. Quando conseguiu recuperar o fôlego, encarou Summer e disse:

– Sério? Você está mesmo me fazendo essa pergunta?

– Sim.

Gabriella mudou a bolsa de ombro:

– Ok, vamos começar pelo fato de você ficar olhando para ele no escritório o tempo todo.

– Não fico, não.

– Todo. O. Tempo. Segundo, porque ele olha para você o mesmo tanto.

– Não olha. – Summer arregalou os olhos.

– Todo. O. Tempo. Inferno, ele está ali, fazendo isso agora mesmo. Por que você não faz um favor a todos nós e vai se divertir?

– Mas e...

– Eu vou ficar bem sozinha. Acho que vou pedir o jantar no quarto e comer sobremesa na cama. – Quando Summer tentou interrompê-la, ela prosseguiu: – Minha boca é um túmulo, Summer. Ninguém vai ficar sabendo de nada por mim.

– Mas e Zach?

Gabriella franziu as sobrancelhas ao ouvir o nome do chefe:

– O que tem ele?

– Você trabalha para ele. Se ele descobrir, vai ficar louco.

– Por favor. Seu irmão fica louco com tudo e, como disse, ele não vai saber de nada por mim. Se ele perguntar se sei de alguma coisa, vou negar até o fim – sorriu ela. – Vá! Sei que você disse que não estava interessada em sair com ninguém, mas acho que essa afirmação não se aplica ao senhor Reed logo ali.

Summer estava com medo de se virar:

– Ele ainda está ali mesmo? – ela sussurrou.

Gabriella fez que sim:

– E olhando para você como se não pudesse mais esperar.

– Então acho que não devo deixá-lo esperando – sorriu Summer.

– Assim que se fala, garota! Vá lá!

Summer colocou a revista de volta na estante e abraçou Gabriella antes de se virar e encarar Ethan. Sua expressão era profunda, e no mesmo momento ela soube que tiraria o máximo de proveito de cada segundo que tivessem juntos. A noite que passaram juntos tinha sido muito curta. Ela aproveitaria o tempo com ele e não o deixaria partir até o último momento possível.

Ela respirou fundo, deu uma ajeitada no cabelo, na echarpe e foi encontrá-lo. Quando parou na frente dele, olhou dentro de seus olhos e disse:

– Você disse alguma coisa sobre ir com você, gozar o dia – ela enfatizou a palavra "gozar" e viu um sorriso aparecer nos lábios de Ethan.

– Disse.

– Essa oferta ainda continua na mesa?

O sorriso dele cresceu:

– Querida – o sorriso cresceu –, essa oferta vale para onde você estiver.

Sem mais nenhuma palavra, Ethan pegou a mão de Summer e a levou para o hall dos elevadores. E a tensão tomou seu corpo inteiro. Se ele não estivesse enganado, achava que Summer estava um pouco trêmula.

Ficou feliz por ver que estavam sozinhos quando as portas se abriram. Ele a levou para dentro, apertou o botão para o andar do seu quarto e a abraçou, pressionando seus lábios contra os dela. Agora que ele conhecia seu corpo, seu gosto, estava surpreso por sua necessidade por ela não ter diminuído. Ela se encaixou perfeitamente nele, seus lábios se abriram e sua língua foi ao encontro da dele. Virando-a de forma que as costas dela ficassem contra a parede do elevador, ele esfregou sua ereção em Summer e quase gemeu quando a mão dela desceu para tocá-lo. Ele não sabia nem mesmo se conseguiriam chegar até o quarto. Se dependesse dele, Ethan pararia o elevador e a tomaria ali mesmo, naquele momento, no elevador, contra a parede.

Ele ouviu o sinal avisando que tinham chegado e respirou aliviado ao ver que era o seu andar e que não havia ninguém esperando o elevador. Era uma tortura ficar longe dela, mas Ethan sabia que quanto antes chegassem à suíte, mais rápido poderiam terminar o que tinham começado.

Sem demora, ele abriu a porta e os dois entraram. Ele prensou Summer contra a porta e a levantou até ela colocar suas lindas pernas em torno da cintura dele. Sua boca estava na dela, e quando Ethan sentiu as mãos de Summer em seu cabelo, soube que não conseguiria ir além. Seria naquele momento; precisava ser.

– Não consigo esperar – disse ele, sem ar, levantando a cabeça para olhá-la nos olhos.

– Nem eu – disse ela, beijando sua mandíbula e seu pescoço. – Agora, Ethan, agora.

Era tudo o que ele precisava ouvir.

Depois eles foram para a cama. Já era muito mais tarde quando Summer acordou e olhou para o relógio: onze horas. Só isso? Parecia que havia passado muito mais tempo. Ethan estava abraçado com ela naquela cama grande, e tudo estava uma delícia. Mas o melhor era saber que ainda era cedo e que eles teriam duas semanas antes de Summer ter de partir.

Duas semanas inteiras.

Sozinhos.

Ela e Ethan.

Na cama.

Ela se mexeu e abriu um sorriso quando o braço de Ethan apertou sua cintura, puxando-a para mais perto. Ela sentia a ereção dele em seu quadril e ronronou, feliz.

– Você é insaciável – disse ele, começando a beijá-la.

– Você parece estar se contendo muito bem.

Ele lhe deu mordidinhas até ela se virar e ele poder beijá-la adequadamente. Quando finalmente precisou tomar ar, olhou em volta.

– Que horas são?

– Pouco depois das onze.

– Você está com fome? Quer que eu peça o jantar para a gente?

Ela sorriu com a preocupação dele.

– Está um pouco tarde para jantar, não acha?

Os olhos de Ethan passaram pelo rosto dela assim como suas mãos passaram por seu corpo.

– Você jantou antes de virmos pra cá?

– Não.

– Então não é muito tarde – disse ele suavemente. Relutante, Ethan saiu da cama e foi procurar suas calças. Minutos depois, voltou para a cama com um cardápio e deitou-se ao lado de Summer. – O que você quer?

– Acho que já tive o que eu queira – riu ela.

– Foco, mulher! – ele riu com ela. – Você acabou comigo e agora preciso de proteínas ou algo assim para aguentar a noite.

Como ela tinha conseguido passar a semana sem ele? Sem brincar ou rir com ele, como? Aliás, como ela tinha passado anos gostando dele sem nunca ter tido essa experiência?

– Eu vou comer um bifão – anunciou Ethan, entregando o cardápio para Summer.

– Típico de homens – suspirou ela e passou pelas opções. – Eu vou querer...

– Se você disser salada, juro que grito. – Ele a interrompeu.

Summer olhou para ele:

– Eu ia dizer um bifão também. Com salada – ela disse, antes de beijá-lo. Deu mais uma olhada no cardápio antes de o devolver para Ethan. – E uma fatia do bolo de chocolate trufado de sobremesa, por favor.

Ethan se inclinou e a beijou:

– Típico de mulheres.

Ele foi até o telefone para solicitar o serviço de quarto e, quando voltou, encontrou Summer na janela, olhando para as montanhas. Ela estava usando um robe grande e macio que a cobria da cabeça aos pés, mas ele sabia o que tinha por baixo. Seus dedos começaram a formigar com a necessidade de tocá-la novamente.

Ethan ficou irritado consigo. Por que Summer o deixava tão fraco? Tão necessitado? Não lhe parecia justo que, por tudo o que tinham em comum e pelo tanto que se gostavam – na cama e fora dela –, precisassem se esconder para poderem ficar juntos. O que aconteceria quando voltassem a Portland? Continuariam se vendo escondido aos finais de semana? Ethan odiava essa ideia. Não era justo. Nada disso era justo. Summer merecia mais.

Summer virou-se para ele:

– Quanto tempo até o jantar chegar?

– Disseram que cerca de trinta minutos. – Ethan observou Summer se afastar da janela e puxar a faixa do robe, que caiu a seus pés. Ele apenas conseguia observá-la se aproximando.

– Então é melhor aproveitarmos – disse ela, com um sorriso sensual.

Summer voltou, pé ante pé, ao quarto que dividia com Gabriella pouco antes do dia amanhecer. Sair da cama de Ethan foi uma das coisas mais difíceis que ela já havia feito, mas ainda se sentia culpada por deixar Gabriella sozinha no que deveria ser uma viagem de amigas.

Tentando ser discreta, ela foi até a cama e estava prestes a puxar as cobertas quando a luz se acendeu e ela gritou.

– Que horas são? – Gabriella perguntou, com voz de sono.

– Meu deus! – Summer respondeu, com a mão no coração. – Você quase me matou de susto!

Gabriella pegou o relógio e deu uma rápida olhada antes de colocá-lo de novo no criado-mudo.

– São quatro da manhã, Summer. O que você está fazendo aqui?

– Espera... o quê? – Summer se sentou na cama. – O que você quer dizer? Esse é o meu quarto.

Colocando o travesseiro atrás dela, Gabriella se sentou e olhou para Summer.

– Você está querendo dizer que saiu da cama do Ethan pra vir dormir aqui? Sozinha? Você é louca?

Summer sentiu as bochechas ficarem vermelhas.

– Eu... eu só achei que seria muito rude ficar fora desse jeito. Quer dizer, nós planejamos essa viagem, e eu deveria ficar aqui com você.

– Ah... é muito cedo para esse tipo de conversa. – Gabriella voltou o travesseiro para a posição original e deitou-se novamente, virando de lado.

– O que foi que eu disse?

Gabriella se virou novamente e suspirou:

– Summer, achei que fôssemos amigas.

– E somos!

– Certo, então, o que faz você achar que eu poderia preferir que você estivesse comigo sendo que você estava com Ethan?

Ela encolheu os ombros:

– Me sinto uma péssima amiga te largando assim.

– Deixa eu te falar, quando eu encontrar um cara para passar a noite, te largo também. Feito?

– Humm... isso depende.

– É sério que você continua falando?

– É, sim. Continuo – Summer disse com um grande sorriso. – Então, esse cara. É meu irmão ou um cara qualquer?

– Seu irmão? – Gabriella sentou-se e gaguejou. – Por que... por que você está dizendo isso?

– Ah, talvez porque você tenha uma grande queda por ele.

– Como a que você tem pelo Ethan?

– Que é isso? A gente tem o que, doze anos? – Summer disse, rindo. – De qualquer maneira, vamos voltar ao fato de você ser apaixonada pelo meu irmão, Zach...

– Mas não era uma queda? – Gabriella provocou.

– Veremos. De qualquer jeito, se for com meu irmão, sim, você pode me largar. Se for outro, eu decido na hora.

– Isso é muito injusto. Estamos de férias na capital dos machos alfa do mundo. Eu posso muito bem encontrar um cara aqui e te largar.

– Pode, mas não vai.

– E por quê? – Gabriella estreitou os olhos.

– Pelo mesmo motivo que eu não estava interessada em te largar por nenhum outro cara que não fosse o Ethan. Às vezes só existe um cara por quem vale a pena largar as amigas.

Gabriella parecia querer discutir, mas rapidamente fechou a boca.

– Bom, obrigada pelas considerações, mas não pretendo começar meu dia tão cedo. Tinha planejado ter um sono de qualidade. Não me acorde antes do meio-dia.

Summer bocejou:

– Não acho que isso vá ser um problema. Estou exausta.

– Tenho certeza disso.

– O que isso quer dizer? – Summer perguntou enquanto ia até a gaveta pegar seu pijama.

– Ah... precisamos ter essa conversa sobre cegonhas e sementinhas? Achei que você e Ethan já tivessem tudo isso esclarecido.

– Ha, ha. Muito engraçado.

– Só estou dizendo que tenho certeza de que você está exausta porque tivemos um dia bastante cheio antes de você encontrar Ethan. E, além disso, tenho certeza que não ficaram esse tempo todo brincando de palavras-cruzadas.

– Não mesmo – Summer riu. – Nós...

– Pode parar! Não quero ouvir.

– Ficou com inveja? – Summer disse, rindo.

– Claro que não! É só que trabalho com Ethan, e ficaria muito difícil encará-lo se eu soubesse tudo sobre suas habilidades sexuais.

– São as melhores.

– Ugh... dormindo, já! – Gabriella disse ao apagar as luzes.

Capítulo 7

Era um pouco antes do meio-dia quando Summer bateu à porta de Ethan, e o sorriso que ele abriu ao vê-la fez com que Summer se derretesse.

– Ei.

– Ei – disse Ethan, pegando a mão dela e puxando-a para seu quarto. – Como você está?

– Bem. – Summer corou.

Sem conseguir se conter, Ethan a puxou em seus braços e a beijou.

– Conseguiu dormir um pouco? – ele perguntou quando, finalmente, se afastaram.

– Consegui – respondeu ela, suavemente. – Mas preferia ter ficado aqui com você.

– Você sabe que eu queria que tivesse ficado. Não acho que a Gabriella teria se incomodado.

– Ela me disse a mesma coisa quando me pegou entrando no quarto, devagarzinho.

– Não quero dizer "eu te avisei", mas...

– Eu sei, eu sei, você me avisou. – Summer suspirou e se aconchegou no abraço. – Planejou o que para hoje? Alguma coisa?

– Bom, o tempo está ajudando, então pensei em fazer uma trilha ou um passeio de caiaque. E você? Você e Gabriella fizeram planos?

– Tem tanta coisa para fazer que estava achando difícil escolher. Acho que gosto da ideia do caiaque.

Ethan a abraçou com força.

– Então, vamos buscar Gabriella e ver o que ela acha disso.

– Sério? Você não se incomoda de irmos nós três?

– Summer, acredite ou não, gosto da Gabriella. Só não consigo acreditar que ela escolheu passar as férias aqui.

– Por que não?

Ethan olhou para Summer com descrença:

– Por quê? Você já olhou para ela? Ela parece uma modelo ou algo assim, é muito sofisticada. Ela nunca tem um fio de cabelo fora do lugar. A imagem dela fazendo trilhas ou passeando de caiaque sai um pouco da minha imaginação.

Summer não pôde evitar dar risada.

– Eu sei. Eu também achava isso, mas ela gosta de fazer coisas ao ar livre. Não tanto quanto eu e, certamente, não como você e Zach, mas acho que ela vai se virar bem.

– Conhecendo-a, não duvidaria disso nem por um minuto. Ela não só vai se virar como é capaz de se sair melhor que a gente.

Summer se afastou e riu:

– Acho que percebi um pequeno desafio aí, Ethan.

– Eu, lançando um desafio? – Ele sorriu de volta. – Por que eu faria algo assim?

– Porque é exatamente o tipo de pessoa que você é! Raramente faria alguma coisa assim apenas pela diversão, sempre tem um desafio envolvido.

– Bem, com certeza quando estamos falando de Zach ou qualquer um dos seus irmãos. Mas não faria algo assim com você e Gabriella.

Ela se desvencilhou completamente dos braços dele, mas o sorriso continuava em seu rosto:

– Ah, é mesmo? E por quê?

– Porque vocês são… vocês são…

– Se ousar dizer que é porque eu sou uma garota, vou te machucar.

Ethan a puxou de volta para seus braços e a encheu de beijos.

– Mas você é uma garota e, fora isso, não é alguém com quem eu queira competir.

– E o que você quer?

– Querida – ele disse rindo –, o que eu quero é trancar a porta e manter você aqui comigo e mandar o passeio de caiaque, a caminhada, a pescaria ou o que mais esse lugar tiver para oferecer para o inferno. – Ele a acariciou no pescoço. – Eu a manteria nua, na cama, comigo, e esqueceria que o resto do mundo existe.

Ela gemeu.

– Ah, isso parece mesmo muito bom.

– Mas... – ele começou.

– Mas... por mais que Gabriella não se incomode de estarmos juntos, não quero deixá-la completamente sozinha. Fora isso, nem consigo me lembrar de quando foi a última vez que tive tanto tempo para aproveitar minhas atividades favoritas.

– Então a pesca de salmão é uma dessas atividades? – Ele provocou.

– Talvez não essa opção, mas há muitas outras coisas por aqui que eu odiaria perder a chance.

– Está bem – disse ele, fingindo ser compreensivo. – Vamos passear de caiaque e admirar toda a beleza natural à nossa volta por ora. Mas depois? Depois você é minha.

O sorriso de Summer abriu-se e iluminou todo o seu rosto.

– Era o que eu esperava que você dissesse.

•

– Acho que estou realmente fora de forma.

Ethan passou a mão da cintura até a coxa de Summer e depois fez o caminho de volta.

– Você não parece realmente fora de forma.

– Não acredito que o caiaque acabou comigo – riu ela. Estou toda dolorida.

– Bom, para ser honesto, foi um passeio bem demorado. Eu não estava esperando um percurso tão longo assim.

Eles haviam acabado de jantar e estavam na cama depois de Gabriella ter, amavelmente, jogado as coisas de Summer em sua direção e dito para ela não voltar mais.

Pelo menos até o dia seguinte, quando pretendiam ir pescar.

Ethan estava adorando dividir o quarto com Summer e, agora que estavam juntos, ele se sentia completamente em paz. Era como se ela fosse a peça que sempre estivera faltando em sua vida. Passar o dia todo juntos – e agora a noite – fez Ethan achar que sua vida estava quase perfeita. Não que ele não gostasse de sua vida antes, mas agora? Ele puxou Summer para perto e apenas relaxou e sorriu.

Perfeito.

– Foi mesmo um passeio longo – concordou Summer, dando um beijo no peito nu de Ethan. – E ainda assim, Gabriella venceu a nós dois.

– Não é como me lembro das coisas – disse Ethan.

Summer se afastou e riu:

– Que péssimo perdedor.

– O quê? Eu? Como posso ser um perdedor se não estávamos competindo?

– Ah, não estávamos? – Summer se sentou e soltou uma gargalhada. – Então o que quis dizer com "quem perder compra as bebidas no hotel" e, depois, ter comprado as bebidas? – Ela continuava rindo. – Hein? Pode me explicar?

Ethan franziu as sobrancelhas e se recostou nos travesseiros:

– Claro, tentei ser um cavalheiro e por isso comprei bebidas para duas mulheres bonitas e, de repente, o motivo disso foi eu ter perdido alguma coisa? O que está acontecendo com o mundo?

Esse comentário fez Summer rir ainda mais. Com pena dele, ela se deitou ao seu lado e disse:

– Ok, ok, você é um cavalheiro, e foi apenas por educação que deixou Gabriella e eu terminarmos o percurso na sua frente.

– Hum… você e eu chegamos juntos. Apenas deixei você desembarcar primeiro porque…

– Porque estava sendo gentil, certo?

– Exato.

Summer se inclinou e o beijou nos lábios.

– Obrigada.

— Eu poderia ter chegado primeiro — murmurou ele, quando ela se deitou em seu ombro.

— Meu Deus! Você vai ficar falando disso a noite toda? — Summer o provocou.

— Bom, isso depende — disse Ethan, virando-se de forma a ficar sobre Summer.

— Depende do quê? — ela perguntou, ajeitando-se embaixo dele para ficarem alinhados.

— Se você vai ou não encontrar outra coisa para fazermos que não envolva conversar. — A voz de Ethan saiu profunda e rouca, e Summer se arrepiou quando ele se curvou para beijá-la no pescoço.

— Acho que o que você está fazendo no momento pode funcionar — murmurou ela.

— E ainda assim continuamos falando.

Passando os braços em volta dos ombros de Ethan, Summer o puxou mais para perto e arranjou um jeito de mantê-los quietos por um bom tempo.

•

Nos dois dias seguintes, os três continuaram a se divertir com as atividades ao ar livre. Foram pescar salmão e pegaram um voo para ver a região do alto. Os dias estavam cheios de belas vistas e todos os tipos de atividades, mas, depois do jantar, todas as noites, Summer e Ethan se retiravam para seu mundo particular.

— Ainda me sinto culpada — disse Summer mais tarde, naquela noite, quando chegou à cama.

— De novo isso? — ele perguntou com delicadeza. — Summer, Gabriella está bem com esse acordo. Poxa, ela meio que definiu isso por conta própria. Se me lembro bem, ela deixou suas coisas já arrumadas do lado de fora do quarto depois da primeira noite.

— Talvez ela só estivesse querendo ser legal. — Summer fez manha.

— Ela deixou bexigas, uma garrafa de champanhe e um pacote de camisinhas junto das malas — disse ele, ironizando.

– Ela esconde bem sua dor.

Ethan soltou uma gargalhada e se sentou ao lado de Summer.

– Esse é seu jeito de dizer que não quer estar aqui comigo?

– O quê? Não! Claro que não. Por que você disse isso?

– Porque não importa quanto Gabriella nos dê seu aval, você continua encanada com isso. Sei que nenhum de nós planejou essa situação, mas achei que você estivesse tão feliz quanto eu por estarmos aqui, juntos.

Ela pegou o rosto de Ethan nas mãos:

– Eu estou feliz de estar aqui com você. Nunca achei que teríamos esse tempo juntos. Mas não consigo evitar me sentir um pouco culpada. Estou tentando superar, estou mesmo, mas sempre que digo tchau para ela, depois do jantar, sinto que a estou abandonando.

– Quer ficar com ela essa noite? – Ethan perguntou casualmente, por mais que não quisesse que ela fosse. – Ter uma dessas noites de garotas?

– Você sabe que isso não inclui guerra de travesseiros vestindo apenas lingerie, né?

– Como acabar com o sonho de um homem – resmungou ele. – Mas estou falando sério. Se isso está te incomodando tanto, talvez você devesse ficar um pouco com ela.

– Não, eu estou exatamente onde gostaria de estar, Ethan – respondeu ela, com um sorriso nos lábios. – Vai passar, e sei que você está certo, Gabriella está bem com o fato de eu estar aqui com você. É só que essas coisas ficam martelando na minha cabeça.

– Bom, então, pare de pensar – disse ele, ao começar a se deitar, trazendo Summer com ele. – Estamos bem. Ela está bem. – Summer recostou-se no ombro, e ele sentiu o corpo dela relaxar.

Sinceramente, ele não sabia o que faria se ela quisesse ir. Ele deixaria, obviamente, mas seria difícil. Ethan estava começando a se acostumar a tê-la por perto e estava começando a conhecê-la como mulher, não mais como a menina com quem tinha crescido. E estava gostando das descobertas.

Quando eram mais jovens, ele já sabia que ela era atlética, mas não imaginava que muitos de seus interesses eram parecidos. Ela adorava um desafio e não se intimidava em conhecer novas atividades, mas fazia tudo isso só por diversão e não por querer provar alguma coisa.

Ethan estava começando a perceber que era isso o que tinha feito por muito tempo em suas atividades com Zach. Sempre competiram entre si na escola, quando chegaram aos vinte anos, e também agora, aos trinta, mas Ethan estava percebendo, enfim, que já era tempo de parar com isso. Ele sabia que era um bom homem, um bom atleta, um bom amigo. Não havia necessidade de continuar com os desafios ou tentar provar sua invencibilidade. Ter Summer em seus braços e aproveitar as atividades dos últimos dias fizeram Ethan mais feliz do que qualquer aventura da qual já tinha participado.

E não assustava.

Não dava descarga de adrenalina.

E, ainda assim, ele estava plenamente satisfeito.

Um suave suspiro ao seu lado o fez baixar a cabeça e ver que Summer tinha adormecido. Embora adorasse todo o tempo que passavam juntos, havia momentos como esse, que significavam ainda mais. Por mais que Ethan soubesse que não poderia ser assim para sempre, que em algum momento precisariam voltar para a vida normal e lidar com a reação dos Montgomery, isso não significava que ele não pudesse aproveitar o momento.

•

– Então, o que temos planejado para hoje? – Ethan perguntou na manhã seguinte, quando ele e Summer se encontraram com Gabriella no café da manhã.

– Na verdade – Gabriella começou, hesitante, assim que se sentaram –, acho que vou só ficar pelo hotel hoje. Ficar descansando, talvez fazer uma massagem ou algo assim, na companhia de um bom livro. Não estou acostumada a toda essa atividade ao ar livre.

– Mas você é tão boa! – Summer disse, apertando uma mão de Gabriella, do outro lado da mesa. – Hoje faríamos a trilha, lembra?

– Eu sei, eu sei. Mas estou pronta para um dia de descanso. Vocês vão e se divirtam. No momento, um dia sem nada para fazer está parecendo muito mais interessante do que caminhar com uma mochila de dez quilos nas costas.

Uma parte de Summer pensava igualzinho à amiga. Por mais que ela estivesse adorando o tempo com Ethan, não se incomodaria em nada com um dia de mimos e cuidados. Só de pensar em uma massagem caprichada, um tratamento para os pés... Ela se deleitou com o pensamento.

– Se você preferir ficar com Gabriella – disse Ethan –, não tem problema nenhum. Acho que se divertiriam com um dia de garotas. – Ele se lembrou da conversa que tinham tido na noite anterior e achou que essa poderia ser a chance certa.

E Summer sabia que ele estava sendo sincero. Ethan não era o tipo de homem que exigiria sua presença ou se ofenderia por ela querer um dia para relaxar e se cuidar. Ela estava completamente dividida em relação ao que fazer e resolveu deixar para se decidir depois do café da manhã.

– Quem quer waffles belgas? – ela disse animada.

Percebendo a tática da amiga para mudar de assunto, Gabriella entrou na conversa.

– Por mais que eu fosse adorar um waffle do tamanho da minha cabeça, acho que vou ser sensata e comer uma porção de frutas.

– Não pode fazer isso! – Summer disse com firmeza, colocando o cardápio na mesa.

– E por que não?

– Férias. Não se pode ser sensata durante as férias. É o momento em que você deve quebrar as regras e nem pensar em dieta e coisas do tipo.

– Isso é ridículo.

Summer balançou a cabeça.

– É a mais absoluta verdade. Acredite. Olhe em volta. Vê alguém comendo frutas no café da manhã? – Antes de Gabriella poder responder, Summer continuou: – Não, não vê. Por quê? Porque ninguém come frutas nas férias.

– Essa é a lógica mais idiota que já ouvi. – Gabriella fez uma pequena pausa antes de continuar. – Mas longe de mim querer infringir alguma regra das férias. – Ela pegou o cardápio e olhou as opções novamente. – Está bem. Vou querer ovos Benedict e uma porção de batatas. Feliz?

– Não tem carboidratos suficientes, na minha opinião, mas tudo bem – Summer disse enquanto continuava escolhendo o seu café da manhã. – Eu vou comer waffles belgas com morango.

– Tsc, tsc, tsc... – Gabriella reprovou a amiga.

– Por quê? O que tem de errado com o meu pedido?

– Se eu não posso comer frutas, você também não pode.

– Não é fruta – retrucou Summer. – É cobertura. Completamente diferente.

– Não concordo. Escolha o que vem com gotas de chocolate ou eu vou comer meu prato de frutas. E aí, será sua culpa todos me olharem como se eu fosse uma louca.

Ethan revirou os olhos.

– Se vocês duas continuarem com essa conversa, a única coisa que vou poder tomar de café da manhã será uma bebida bem forte.

– Ohh... mimosa! – Summer disse animada. – Por que eu não pensei nisso antes.

– Sério? Isso é uma bebida forte para você?

– Uma bebida forte para o café da manhã. – Gabriella o corrigiu.

– Nota mental: tomar algo forte antes de descer para o café da manhã com essas duas – murmurou Ethan enquanto lia o cardápio. – E, caso alguém queira saber, eu vou pedir o prato do explorador: ovos, bacon, fritas e panquecas. Acho que respeitei todas as regras. – Ele olhou para Summer. – Deixei passar alguma coisa?

– Perfeito – disse ela inclinando-se para beijá-lo no rosto. – Viu? Ele conhece as regras da alimentação nas férias. Você não o vê comendo isso no escritório, vê?

– Não posso dizer que sim. Mas, de novo, fico muito tempo correndo atrás do Zach para saber o que o Ethan está comendo. Talvez eu precise ligar para a assistente dele e fazer umas perguntas. – Seus olhos brilhavam ao ver os dois.

– Ah, não – disse Ethan, rindo. – Deixe a Donna fora disso. Ninguém sabe que não fui escalar, e eu estou gostando dessa paz e desse silêncio.

Todos ficaram quietos por um minuto.

– Como você acha que Zach está se saindo? – Summer perguntou, repentinamente séria. – Você acha que ele está bem?

Ethan a abraçou:

– Tenho certeza que sim. Sei que a perna dele não estava completamente curada, como deveria estar, mas gosto de pensar que ele está sendo cauteloso e não está fazendo nada para piorar a situação.

Gabriella bufou, descrente, e tossiu para tentar disfarçar. Quando Summer e Ethan a olharam, esperando o que ela ia dizer, seus olhos se arregalaram:

– O que foi?

– Pode parar – disse Summer. – Diga o que pensou.

– Seu irmão sabia que não deveria ter ido para essa escalada. Ele gosta de pensar que é invencível, mas não é. Toda essa situação aconteceu num mau momento, e entendo que ele não quisesse esperar mais um ano pela temporada de escalada, mas ele está apenas se machucando. Quer dizer, o que ele quer provar?

Ethan queria defender Zach, mas não o fez. Não mesmo.

– Zach é viciado em correr riscos. É viciado em adrenalina. Nós dois somos. Não é algo que todos entendam e, sim, ele poderia ser um pouco mais sensato em relação a essa viagem em especial, mas acho que ele ficará bem.

– Nunca entendi isso – disse Summer. – Toda a minha vida vi Zach ir a uma aventura idiota depois da outra, e eu nunca vi motivo. Gosto de estar ao ar livre, praticar esportes assim como ele, mas não vejo como quase se matar pode lhes dar algum tipo de excitação.

– É uma sensação incrível – disse Ethan, apenas um pouco na defensiva. – Não consigo descrever, mas é incrível pular de um avião e planar pelo céu, ou se jogar de uma ponte e quase se arrebentar no chão, mas parar no exato momento. É... é incrível.

– É idiota – disse Gabriella, antes de agradecer à garçonete que lhes servira o café. – Quem faz esse tipo de coisa está, claramente, tentando provar alguma coisa. Todos nós já entendemos que Zach é um homem de verdade. Ele não precisa pular de um avião ou escalar uma montanha com uma perna ruim para provar isso. Por que ele não consegue ficar feliz fazendo coisas normais?

– As coisas que ele faz são normais para ele. Ele é um excelente atleta que já se superou em todos os esportes. Então, pouco a pouco, foi migrando – disse Ethan, dando um gole em seu café.

– E para quê? – Gabriella perguntou. – Quando vai parar com isso? Eu achei que a perna quebrada o ajudaria a diminuir o ritmo, mas ele só ficou irritado e acabou decidindo fazer algo estúpido!

– Não acho que tenha sido a escolha mais inteligente que ele já fez – respondeu Ethan –, mas espero que ele perceba e diminua o ritmo um pouco. Talvez quando voltar Zach entenda que seu corpo não aguenta tanto e que ele precisa relaxar.

Gabriella balançou a cabeça em descrença:

– Eu acho que vai ser preciso algo maior para ele mudar esse jeito.

Summer estava recostada na cadeira, silenciosamente tomando seu café e ouvindo a conversa. Infelizmente, sabia que Gabriella estava certa. Seu irmão era tão teimoso que seria preciso algo maior para fazê-lo acordar e parar com essa obsessão por esportes radicais. Ela já tinha perdido a conta das vezes que havia lhe implorado – por seu próprio bem – para esperar para fazer essa escalada. A perna dele não estava curada do salto do avião que ele havia feito no outono.

Zach dizia que já haviam se passado seis meses e que ele estava bem, mas Summer sabia que não era verdade. Depois de todo seu treinamento como instrutora de ioga, ela havia aprendido muito sobre o funcionamento do corpo – e sobre cura – para ver sinais claros de que o ferimento não estava completamente curado.

Zach não estava completamente curado, não importava quanto ele protestasse.

– Olha, podemos ficar falando disso o dia todo, mas, no fim, precisamos confiar que Zach sabe o que está fazendo – disse Ethan, sorrindo para a garçonete que se aproximava com seus pedidos.

Hora de mais uma mudança de assunto, Summer pensou:

– Então... um dia de descanso? – ela perguntou animada. – Tenho certeza de que vai ser fabuloso.

– Você poderia me acompanhar – disse Gabriella. – Eu não recusaria a companhia.

– Por mais que eu saiba que meu corpo adoraria isso, estou animada com a trilha. É tudo tão bonito por aqui. E o tempo está tão bom hoje de novo que não quero perder a chance.

– Summer, não precisa se explicar para mim. Fui eu que mudei os planos, eu sabia que vocês fariam a trilha. E sou eu que estou pedindo água por estar fora de forma.

Summer soltou um som que não pôde conter:

– Desculpe. Mas... fora de forma? Difícil. Por favor. Não me faça bater em você.

– Você não tem ideia – retrucou Gabriella.

– Chega! – Ethan disse. – Preciso interromper vocês agora porque não vou aguentar mais uma rodada de conversa sem sentido. Gabriella? Aproveite seu dia de descanso. Summer? Você e eu vamos pegar o almoço para levar para a trilha, como havíamos planejado. E, à noite, quando nos encontrarmos para o jantar, todos estarão felizes. Certo?

As duas olharam para ele como se tivesse falado grego.

– Nossa, se acalme – resmungou Summer.

– Não é? – Gabriella concordou, em voz baixa.

Rolando os olhos, Ethan pegou a xícara de café e decidiu que o único jeito de ganhar aquela batalha seria ficando em silêncio até terminarem a refeição. Aquela era uma experiência completamente nova para ele, presenciar tanta conversa feminina. Ethan sabia que Gabriella e Summer se conheciam há pouco tempo, mas elas agiam como se fossem melhores amigas desde sempre. Ele ficava feliz por Summer ter feito uma amiga; isso o ajudaria a convencê-la a ficar em Portland, mesmo se não quisesse trabalhar na empresa da família.

Esse era um assunto que ele deveria abordar com Summer. Embora no momento tudo estivesse maravilhoso e ambos estivessem felizes, a verdade é que ainda não tinham enfrentado a realidade. O tempo na tenda e agora, no Alasca, era muito distante da vida normal. O que aconteceria quando voltassem ao trabalho? A Portland? A ter tantos Montgomery em volta deles?

O café da manhã chegou e Summer olhou para seu enorme waffle, virou-se para Ethan e sorriu. Todo seu rosto se iluminou, e aquilo apenas confirmou o que ele já sabia: Ethan estava completamente apaixonado por Summer Montgomery.

– Essa trilha é um pouco sem graça, não acha? – Summer perguntou várias horas depois de começarem a seguir o caminho indicado.

– Não tinha pensado desse jeito. Há muito o que ver, diferentes tipos de pássaros e plantas... O tempo está fantástico, perfeito para caminhar. – Ele pegou a mão de Summer. – E a companhia também é perfeita.

– Ai, que fofo – disse ela, puxando-o para um beijo. – O dia está lindo, é tudo mesmo muito bonito... só que eu estava esperando ver algo mais.

– Mais? Como o quê?

– Ah, não sei. Veados. Ursos. Uma rena. Você sabe, vida selvagem.

Ao seu lado, Ethan riu:

– Acredite em mim, Summer, quando lhe digo que você não gostaria de ficar perto de nenhum desses animais.

– Não digo encontrar. Só gostaria de ver, mesmo que de longe. – Ela olhou em volta e parou.

– O que foi? Qual o problema? – ele perguntou.

– Sabe, o cara da loja de equipamentos disse que havia muitos caminhos "secretos" para se fazer. – Ela olhou em volta mais uma vez. – Dá pra ver umas trilhas mais rústicas ali no meio das árvores. Vamos até lá! – Summer pegou Ethan pela mão, tentando levá-lo para o que ela considerava ser uma trilha.

– Summer. – Ethan começou, sem se mover. – Não acho que seja uma boa ideia desviarmos do caminho. Temos mapas aqui e já escolhemos a maior trilha para explorar. Por favor. Você não tem ideia de como são essas outras trilhas. Vamos ficar nas que estão mapeadas.

Ela largou a mão dele e cruzou os braços.

– Se você fosse Zach, ficaria na trilha mapeada e sem graça?

– Isso é completamente irrelevante.

– É mesmo? – ela perguntou cruzando os braços na frente do peito.

Por que ele não se lembrava de como ela era teimosa?

– Não importa o que Zach faria se estivesse aqui. Você está aqui. Eu estou aqui. Achei que estivéssemos nos divertindo.

Summer soltou os braços e disse, contrariada:

– Estamos, só que eu estava esperando algo mais excitante. Todos esses guias e panfletos que mostram a vida selvagem... e só vi um esquilo. E ele nem estava fazendo nada divertido.

– O que você esperava? Que ele estivesse fazendo malabarismo ou algo assim?

– Não – disse ela, fazendo bico. – Talvez. Não sei.

Ethan abraçou Summer e aproveitou para senti-la em seus braços antes de perguntar, delicadamente:

– O que está acontecendo?

– Eu não sei... Parece que você está sempre fazendo essas coisas legais, loucas, e acho que isso deve ser muito monótono para você. – Ela se encolheu. – Não sou muito ligada em correr perigo, mas queria que tivéssemos a nossa própria aventura. Só nós dois.

– Querida, estamos vivendo a nossa própria aventura há dias. – Ethan lhe deu um beijo no topo da cabeça. – Não preciso de aventura. Só quero ficar com você.

Summer olhou para ele e sorriu:

– Mesmo?

– Com certeza – concordou ele. – Agradeço por estarmos tendo esse tempo sem ninguém nos observando, só para nos conhecermos.

– Ethan, nós nos conhecemos há anos – disse ela, rindo.

– Não. – Ele balançou a cabeça. – A Summer Montgomery que eu conhecia era uma garota. Quando você chegou ao escritório pela primeira vez achei que fosse ter um ataque do coração.

– É? – Ela se aconchegou no abraço. – Fale mais.

– Você se tornou uma mulher incrivelmente linda – disse Ethan, dando-lhe um beijo no rosto. – Quer dizer, você sempre foi bonita, mas quando entrou no escritório naquele dia, foi como se tivesse se transformado. Não havia mais a garotinha que eu sempre imaginava ao lembrar de você e, no lugar dela, estava... – Ele se afastou para poder olhar o rosto dela. – Você. – Ele suspirou. – Olho pra você, às vezes, e mal consigo respirar. E mesmo estando aqui, com você em meus braços, não consigo acreditar que seja real.

– Sinto a mesma coisa – disse ela em voz baixa. – Gostei de você por tanto tempo e você nunca me notou...

– Espera, espera, espera... Você gostava de mim?

– Ah, Ethan, para com isso. – Summer revirou os olhos. – Não me diga que não sabia! – ela riu. – Todos sabiam! Meus irmãos jogavam coisas em mim para eu parar de olhar para você.

Ethan parou, pensou naquilo por um momento e começou a rir.

– Você está falando sério? Era esse o motivo?

– O quê?

– Eu me lembro dos seus irmãos sempre jogando coisas em você... pipoca, meias... Acho que me lembro de o James ter jogado uma bola de basquete e eu ter achado muito estranho.

– Eles diziam que eu estava sendo ridícula.

Ethan balançou a cabeça e continuou a rir:

– Não para mim, porque eu claramente nem percebia.

– Muito obrigada! – Summer tentou se desvencilhar de Ethan, mas ele a abraçou ainda mais forte.

– Não leve por esse lado – disse ele, com os braços em volta dela. – Só quis dizer que eu nunca soube. Sempre achei você bonita, e às vezes me preocupava se seus irmãos reparavam que eu ficava olhando para você.

– Não sei. Já jogaram alguma coisa em você sem motivo? – ela perguntou, rindo.

– Não que eu me lembre. Mas isso não importa. Só sei que agora você está aqui e estou vendo você, Summer. Vendo você de verdade.

Seus olhos se arregalaram com a sinceridade que essas palavras traziam:

– E o que você vê?

– Vejo uma mulher que quero conhecer melhor. Uma mulher que é sensual e inteligente e... tudo.

– Uau. – Ela suspirou ao ficar nas pontas dos pés para dar um delicado beijo nos lábios de Ethan. – Obrigada.

– Por quê? – ele perguntou.

– Ninguém nunca me disse nada parecido – ela respondeu, em voz baixa, corando.

– Bom – disse ele, com sua voz rouca –, gosto de saber que sou o único.

Os dois estavam no meio do caminho, se olhando nos olhos, quando um grupo de pessoas se aproximou e acabou completamente com o clima. Ethan olhou em volta e percebeu que poderiam continuar no caminho em que estavam – o que era seguro – ou ele poderia ceder ao apelo de Summer e levá-los para uma pequena aventura. Ele pegou a mão dela e a puxou para um caminho sem demarcação.

– Espera, Ethan, o que você está fazendo?

Olhando para ela por sobre o ombro, Ethan piscou:

– Achei que você quisesse aventura.

– Mesmo? – Seu sorriso se abriu. – Você vai mesmo nos levar para a trilha que não está no mapa? De verdade?

– Pare de perguntar ou vou voltar à razão. – Ele a provocou e seguiu no caminho mais largo por entre as árvores.

Foram horas de caminhada, admirando a paisagem e conversando sobre tudo e nada ao mesmo tempo. Summer descobriu tudo sobre os hobbies de Ethan além dos esportes radicais – xadrez, ler livros de suspense e ouvir rock clássico –, e descobriu, também, que, mesmo se não estivesse loucamente atraída e apaixonada por ele, gostaria de tê-lo como amigo.

Ethan ainda não estava completamente seguro em levar Summer para uma trilha desconhecida, por assim dizer, mas estava gostando da conversa. Ele tinha ouvido sobre suas múltiplas – e às vezes estranhas – escolhas de carreira, mas cada uma tinha tido um significado para ela. Summer não era tão perdida como Zach fazia parecer; ela só estava tentando descobrir o que era certo para ela sem deixar que ninguém ditasse regras. Ethan admirava Summer por isso.

– E qual foi o trabalho de que você mais gostou? – ele perguntou ao subir em um tronco caído.

– Adorei dar aulas de ioga. Eu ensino e também me beneficio com a aula. É um dos únicos empregos que tive e nunca me deixou estressada.

– Faz sentido. E, pelo que sei, você é muito boa – disse ele, dando uma piscadinha para ela, que pareceu confusa. – Aquele dia na tenda? Você estava fazendo ioga lá na frente, lembra?

– Ah, claro – disse ela. – Tinha me esquecido dessa parte.

– Eu não sei nada de ioga, mas você parecia saber muito bem o que estava fazendo.

Summer parou e olhou em volta.

– Que tal se pararmos aqui para almoçar, e eu posso te mostrar uma ou duas posturas.

– Hum... o quê? – Os olhos de Ethan estavam arregalados.

– Deixe de ser criança. Só vou mostrar algumas posturas básicas. Vai ser fácil.

– Summer, não vou fazer ioga no meio da floresta. Nem mesmo por você – disse ele, delicadamente, ao tirar a mochila e começar a pegar o que tinham levado para o almoço.

– Desmancha-prazeres – murmurou ela e se abaixou para ajudá-lo. Em poucos minutos, estavam sentados na toalha de flanela, comendo os sanduíches que tinham pedido no hotel.

Quando terminou, Summer se deitou e olhou para o céu por cima da massa de árvores.

– Esse foi mesmo um dia perfeito, não acha?

Ethan terminou o sanduíche e se deitou ao lado dela:

– Foi, sim.

– Tenho certeza de que Gabriella também está se divertindo.

– Tenho certeza – concordou Ethan.

– Seria errado tirar um cochilo agora? Ela perguntou ao bocejar.

– Sim. Como nem deveríamos estar onde estamos, seria ainda pior tirar um cochilo aqui e nos perdermos.

– Está bem. Podemos ao menos descansar um pouco?

– Acho que podemos – disse ele, inclinando-se para passar um braço em volta de Summer e a puxar para perto, até a cabeça dela estar apoiada em seu peito.

Não demorou muito para ele perceber seu erro, já que seus próprios olhos começaram a fechar.

– Não podemos dormir – disse ele suavemente, e bocejou.

– Não vamos. Prometo. – Mesmo falando, o corpo de Summer estava relaxando contra o dele, e a respiração ficava mais lenta e tranquila.

Algum tempo depois, Ethan acordou no susto. O sol tinha mudado de posição e ele começou a entrar em pânico. Ao olhar no relógio, viu que eles tinham, sim, caído no sono, duas horas atrás.

– Summer! – Ele a chamou, aflito. – Summer, acorda! Nós dormimos!

Ela não se moveu imediatamente. Em vez disso, espreguiçou-se e bocejou, piscou algumas vezes para buscar o foco.

– Qual o problema? – ela perguntou, inocentemente.

– Qual o problema? – ele retrucou, impaciente. – Nós dormimos! Não tenho ideia de quanto tempo levará para encontrarmos o caminho de volta até a trilha que leva ao hotel antes de escurecer!

Summer levantou, se esticou novamente, e disse:

– Relaxa. Não vai escurecer até ser quase onze da noite. Temos muito tempo. Que horas são?

– Quase quatro – respondeu ele. – Sei que só escurece tarde, mas não quero ficar perdido até essa hora. Vamos, precisamos juntar nossas coisas e voltar.

Summer sabia que Ethan estava certo, mas isso não a fazia se sentir melhor. Eles tinham dormido. E daí? Qual é o grande problema? Ela sabia que não deveria falar isso para ele, então ficou quieta. Depois de terem arrumado e colocado tudo de volta em suas mochilas, Ethan pegou a bússola e Summer o observou, fascinada, mapeando na cabeça para onde precisavam ir.

– Viemos daquela direção – disse ela, apontando para trás dele. – Por que não podemos apenas voltar, seguindo o caminho?

Ethan franziu o cenho:

– Não acho que viemos dali. Achei que tivéssemos vindo daquela direção. – Ele apontou para a frente.

Summer olhou em volta e baixou os ombros:

– Agora eu fiquei confusa.

– Por isso temos a bússola – disse ele, com um pouco de sarcasmo.

– Ei – retrucou ela. – Admito que foi uma má ideia dormir aqui, mas preciso lembrá-lo de que eu não estava sozinha? Então, pare de ser tão arrogante comigo. Você dormiu tão profundamente quanto eu.

Ethan não quis discutir e se concentrou na bússola, pegando um mapa da trilha original.

– Quer saber? Você pode usar sua bússola e seu mapa e o que mais quiser. Eu sei que viemos daquela direção, então, estou voltando.

– Summer, não saia perambulando por aí.

– Não estou perambulando. Estou voltando para a trilha. Que é por aqui! – E lá foi ela, pisando firme na trilha estreita.

– Merda – reclamou Ethan e, imediatamente, foi atrás dela. Ele sabia que ela estava indo para o lado errado, o que não sabia era como ela andava rápido. – Summer! Espere! – Ethan precisou correr um pouco. Quando conseguiu alcançá-la, pegou-a pelo braço para que ela parasse e a fez se virar. – Estamos nos afastando do hotel por aqui. Agora, vamos.

– Não vou a lugar nenhum até você pedir desculpas – disse ela em tom desafiador.

– Sério mesmo? Vamos fazer isso agora?

– Espero esse tipo de atitude dos meus irmãos, mas não de você!

– Que tipo de atitude? Quer saber? Não temos tempo para isso. Está ficando tarde e...

– E não vai escurecer nas próximas seis horas, então, pode parar. Não vou levar a culpa por isso, Ethan. Nós dois dormimos.

Ele soltou um suspiro de frustração e contou até dez mentalmente.

– Ok. Está bem. Sinto muito por ter sido grosseiro com você. Eu só... Eu só não quero que nada de ruim aconteça enquanto estamos aqui, onde não deveríamos estar.

– Nada de ruim aconteceu, Ethan. Perdemos a noção do tempo. Não é uma catástrofe.

– Ainda não – murmurou ele.

Summer lançou um olhar de advertência para ele.

– Está bem. Digamos, apenas a título de argumento, que não é uma catástrofe. Para qual lado devemos ir? – Ela estava se sentindo mais do que um pouco incomodada e derrotada, mas não discutiu quando Ethan começou a guiá-los para o lado oposto. Summer sabia que ele era muito mais competente em situações como essa, mas, ainda assim, ela não era nenhuma idiota. Por um caminho ou pelo outro, eles chegariam de volta, sãos e salvos, ao hotel.

Ter três irmãos mais velhos havia ensinado muitas coisas a Summer, mas uma lição importante era nunca dizer "eu te avisei" antes de a crise ter sido solucionada. Depois de uma hora caminhando, nada parecia familiar, mas, em vez de falar, Summer ficou quieta. Ethan estava resmungando sozinho e olhava constantemente para o mapa e a bússola; então, ela sabia que questionamentos não seriam bem-vindos.

Infelizmente, na quarta vez que ele parou para verificar onde estavam, Summer não conseguiu esconder sua preocupação – ou irritação – e perguntou:

– Problemas?

– Não me lembro de termos andado tanto, e nenhum desses caminhos parece o que fizemos – ele olhou em volta mais uma vez. – Acho que precisaremos ligar para o hotel e pedir ajuda. – Ele colocou a mão no bolso, pegou o telefone e xingou.

– Qual é o problema?

– Parece que não tem sinal aqui. Tente o seu telefone – Ethan sugeriu.

– Ficou no quarto.

– O quê? Por quê?

– Esqueci de carregar ontem à noite, e eu sabia que você estaria com o seu, então não precisava trazer o meu – disse ela, defendendo-se. – Olha, precisamos nos acalmar e continuar caminhando. Se você está dizendo que o hotel fica pra lá, então é pra lá que continuaremos indo. Não é um caminho demarcado, então não é estranho que não esteja parecendo familiar.

– Eu sabia que deveríamos ter ficado na droga da trilha demarcada. – ele reclamou ao voltar a caminhar.

A tensão era palpável enquanto andavam. E quanto mais andavam, mais Summer tinha certeza de que estavam indo para o lado errado.

Sem se importar com a opinião de Ethan, ela parou, pegou uma garrafa de água da mochila e o observou seguindo sua caminhada enquanto ela tomava um longo gole.

Ethan, enfim, percebeu que Summer não estava com ele. Ele se virou, olhou para trás e disse, sem muita gentileza:

– Qual é o problema?

– Eu precisava parar para tomar um pouco de água, só isso. – Os dois ficaram em silêncio por um momento, até Ethan, contrariado, pegar uma garrafa de água da sua própria mochila e fazer o mesmo. – Alguma ideia de quanto falta até a trilha?

– Deve faltar pouco – ele disse, distraído, e rapidamente se virou: – Você ouviu isso?

– Ouvi o quê?

– Como se alguém estivesse andando sobre as folhas. Ouça. – Os dois ficaram em silêncio, e Ethan continuou a olhar na direção de onde vinha o som.

– Ohh... Olhe, Ethan! É um alce! – ela disse. – Olhe para ele! Acho que é filhote! Cadê minha máquina? – Summer começou a procurar em sua mochila pela câmera.

– Você trouxe a máquina e não trouxe seu telefone? – Ethan perguntou, incrédulo.

– Bom, como eu disse, o telefone está carregando e eu esperava tirar algumas boas fotos do passeio de hoje. Aqui está – disse ela, mirando a máquina para o alce.

– Summer – Ethan a advertiu –, não faça isso, ok? Guarde a máquina. Você não quer assustá-lo. Quando um alce se assusta ou se sente ameaçado, ele ataca.

– É só um filhote, Ethan – disse ela e continuou tentando tirar a foto.

– E isso significa que a mamãe alce está por perto – Ele se aproximou e, cuidadosamente, abaixou a máquina. – Acredite em mim.

Ela suspirou, irritada.

– Não vou assustar ninguém. Só uma fotinho e eu guardo a máquina. – Summer se moveu, ajustou o foco e tirou sua foto. – Mal posso esperar para mostrar para Gabriella!

Ethan nem estava escutando; observava o alce e sua mãe, que estava poucos metros atrás dele.

– Summer, preciso que você me escute e se concentre. Precisamos cuidadosamente ir para trás daquelas árvores ali. – Ethan apontou para um conjunto de árvores. – Não pense. Apenas pegue sua mochila com cuidado e vamos.

– Mas...

– Agora! – ele disse ao ver a mãe e o filhote começarem a vir na direção deles.

Ethan pegou a mão de Summer e começaram a caminhar lentamente, sem parar de olhar para os animais que vinham em sua direção.

Summer xingou quando tropeçou numa pilha de galhos e quase caiu. O som foi o bastante para assustar a fêmea, que começou a avançar na direção deles. Antes de saber o que estava acontecendo, Ethan a estava puxando pela trilha. Correram por uma boa distância até Ethan dobrar a direita e rapidamente escondê-la atrás de uma árvore, onde pressionou seu corpo ao dela até os animais se afastarem.

Sua respiração estava acelerada, e Summer estava tremendo. Ela sussurrou.

– Meu Deus.

– Você está bem? – ele perguntou, trêmulo, passando as mãos sobre ela, como que para se certificar de que estivesse realmente bem.

– Eu... eu estou bem. Assustada, mas bem. – Ela estava agarrada à camisa dele e o encarava. – Sinto muito. Sinto muito mesmo. Eu deveria ter ouvido você. Nunca deveria ter sugerido...

– Shh... está tudo bem. – Ele a abraçou, com o coração acelerado, tentando se acalmar.

– Nunca pensei que alces fossem assim, tão selvagens. Sempre achei que fossem relativamente pacatos – disse ela ao se afastar um pouco.

– Em geral, eles são, exceto quando se sentem ameaçados. Provavelmente não encontram muitas pessoas nessa área, e nós os assustamos.

Ethan olhou em volta, sem saber ao certo para onde os animais tinham ido. Assim como também não tinha certeza de onde ele e Summer estavam. Em algum momento, durante a fuga, ele havia deixado cair tanto a bússola como o mapa. Ethan xingou.

– O que foi? Qual é o problema?

– Não tenho ideia de onde estamos ou de como sair daqui. Deixei a bússola cair e não acho que devemos perder tempo procurando por ela. Está ficando tarde e devemos encontrar a Gabriella para jantar. Não tenho ideia de a qual distância estamos do hotel!

– Tente seu telefone de novo – sugeriu Summer.

Ethan pegou o aparelho e logo o colocou de volta no bolso:

– Ainda nada.

– Você tem um aplicativo de bússola nele?

Ele olhou para Summer como se ela fosse louca.

– Sério, existe um aplicativo de bússola. Como você não tem? Todo mundo tem. Até eu tenho.

– Sim, e vai nos ajudar muito já que seu celular está no quarto – resmungou ele e, imediatamente, desculpou-se. – Sinto muito. Eu... eu só não estou gostando de como esse dia saiu do controle. Tudo estava indo bem até...

– Até eu fazer a gente fazer uma coisa idiota – ela terminou.

– Nós não estávamos preparados para algo assim – ele disse em vez de discordar dela diretamente.

– Se você estivesse com Zach e se perdesse, o que faria?

Ethan revirou os olhos:

– Isso de novo? Que diferença faz? Eu não estou com ele. Estou com você.

– Finja! – ela retrucou. – Por deus, que diferença faz? Você está perdido na floresta com alguém. O que você faz?

Ethan olhou para ela com firmeza por um minuto inteiro.

– Sério mesmo? Se estivéssemos nós dois, não estaríamos perdidos. E se, por algum acaso, estivéssemos, continuaríamos andando até achar uma trilha... qualquer trilha!

– Então, vamos fazer isso! – ela retrucou outra vez. – Não sou uma florzinha delicada que não pode lidar com esse tipo de situação, Ethan.

Não preciso que você cuide de mim e se preocupe com meu estado ou se posso lidar com isso. E acho um pouco desrespeitoso você agir como se eu fosse!

– Acredite em mim, Summer, não acho que você seja uma florzinha delicada. Mas é minha responsabilidade manter você segura.

– Teria essa preocupação se eu fosse Zach?

– Que tipo de pergunta é essa? – ele questionou.

– Só estou dizendo que você e Zach fazem todas essas aventuras loucas juntos. Você já surtou desse jeito com ele?

– Isso é completamente diferente!

– Por quê? Nos arriscamos, e isso é uma coisa que você claramente gosta de fazer, e você só reclamou o tempo todo! Por quê? Qual é a diferença?

– Porque é com você! – ele gritou e passou a mão no cabelo. – Todo o dia de hoje, quer dizer, essa semana toda, estou finalmente percebendo que não preciso dessa merda de aventura! Fizemos coisas ótimas juntos essa semana, e eu adorei cada minuto. E sabe por quê? – Ele não esperou pela resposta. – Porque estou com você! Não preciso provar nada quando estamos juntos. Não existe competição, nem desafios, e não há riscos à minha saúde! Caramba, Summer, não preciso de nada disso porque estou feliz com você. E só de pensar que eu possa ter feito algo que resulte em algum ferimento em você está me matando!

Toda a raiva que ela estava sentindo minutos antes rapidamente passou e foi substituída por carinho por Ethan. Não havia palavras para expressar as emoções que pareciam um turbilhão dentro dela. Em vez disso, ela soltou a mochila no chão e o abraçou.

E os dois ficaram assim pelo que pareceu ser a eternidade.

Capítulo 8

Ainda não estava escuro quando eles finalmente chegaram ao hotel, mas o céu já começava a transição.

– Vou ficar de molho na banheira até o serviço de quarto trazer o jantar – disse Summer enquanto esperavam o elevador

– Acho que vou acompanhar você – disse Ethan, passando o braço em torno dela e a puxando para perto para poder beijar seu rosto. – Se a gente demorasse um pouco mais, acho que não conseguiríamos chegar.

– Não vou mentir, se demorasse um pouco mais, também acho que não conseguiríamos. – O elevador chegou e eles entraram, em silêncio. Quando as portas se abriram no andar de destino, e Summer soltou um grito conforme Ethan a pegou no colo. – Ethan! O que você está fazendo?

– O que quis fazer o dia todo – disse ele enquanto procurava a chave do quarto.

Já do lado de dentro, Ethan deixou Summer deslizar por seu corpo antes de colocá-la contra a parede e cobrir sua boca com a dele.

Summer passou os braços em volta dele e sentiu as mãos de Ethan deslizarem por seu corpo até pararem em sua bunda. Ele deu um leve aperto e a levantou fazendo suas pernas o envolverem pela cintura. Ela gemia e se esfregava contra ele e suspirou quando a boca dele se afastou da sua.

– O dia todo – disse ele enquanto beijava o rosto, o pescoço dela –, mesmo quando estava bravo e assustado com o que estava acontecendo, só conseguia pensar em fazer amor com você. – Então seus lábios voltaram aos dela, beijando-a, amando-a, devorando-a.

– Queria que tivesse feito – disse ela depois de um tempo. – Quando adormecemos, sonhei que acordava e fazia amor com você no meio da floresta. Foi um sonho muito sensual.

– Que tal um pouco de realidade sensual? – ele sussurrou, com a mão envolvendo seu seio. – Podemos não ter a floresta sobre nós, mas posso garantir a você que será ainda melhor.

– Garantir? – ela murmurou, com as costas arqueadas e a cabeça tocando a parede.

– Garantir – disse ele, carregando-a até a cama. – Deixe-me provar.

E a hora seguinte se passou com ele fazendo exatamente isso.

•

– A comida chegou – Ethan chamou ao pegar a bandeja do serviço de quarto das mãos do garçom e fechar a porta.

Summer saiu do banheiro vestindo seu robe e com o cabelo enrolado na toalha.

– Sei que é errado comer cheeseburger com bacon às onze da noite, mas isso é parte do charme – ela riu. – É errado?

– Claro que não! – ele disse colocando a mesa para eles.

Summer estava andando pelo quarto quando viu seu celular.

– Preciso ligar para Gabriella. Provavelmente ela está preocupada com a gente.

No canto superior esquerdo do aparelho, uma luzinha piscava, indicando que ela tinha uma ligação ou mensagem perdida. Ao rolar a tela, Summer franziu o cenho.

– O que foi? – Ethan perguntou.

– Parece que meu pai me ligou e Gabriella tentou falar comigo. Várias vezes. – Ela olhou para Ethan. – Eu sabia que ela ficaria preocupada.

– Ela deixou mensagem?

Summer ergueu a mão para que ele esperasse enquanto ouvia suas mensagens de voz. Ela ficou pálida.

– Oh, meu Deus!

– O que foi? O que aconteceu? – Ethan, imediatamente ficou ao lado dela, que havia se sentado na cama. – Qual é o problema?

– Eu... eu não sei bem. Alguma coisa sobre Zach e a escalada. – Ela rapidamente desligou a caixa postal e ligou para Gabriella. – Não importa se já é tarde, preciso saber o que aconteceu.

– Oh, meu Deus, Summer! Onde você está? Está tudo bem? – Gabriella disse ao atender ao telefone.

– Eu? Estou bem. O que está acontecendo? O que houve?

– Onde você esteve? Tentei falar com você a tarde toda, e a noite também! A gente ia se encontrar para jantar!

Summer rapidamente contou sobre os acontecimentos do dia, inclusive sobre o contato próximo que tivera com os alces.

– Nossa. Deve ter sido assustador!

– Ah, foi mesmo, foi mesmo. Sinto muito ter deixado você preocupada. Mas o que está acontecendo? Aconteceu alguma coisa com Zach?

– Ok – Gabriella suspirou. Temos uma meio má notícia, uma má notícia e uma notícia ruim de verdade. Qual você quer saber primeiro?

– Fale logo! – Summer exigiu.

– Ok. A empresa de turismo ligou para o seu pai porque... houve um acidente na montanha. Ainda não temos detalhes.

– Meu Deus! – Summer se exaltou. – O que aconteceu? Zach está bem?

– Ainda não sabemos. Quando seu pai desligou o telefone, tentou ligar para Zach e para Ethan. Ele não sabia que Ethan tinha desistido da viagem então precisei contar para ele...

– Oh, não...

– Então ele disse que não conseguia falar com você e eu disse que tentaria. Mas também não consegui. Então, depois de algumas horas, fiquei muito preocupada e... liguei de volta para o seu pai.

– E o que você contou a ele? – Summer ficou assustada.

– Contei tudo. Que estávamos na baía dos Glaciares, que Ethan também estava aqui, que vocês dois tinham sumido e que eu não tinha ideia de onde pudessem estar!

– Você não fez isso!

– O que eu deveria ter feito? Vocês deviam ter voltado horas antes! Achei que algo horrível tivesse acontecido!

Summer soltou um forte suspiro.

– Ok, ok. Eu entendo. E o que meu pai disse?

– Hum...

– Gabriella?

– Digamos que ele está vindo para o Alasca. Com Ryder, James e seu tio. E ele não está nada feliz.

– Quando ele chega?

– Bom, eu não tinha ideia de onde você e Ethan estavam, então, não havia nada que eu pudesse dizer para adiar a viagem deles. Eles estão indo direto para Denali. Falei com o *concierge* e descobri que podemos pegar um voo a partir de Juneau amanhã para irmos para lá também. É um avião pequeno, mas ele disse que saem voos de lá regularmente.

A cabeça de Summer estava girando. Onde estaria Zach? Será que ele estava machucado? O que ela diria ao pai sobre ela e Ethan?

– Se você quiser, posso fazer nossas reservas para o primeiro horário da manhã e, provavelmente, chegaremos com a sua família.

– Você não está trabalhando, Gabs – disse Summer.

– Eu já falei com o *concierge* e ele tem todas as informações. Só vou falar para ele prosseguir com as reservas. Ligo de volta em alguns minutos para passar o horário.

– Ok, obrigada.

Ethan havia se levantado da cama e ficou caminhando pelo quarto enquanto Summer falava com Gabriella. Quando ela finalmente desligou, ele parou.

– O que aconteceu?

Summer lhe contou o que sabia:

– Não vamos saber de mais nada enquanto não chegarmos a Denali. – Ela fez uma pausa. – Acho que devo ligar para o meu pai para ele ter uma coisa a menos com a qual se preocupar.

– Você quer que eu ligue para ele?

– Não. – Ela balançou a cabeça. – Mas é provável que ele vá querer falar com você de qualquer maneira.

– Sem dúvida – murmurou Ethan, e foi até a mesa em que estava o jantar.

Ele tirou a tampa que cobria seu prato e pegou seu sanduíche. Deu uma mordida. Ele estava completamente sem apetite, mas sabia que precisava comer, considerando tudo o que tinha acontecido durante o dia e tudo o que enfrentariam no dia seguinte.

Ethan não conseguia imaginar o que poderia ter dado errado na montanha e apenas podia rezar para que não tivesse nada a ver com Zach e o fato de sua perna não estar plenamente curada.

Ele ouvia Summer falando com o pai e sabia que logo seria a sua vez de falar ao telefone. Robert Montgomery podia ser realmente difícil. Ethan pressentia que muitas perguntas seriam feitas a ele e que nenhuma delas seria agradável.

– Ele quer falar com você – Summer disse ao entregar o telefone para Ethan.

– Obrigado – disse ele com um sorriso desanimado e pegou o aparelho. – Oi, Robert.

– Você tem muito o que explicar – Robert Montgomery soltou. – Por que raios você não está naquela montanha com Zach? E que raios você está fazendo com a minha filha?

Ethan respirou bem fundo e se afastou de Summer.

– Decidi não ir escalar por diversas razões, Robert – ele começou. – Percebi que meu coração não estava naquilo. Sei que provavelmente eu deveria ter dito algo antes, mas... eu não tive certeza até ser a hora de ir.

– Você acha que Zach estava pronto para isso? Para a escalada? Porque Summer acha que não.

– Sinceramente? Não acho. Acho que ele precisava de mais tempo para entrar em forma. A perna dele não estava completamente curada, não importa o que ele diga.

– E você não conseguiu impedi-lo de ir? – Robert cobrou. – Você é o melhor amigo dele! Por que não o impediu?

– Robert, eu tentei! Summer tentou. Ele não escutou ninguém. Você sabe como Zach é teimoso, ele acha que é invencível.

— Não, você poderia tê-lo impedido. E Summer deveria ter feito isso. Sei que ela tem treinamento por conta dessa... dessa coisa de ioga. Ela poderia ter falado com o médico e garantido que Zach não conseguisse o atestado para ir.

— Não é culpa dela, senhor. Summer fez tudo o que pôde para fazer Zach desistir. Mas ele não ouviu.

Robert ficou em silêncio.

— E quanto a você, Ethan? O que está fazendo na baía dos Glaciares com a minha filha? — Sua voz mal disfarçava a raiva.

— Eu não fazia ideia de que Summer e Gabriella estavam planejando vir pra cá. Decidi ficar no Alasca enquanto Zach estivesse na escalada e pensei em encontrá-lo no fim da viagem. Foi uma total surpresa encontrar as duas enquanto estávamos no barco, vendo as baleias. Mas... — ele começou, hesitante — estamos passando um tempo juntos. Hoje fomos fazer uma trilha.

— É só isso? Só fazendo trilhas juntos, ou você está se divertindo com a minha filha?

— Não acho que isso seja algo para conversarmos agora. A que horas vocês chegam a Denali amanhã? — Era arriscado mudar de assunto dessa forma, mas Ethan achou necessário. Não era hora de ser insultado pelo pai de Summer, não importava quanto ele a amasse.

— Essa conversa não terminou, Ethan — disse Robert, de forma direta. Ele passou as informações do voo para Ethan e, antes de desligar, disse que conversariam melhor na manhã seguinte.

— Bom, até que foi tudo bem — Ethan disse ao devolver o telefone para Summer. Ele se sentou à mesa e terminou o que ainda restava de seu sanduíche. Ethan se jogou na cadeira e olhou para Summer, que estava em pé, estendendo a mão para ela. — Como você está?

Ela pegou a mão dele e se sentou ao seu lado. Uma lágrima escorreu por seu rosto:

— Sabe o que é engraçado? Ninguém na minha família me leva a sério nunca. E agora? Agora, de repente, estou sendo culpada por não ter feito mais para impedir que Zach fosse escalar porque sua perna não estava boa. Todos riram quando eu disse que estudaria ioga e, repentinamente, eles acreditam em minhas habilidades. Isso é loucura. – Ela secou mais uma lágrima, mas elas começaram a cair em sequência.

Ethan a colocou em seu colo, e ficaram abraçados enquanto ela chorava.

– Vai ficar tudo bem – disse ele. – Todos estão irritados no momento. Ele não está raciocinando.

– Está, sim – disse ela contra o ombro de Ethan. – Meu pai está sempre raciocinando. Ele acha que é minha culpa o fato de Zach ter se machucado.

– Não sabemos se ele se machucou, Summer. Só sabemos que algo deu errado. E, mesmo se ele estiver machucado, não é sua culpa.

Summer apoiou a cabeça por mais um minuto e depois pegou uma batata frita do prato dele. Ethan a ajudou a sair do seu colo e a se sentar na cadeira. Depois de descobrir seu prato, ela começou a comer.

– Você precisa comer. Foi um dia longo e tenho certeza de que precisaremos sair amanhã cedo para encontrarmos todos em Denali.

– Eu sei – Summer deu algumas mordidas em seu sanduíche e até conseguiu comer algumas batatas fritas antes de Gabriella ligar. Ethan atendeu a ligação enquanto Summer escutava. Um minuto depois ele desligou. – E aí?

– O voo sai às sete da manhã. Um carro vem nos buscar às cinco e meia. Precisamos deixar tudo pronto hoje e tentar dormir um pouco.

Summer concordou, mas ela sabia que não importava quanto se esforçasse, não conseguiria dormir naquela noite.

•

Summer estava a ponto de gritar quando o avião, enfim, aterrissou na manhã seguinte. Nunca uma viagem tinha parecido tão longa. Havia um carro esperando por eles assim que desceram e, em minutos, a bagagem foi guardada e eles confirmaram que o restante da família Montgomery chegaria em uma hora. Robert tinha pedido para que Ethan, Summer e Gabriella fossem na frente se encontrar com o responsável pela empresa de turismo.

Ethan tinha ficado bastante quieto durante o voo. Ele fizera diversas ligações do aeroporto, mas conseguiu ser silencioso e não falou a respeito ao finalizá-las. Mas agora, perto do destino final, a curiosidade de Summer estava se exacerbando e ela precisava saber exatamente o que encontrariam.

– Alguma novidade? – ela perguntou quando o carro saiu do aeroporto. Ethan não olhou para ela, e seu silêncio foi mais alto do que qualquer palavra que ele poderia ter dito. – Ethan?

Ele se virou para ela com a expressão triste.

– Chegou uma curta mensagem. Vários alpinistas... caíram. A transmissão terminou depois disso e, infelizmente, o tempo está muito instável para poderem mandar um helicóptero até o local. Só o que podemos fazer é esperar. – O olhar de profunda devastação no rosto de Summer era quase mais do que ele poderia suportar. Quando ele ia falar, Gabriella o interrompeu.

– Bom, isso não é nada bom, droga! – Ajeitando-se, ela pegou sua pasta executiva, tirou seu tablet e começou a pesquisar sobre emergências desse tipo. – Que tipo de empresa não consegue manter contato com sua equipe? Como vários alpinistas podem cair? Que condições climáticas impedem profissionais de manter todos em segurança?

– Foi uma maldita tempestade – disse Ethan, arrasado. – Ninguém viu que ela se aproximava.

– Mas são profissionais – retrucou Gabriella, colocando o tablet de lado, no banco do carro. – Deveriam estar preparados para coisas assim. Como isso pôde acontecer? – Gabriella odiava que sua voz estivesse tremendo, odiava que estivessem ali, precisando lidar com essa situação. Mais do que tudo, ela odiava não ter o controle.

– Não saberemos até que possam ir lá e resgatá-los. Irritar-se não vai ajudar, Gabriella. Você precisa se lembrar disso quando nos encontrarmos com a equipe de turismo.

Ela olhou para ele.

– Não vou ficar sentada ouvindo um monte de besteira, Ethan – retrucou ela. – Se alguma coisa não parecer certa, pode ter certeza de que vou falar. Zach merece que estejamos todos aqui lutando para que o tirem de lá e para que garantam que ele esteja bem.

Summer ficou apenas ouvindo até não aguentar:

– Já chega! – ela gritou, e deu um momento para que os dois se acalmassem. – Estamos todos um pouco nervosos no momento, mas discutir não vai ajudar em nada. Vamos nos encontrar com essas pessoas, perguntar o que quisermos perguntar e pensarmos juntos, ok? – Ethan e Gabriella concordaram. O motorista continuou em silêncio.

Quando chegaram ao escritório da empresa de turismo, entretanto, os três se depararam com um cenário barulhento e caótico, que ficou ainda mais caótico quando todos começaram a fazer perguntas. A cabeça de Summer girava com toda aquela comoção e, finalmente, Ethan deu um forte assobio para chamar a atenção de todos.

– Sou Ethan Reed e estou procurando por Mike Rivera! – Muitas coisas aconteceram ao mesmo tempo: o volume das vozes baixou um pouco e um homem alto e aflito deu um passo à frente e ergueu a mão para Ethan, que arriscou um palpite: – Mike?

– Prazer em conhecê-lo, Ethan. Sinto muito pelas circunstâncias – disse ele, do outro lado da sala. – Vamos ao meu escritório, onde está um pouco mais tranquilo. – Sem pensar, Ethan pegou a mão de Summer e a levou com ele. Gabriella os seguiu. Quando estavam todos acomodados no escritório, Mike se sentou do outro lado da mesa e perguntou: – O restante da família está a caminho? – Ethan fez que sim. – Não posso nem imaginar o que estão sentindo, mas preciso lhes dizer que estamos fazendo tudo o que podemos para falar com a equipe.

– E quando isso vai acontecer? – Ethan perguntou.

– Estamos trabalhando com uma equipe de meteorologistas no momento para verificar quando é o melhor momento para chegarmos ao local e retirar todos antes de o tempo virar novamente.

– E o que eles estão prevendo?

– O intervalo de tempo que precisamos e o intervalo de tempo estável não estão se encaixando. Precisamos de duas a três horas para tirar toda a equipe, avaliar os ferimentos, colocar todos no helicóptero e voltarmos. No momento, a previsão indica apenas um intervalo de uma hora para fazer tudo isso.

– Não dá para, ao menos, ir buscar quem estiver ferido? – Summer perguntou. – Essa demora pode aumentar o risco daqueles que estão machucados.

Mike balançou a cabeça:

– Nossos especialistas estão avaliando...

– Poderiam jogar mantimentos para o restante da equipe – Summer o interrompeu. – Assim eles teriam cobertores, comida e um equipamento de comunicação que funcionasse.

– Entendo sua preocupação, senhorita...

– Montgomery. Meu irmão, Zach Montgomery, está na montanha. Toda essa espera não está ajudando, senhor Rivera. Precisamos de alguém lá agora. Já perderam um dia inteiro com essa tática de esperar que o tempo melhore. É preciso agir!

– Summer – Ethan a advertiu.

– Não, falo sério! – ela se exaltou. – Se há alpinistas feridos e o clima está traiçoeiro, então vocês precisam fazer algo já e tirá-los de lá!

Mike Rivera olhou para Ethan, em busca de ajuda.

– Summer – começou Ethan, pacientemente. – Eles sabem o que estão fazendo. Precisam se certificar de que ninguém mais se machuque, não dá para mandar as pessoas para o meio de uma tempestade.

– Por que não? Para mim parece que vocês já fizeram isso. – Ela se virou para Mike: – Vocês claramente ignoraram os avisos a respeito do tempo e não cancelaram a escalada. Por que não podem fazer isso de novo? Ou seria por que agora estariam colocando em risco mais pessoas de sua equipe? – Summer se levantou e apoiou as mãos na mesa de Mike. – O que significa mais algumas vidas para alguém como você? Já recebeu o dinheiro das pessoas que está deixando à mercê da sorte naquela montanha!

– Summer! – Ethan a interrompeu.

Ela se virou e o encarou com os olhos cheios de fúria.

– É o meu irmão e o seu melhor amigo que está lá em cima. Por que você fica aí sentado aceitando esse absurdo? – Antes de alguém poder responder, Summer saiu da sala.

Passar pela multidão não era difícil, especialmente quando não estava preocupada com quem seria necessário empurrar para fazer isso. Summer tremia de raiva enquanto passava pelo labirinto de corredores até encontrar a saída e praticamente arrebentar a porta. Foi só quando chegou do lado de fora, sem saber para onde ir, que ela viu Gabriella ao seu lado.

– Você está bem? – Gabriella perguntou.

– Não, Gabs, não estou. Estou completa e absolutamente surtada! Mandaram meu irmão para lá sabendo que havia possibilidade de tempo ruim e agora estão com medo de fazer alguma coisa a respeito. E se ele estiver machucado? E se ele precisar urgentemente de um hospital? E se a temperatura cair mais e ele tiver hipotermia? Quer dizer, como podem esperar que fiquemos sentados, de braços cruzados?

Gabriella pegou a mão de Summer e a puxou para um abraço.

– Estou tão frustrada quanto você, e se você não tivesse falado, eu teria. Não entendo por que Ethan não está comprando uma briga lá dentro.

– Ethan nunca compra briga – resmungou Summer. – Ele não gosta de causar tumulto. Nunca.

– Por isso ele esperou Zach estar completamente fora de cena para demonstrar seus sentimentos por você?

Summer deu alguns passos para trás e disse, chateada:

– Infelizmente, sim.

– Isso me parece covardia.

Summer queria discordar, mas não podia. Infelizmente, aquele não era o momento para falar de relacionamentos.

– Eu sei, e em qualquer outro momento, eu estaria discutindo isso. Mas não posso. No momento preciso me concentrar em Zach e em trazê-lo de volta em segurança.

– E o que devemos fazer? – Gabriella refreou a necessidade de demonstrar sua própria frustração.

Summer encolheu os ombros.

– Eu não sei. Sei que esses caras sabem o que estão fazendo, e eu não tenho ideia. Há apenas uma equipe especializada nesse tipo de resgate e não tenho escolha além de confiar nela, mas não sou obrigada a gostar disso. E certamente também não preciso ficar quieta.

Gabriella não pôde conter o sorriso diante da tentativa de rebeldia de Summer.

– Está certo. Você quer ir para o hotel? Ou quer que eu deixe você sozinha?

– Na verdade, não. Acho que preciso de mais uns minutos para me acalmar antes de voltar lá. Se não fizer isso vou acabar socando alguém, e ainda não sei se será o Ethan ou o Mike Rivera.

Gabriella deixou escapar uma gargalhada.

– Eu pagaria muito para ver isso.

– Para me ver batendo em quem?

– Tanto faz. – As duas riram e sentiram um alívio por relaxar um pouco da tensão de seus corpos. – Vai ficar tudo bem, né?

Summer fez que sim, mas ela não tinha certeza se acreditava nisso.

– Ok, acho que já estou com a cabeça mais fresca – disse ela, estremecendo de frio.

Gabriella estendeu-lhe o casaco:

– Você escolheu o lugar perfeito.

– Fico tão feliz que sua cabeça funcione do jeito que funciona – disse Summer, abraçando a amiga. – Se dependesse de mim, estaríamos todos congelando. Sempre vejo as máximas e nunca presto atenção nas mínimas da previsão do tempo – disse rindo.

– Sim, que sorte a minha. É a principal característica que as pessoas reparam em mim. Minha eficiência.

– Não é verdade. Primeiro elas percebem que você é assustadoramente bonita, depois vem essa coisa da eficiência.

– E isso as assusta.

Summer franziu o cenho:

– Quem se assustou com a sua eficiência? E, aliás, que tipo de idiota se assustaria com algo desse tipo?

— Não importa. — Gabriella se encolheu. — Às vezes me sinto muito esquisita por conseguir pensar de forma tão racional em situações estressantes e por conseguir resolver problemas tão rapidamente.

— Se quiser a minha opinião, isso é uma dádiva.

— Você não acharia isso se fosse com você.

— Nesse momento? Tenho certeza que acharia. — Summer parou e observou a amiga. — Como você resolveria esse desastre especificamente? Quer dizer, se você estivesse lá em cima com acesso às informações que tivemos. O que você acha que eles poderiam fazer que não estão fazendo?

Gabriella ficou em silêncio por um minuto.

— Acho que estão fazendo o que podem com as informações que têm, mas...

— Mas?

— Mas já deveriam ter mandado a equipe de resgate. Estamos perdendo muito tempo e não temos ideia de quantas pessoas estão feridas. Entendo a necessidade de garantir que o tempo esteja estável, mas... acho que estão perdendo muito tempo.

Summer concordou e pegou Gabriella pela mão, levando-a de volta para dentro do edifício.

— Então, vamos começar dizendo isso para eles.

•

Como era de se esperar, a chegada da comissão Montgomery foi um evento, e dos caóticos.

— Isso aqui é um circo da mídia! — Robert Montgomery esbravejou ao entrar no escritório.

Ele passou os olhos rapidamente pelo ambiente e avaliou a situação. Sua voz era alta e de comando e, logo, Mike Rivera estava à sua frente, estendo a mão.

— Você deve ser Robert Montgomery — disse Rivera, nervoso. Ele se apresentou e fez um breve resumo da situação em que estavam as buscas e o resgate. – Temos uma equipe na base da montanha e estamos recebendo, ao mesmo tempo, as informações, senhor. Devemos ter notícias em breve.

Robert olhou para ele, cético, mas decidiu se concentrar em sua filha, que estava ansiosa ao seu lado. Ele foi até ela e percebeu que estava exausta, pálida e com olheiras, e ele sentiu um pouco de empatia.

– Você está bem?

Summer fez que sim e esperou... Esperou para ver se ele a abraçaria ou lhe daria uma bronca.

– Tudo isso poderia ter sido evitado – disse ele, olhando para Ethan, que se aproximara. – Vocês dois sabiam que Zach estava se arriscando e colocando os outros em risco também, e não o impediram.

– Bem... hum... – Summer começou.

Ethan deu um passo à frente e a interrompeu.

– Robert, já falamos sobre isso. Ninguém teria conseguido impedir Zach de ir. Precisamos parar de tentar achar culpados e nos concentrarmos em trazê-lo de volta em segurança.

Robert olhou para ele, descrente. Ele não gostou de Ethan ter se intrometido em sua conversa com a filha, mas supunha que havia um objetivo. Não era possível mudarem o que havia acontecido e precisavam se concentrar em encontrar Zach e garantir que ele ficasse bem.

Infelizmente, no meio daquele caos, outras coisas que também exigiam atenção estavam acontecendo. Ele sabia que não conseguiria cuidar de tudo sozinho, e Summer parecia não ter condições de fazer nada além de esperar por novidades junto de todos. Robert olhou novamente para Ethan e viu que ainda não era possível ter uma conversa racional com ele. Assim, sobrou Gabriella.

Com um meneio, Robert virou-se e começou a dar ordens para Gabriella:

– Preciso que você ligue para o escritório em Portland. Alguém já deve estar sabendo disso e quero garantir que ninguém comente nada com a imprensa. Quando souberem que Zach Montgomery está na montanha, clientes e funcionários começarão a ficar impacientes.

Queremos assegurar-lhes que tudo está bem e que as pessoas que estão no comando são mais do que capazes de cuidar de tudo.

Gabriella concordou e se afastou. Quando ela saiu da sala, Robert voltou-se novamente para Mike e foi conversar com ele em particular.

Summer ficou momentaneamente aliviada, mas sabia que assim que seu pai terminasse de dar todas as suas ordens, voltaria para lhe dizer como tudo aquilo era culpa dela. Ela estava tentando se preparar, mas não estava conseguindo.

– Ei, garota – seu irmão, Ryder, disse ao abraçá-la. – Como você está?

Summer queria chorar. Não havia condenação em sua voz, ele a estava confortando, cumprindo o papel de irmão mais velho, e isso bastava para abalar seu já frágil estado. Ela respirou fundo e se agarrou nele até saber que conseguiria falar sem chorar.

Quando olhou para ele, Summer sorriu.

E foi aí que a primeira lágrima caiu.

Ryder a abraçou novamente e a deixou chorar. Quando sentiu que ela tinha parado, a levou até o canto da sala, onde se sentaram.

– Você sabe como ele é, Summer, fala antes e pensa depois. Ele odeia não estar no controle e tudo isso o faz se sentir perdido.

Recompondo-se, Summer testou sua voz:

– Ele basicamente disse que é minha culpa se Zach estiver ferido porque eu não consegui fazê-lo desistir da escalada.

Balançando a cabeça, Ryder disse:

– Você não tem nada a ver com isso. Sempre existem riscos assim e é uma droga. Estamos todos assustados, mas brigar entre nós não vai ajudar Zach. Não é você que deve ser culpada e o papai sabe disso. Ele está muito preocupado com Zach. Está sendo duro com todos nós, mas não significa que ele não se importe.

– Ele tem um jeito estranho de demonstrar – murmurou ela.

– Vocês só podem estar falando do papai – disse James ao se juntar aos irmãos. Summer se levantou para abraçá-lo e ele a abraçou tão forte quanto Ryder havia feito. James se afastou e olhou para ela: – Você parece exausta. Conseguiu dormir essa noite?

– Um pouco – respondeu ela –, mas sempre que eu fechava os olhos, imaginava o pior. Me sinto tão desamparada! Talvez o papai tenha razão. Talvez eu não tenha me esforçado o suficiente para impedir Zach de ir.

James riu.

– Por favor, todos sabemos que Zach não deixa ninguém dizer que ele não pode fazer alguma coisa. É uma baita frustração. – Ele percebeu a dúvida na expressão de Summer e colocou as mãos em seus ombros, de forma a lhe dar segurança. – Você não é culpada de nada, Summer – ele disse suavemente.

– Obrigada. – Summer relaxou, aliviada, e virou-se para puxar Ryder para perto. – Obrigada aos dois. Vocês não têm ideia de como eu estava sofrendo com isso tudo. Zach e eu discutimos por semanas antes da viagem. Eu sabia que ele não estava forte o suficiente para uma excursão assim, mas ninguém esperava que chegasse a esse nível de gravidade. Ethan e eu...

– Fizeram o melhor que puderam – disse Ryder ao olhar para o outro lado da sala, onde Ethan estava em pé. – Alguma ideia do que o fez desistir de ir com o Zach? Achei que esse fosse o plano.

Summer corou e olhou para o chão.

– Ele disse que apenas mudou de ideia e percebeu que não era algo que ele queria fazer.

Ryder olhou primeiro para Summer, depois para James, que encolheu os ombros e, depois, para Ethan, que os observava aparentando certo desconforto.

– Estranho – disse Ryder. – Eles fazem tudo juntos. Ele e o Zach brigaram antes da partida? Você acha que o Zach poderia estar irritado?

Summer ficou nervosa:

– Por que você está querendo colocar a culpa no Ethan? Aliás, quem disse que isso tudo aconteceu por culpa do Zach? Pelo que sabemos, ele estava focado exatamente no que deveria, e o erro foi de outra pessoa! Ethan nem estava lá! – Ela se afastou dos irmãos bufando e perdeu o olhar preocupado que trocaram entre si.

– Com licença – disse Ryder delicadamente ao sair andando.

James pegou a mão de Summer e a levou para se sentar. Alguma coisa estava acontecendo, mas ele não poderia apontar o quê. Então, fez a única coisa a seu alcance: distraiu sua irmã:

– Eu contei que Selena e eu vamos fazer alguns ajustes na casa?

Summer ficou confusa:

– Por quê? A casa é linda! E vocês se mudaram para lá há pouco tempo. O que é preciso ajustar ali?

– Bem – ele disse rindo –, com o bebê chegando em breve, e sabendo que a família vai acabar ficando com a gente por um bom tempo, decidimos fazer uma grande reforma no jardim.

Agora ela estava realmente confusa:

– No quintal? O que o jardim tem a ver com mais pessoas na casa? E você é o cara do paisagismo. Algo relacionado a isso deveria ser uma coisa simples para você, não uma grande reforma.

James recostou-se na cadeira e relaxou:

– Ah, eu sou mesmo, mas estamos fazendo algo mais elaborado. Decidimos que queremos fazer uma piscina.

– E o jardim é realmente grande o suficiente para isso.

Ele concordou e continuou:

– E no canto construiremos uma casa que poderá ser usada como um chalé para hóspedes. Talvez com apenas um quarto. Mas, assim, isso gera um espaço extra onde os convidados possam ficar com mais privacidade.

– Parece incrível – disse ela sorrindo. – Selena deve estar em êxtase. Como ela está?

Pensar em sua esposa fez James sorrir:

– Bem, muito bem. Sei que não faz tempo que você foi embora, mas nas últimas sete ou oito semanas começou a dar para ver a barriga. É algo incrível. – Um sorriso bobo cobriu seu rosto ao imaginar Selena. – Sentimos o primeiro chute há pouco tempo. Era de noite, e eu só queria ficar deitado ao lado dela, com a mão em sua barriga, esperando para sentir de novo.

Summer queria chorar. Ela estava tão feliz por seu irmão – ele estava feliz e casado com a única mulher que havia amado, e estavam se preparando para ter o primeiro filho – mas ela também estava com inveja. Seus irmãos deveriam querer ficar solteiros, aproveitar a liberdade. Era ela quem deveria se casar e ter um filho. Mas o fato era que todos os seus irmãos, inclusive Zach, se casariam e teriam filhos enquanto ela seria a tia solteirona.

Talvez ela devesse se livrar de Maylene e pegar um gato. Por quê? Porque é isso que tias solteironas fazem. As coisas certamente estavam progredindo com Ethan, mas ela não tinha ideia do que aconteceria agora que sua família estava por perto. Isso seria um grande desafio para o relacionamento deles. Summer sabia que ele não gostava de confrontos e que sua família podia ser bastante intimidadora. A maioria dos homens com quem ela já havia se envolvido tinha recuado depois de algum dos Montgomery os ter encarado ou perguntado quais eram as suas intenções. Ela estremeceu só de lembrar esses fiascos. Será que Ethan superaria essa situação? Ela franziu o cenho ao pensar nisso.

– O que foi? – James perguntou quando voltou de seu devaneio. – Qual é o problema?

Balançando a cabeça e afastando os pensamentos negativos, Summer voltou a perguntar sobre a casa:

– E você mesmo vai fazer o trabalho?

– Está brincando? – ele perguntou rindo. – Certamente vou cuidar do paisagismo, mas a construção? – Ele balançou a cabeça. – Isso não é pra mim.

– E você já contratou alguém?

Ele fez que sim:

– Tive sorte. Eu estava perguntando se alguém tinha um empreiteiro para me indicar e várias pessoas me falaram de Aidan Shaughnessy.

Summer franziu o cenho por um minuto:

– Por que esse nome me parece familiar? – Ela procurou em sua mente, tentando se lembrar do motivo.

– Costumávamos sair com ele quando íamos passar o verão na praia, lembra? Família grande... parecida com a nossa: cinco irmãos e uma irmã. Você era um pouco mais velha que a irmã dele, mas costumávamos ir juntos para a praia de vez em quando.

– Ah, sim! E agora ele é empreiteiro? Isso é ótimo! Você já falou com ele?

James fez que sim novamente e sorriu:

– Estou dizendo, foi ótimo reencontrá-lo. Estou retomando o pé das coisas e reencontrando as pessoas da família, então, trabalhar com um amigo tem sido bom. Ele é um ótimo empreiteiro, e sua empresa é conhecida na região. Acho que ele está me fazendo um favor por encaixar esse trabalho na agenda. Parece que ele tem placas pela cidade toda com projetos que sua empresa realiza.

– Que bom! – Summer disse com sinceridade. – Acho que vai ser bom para vocês dois. Você reencontrando um antigo amigo, Selena fazendo uma grande reforma no jardim e ganhando um espaço extra na casa... quer dizer, vocês estão vivendo um sonho.

Tudo o que ela dissera havia soado sincero, mas ainda assim James percebeu um pouco de tristeza no olhar da irmã. Podia ser decorrente do estresse com a situação de Zach ou podia estar relacionado com o motivo que a havia feito ir embora de Nova York, mas os anos de experiência de James na polícia lhe indicavam que havia algo mais. Ele olhou pela sala e pensou no que poderia fazer. Então, ele viu seu tio e, discretamente, o chamou.

– Bem, e aqui está a minha princesa favorita – disse William Montgomery, sorrindo, ao se aproximar. – Como está a minha garota?

Summer levantou-se e abraçou seu tio William. James, discretamente, saiu para deixá-los a sós por um momento.

William se sentou com Summer, olhou para a expressão de sua sobrinha e ficou imediatamente preocupado, mesmo que sua própria expressão facial não o demonstrasse.

– Estou preocupada com o Zach, obviamente – disse ela, descansando a cabeça no ombro dele, como fazia quando era criança.

Em resposta, William apoiou a cabeça sobre a dela:

– Estamos todos. Mas tenho muita confiança de que hoje a equipe de resgate terá sucesso.

– Que Deus escute suas palavras – disse ela, melancólica.

William sorriu.

– Quero que você saiba que eu tenho orgulho de você, Summer. – Ela ergueu a cabeça e olhou para seu tio como se ele fosse louco. – É verdade. Você veio aqui, representou a família e está garantindo que as coisas aconteçam da maneira mais rápida possível.

– Mas...

– Enquanto seus irmãos estavam com você, eu e seu pai estávamos falando com Mike, e ele nos contou todo seu empenho. Sei que não tem sido fácil, mas você se posicionou e cuidou das coisas.

Summer desviou o olhar:

– Não fui só eu; na verdade, Ethan e Gabriella fizeram a maior parte. Sinto mais como se eu fosse um fardo. Ethan lidou basicamente com Mike e Gabriella cuidou de tudo para chegarmos aqui. Eu meio que estou apenas acompanhando tudo.

Interessante, William pensou. Então, pigarreou e disse:

– Ainda assim, foi muito conveniente os três terem conseguido chegar juntos e tão rapidamente aqui. Ficamos todos meio chocados ao saber que Ethan não tinha ido escalar com Zach. Achávamos que eles fariam isso juntos, assim como foi em todas as viagens anteriores.

– Ethan não queria ir dessa vez – Summer balançou a cabeça. – Ele disse que seu coração não estava nessa viagem. – A imagem dos dois na tenda, nas termas, veio à sua mente. Ela não pode impedir o rubor em seu rosto. – De qualquer maneira, fico feliz que ele não esteja lá em cima com Zach; não acho que eu teria conseguido lidar com isso se não fossem ele e Gabriella.

– Achei que Ethan fosse tirar uns dias de folga depois de ter desistido da viagem. Afinal, já estava com a agenda livre – disse William. – Deve ter sido um choque terem se encontrado com ele no escritório tão pouco tempo depois de ele ter partido.

– Ah, não, ele não voltou para o escritório – respondeu Summer, sem nem pensar. – Encontramos com ele na baía dos Glaciares, onde Gabriella e eu estávamos fazendo uma viagem de amigas. – Assim que ela terminou a frase, percebeu seu erro. – Quer dizer... não foi planejado nem nada. Encontrar com Ethan. Obviamente Gabriella e eu tínhamos planejado nossa viagem e foi apenas... coincidência nós o termos encontrado. – O calor subia por seu rosto e Summer sentiu que estava começando a suar. Será que seu tio perceberia que ela tinha passado uma semana inteira sozinha com Ethan?

William olhou para o rosto vermelho da sobrinha e sorriu. Bingo!

– Então acabou dando certo, não foi? – ele perguntou, animado. Quando Summer olhou para ele, confusa, ele prosseguiu: – Foi como se fosse para ser, para todos poderem vir juntos ajudar Zach. – Ele se recostou e abriu um sorriso ainda maior. – Às vezes é impressionante como as coisas funcionam bem.

Ok, isso é estranho, Summer pensou. Se essa conversa fosse com seu pai, ele, primeiro, exigiria saber o que ela estava fazendo no Alasca, depois cobraria explicações sobre o porquê de Ethan também ter estado lá. Seu pai não acreditava em coincidências, e ela não tinha dúvidas de que não importava o que ela dissesse ou quanto protestasse, ele surtaria com toda a situação.

– O clima aqui certamente não é tão frio quanto imaginei – William disse, interrompendo os pensamentos de Summer.

– Foi uma boa surpresa – concordou ela. – No entanto, aqui está um pouco mais frio do que na baía dos Glaciares. Mas não muito.

William meneou a cabeça, pensativo.

– Vamos esperar que o tempo colabore agora e que a equipe de resgaste possa entrar em ação e trazer seu irmão são e salvo.

Ele relaxou e estava olhando pela sala quando viu Ethan os observando, embora se esforçasse muito para disfarçar. William quis, novamente, soltar uma gargalhada. Estava quase fácil demais. A fala nervosa de Summer e a maneira como Ethan a observava desde a chegada da família Montgomery já haviam dito a William tudo o que ele precisava saber. Era só uma questão de saber como ajudar esses dois no meio de toda essa bagunça envolvendo Zach. Colocando a mão no joelho de Summer, ele disse:

– Não importa como você e Ethan ficaram juntos, eu fico feliz.

Summer olhou para cima com os olhos arregalados:

– Juntos? – Ela desafinou. – Não estamos juntos. Não eu e Ethan. Quer dizer, somos amigos... e trabalhamos juntos, mas é só isso. Ele é o melhor amigo de Zach e... e... como eu disse, foi apenas uma estranha coincidência estarmos juntos observando as baleias. Quer dizer... não juntos, tipo juntos, mas ali, ao mesmo tempo. E... e...

– Ele é um bom amigo – disse William, feliz. – Sempre gostei muito dele. Ele é um bom homem, um bom funcionário, e todos temos orgulho das conquistas dele. Não, senhor, ninguém é capaz de encontrar uma falha em Ethan Reed. – William olhou diretamente para Ethan e o viu engolindo em seco. – Fico feliz que ele esteja aqui com você para ajudá-la, Summer. – William se inclinou e deu um beijo no rosto da sobrinha. – Agora, se você me dá licença, vou dar uma palavrinha com ele, para agradecê-lo.

Summer observou seu tio aproximando-se de Ethan e se recostou na cadeira. Eles tinham sido tão cuidadosos, exceto perto de Gabriella, e a ideia de alguém saber dos dois, especialmente naquele momento, não era algo que a agradasse. Graças ao adiamento, no entanto, ela se acomodou e, silenciosamente, rezou para que seu pai mantivesse distância por um pouco mais de tempo.

•

Por um momento, um breve momento, William Montgomery sentiu pena do pobre Ethan Reed. Ao cruzar a sala, William percebeu que ele estava procurando alguma distração ou forma de fugir. William riu para si. Será que o rapaz não percebia que entre os dois mais velhos da família Montgomery ali presentes, era com ele que deveria querer conversar?

– Ethan! – William disse ao se aproximar, estendendo a mão. – É bom ver você, embora eu desejasse que fossem outras as circunstâncias.

– Digo o mesmo, senhor – respondeu Ethan, cauteloso.

William colocou as mãos nos bolsos e se deu um minuto para sorrir.

– Sei que foram dias difíceis para você – Ethan concordou com a cabeça. – E tenho certeza de que, em parte, você se sente culpado por não estar lá com Zach. – Quando Ethan foi se defender, William o interrompeu com delicadeza. – Ninguém aqui está jogando a culpa em você, filho. Uma série de eventos infelizes teria acontecido com você lá ou não.

– Não podemos saber...

– Acredite em mim – disse William. – No mínimo a sua presença lá significaria mais um ferido. Eles já estão tendo dificuldade do jeito que está. – Ethan não parecia convencido. – Estamos todos felizes por você estar aqui e estar bem.

– Tem certeza disso? – Ethan deu um sorriso amarelo.

– Você se refere ao meu irmão?

Ethan fez que sim.

– Não dê atenção a ele. Ele sempre foi o cabeça quente da família. Robert sabe que você não tem culpa de nada disso.

– Nem a Summer – disse Ethan, na defensiva. – Ela chorou muito depois de falar com ele na noite passada. Ele disse a ela que era culpa dela Zach estar ferido e, deixe-me lhe dizer, isso a destruiu. Eu não sabia que Robert poderia ser tão cruel. Sempre soube que ele era rígido com Zach, Ryder e James, mas nunca achei que fosse capaz de fazer algo assim com a própria filha. – Era impossível esconder seu desgosto. – Nada que eu dissesse ou fizesse a fazia se sentir melhor. E sabe o que é pior? – Ele não esperou uma resposta de William. – Ela nem se defendeu desse ataque do pai. Por quê? Porque já se sente responsável, sendo que não devia. – Ethan passou a mão pelo cabelo, frustrado, e olhou para onde Summer estava sentada.

A expressão de Ethan se suavizou ao ver Summer. Ela era a mulher mais incrível que ele já conhecera, e lhe doía que sua própria família não visse como ela era especial.

William discretamente limpou a garganta.

– Concordo com você em relação ao meu irmão, Ethan, e não vou mentir para você: incomodou a todos nós. É claro que ninguém sabia que ela já estava se sentindo culpada, mas de qualquer maneira, nada justifica o que ele disse para ela.

Ethan não queria tirar os olhos de Summer, mas voltou sua atenção para o tio dela.

– Só espero que Robert não sinta a necessidade de atacá-la verbalmente mais uma vez agora que está aqui. – Havia uma agressividade em sua voz que Ethan quase não conseguia reconhecer como sendo sua. Ele nunca se sentira tão protetor de alguém e, certamente, nunca havia cogitado falar assim com algum dos Montgomery antes. Ele estava mesmo perdido e, se não tomasse cuidado, William perceberia.

– Acho que meu irmão encontrou outra pessoa em quem descarregar. – William apontou para onde Robert estava, em pé, com Mike Rivera. – Pobre homem. Como se já não tivesse muito com o que se preocupar, agora precisa lidar com Robert.

William também não simpatizara muito com Mike Rivera. Ele acreditava que tudo era responsabilidade da empresa e, se fosse para dizer alguma coisa, seria com a equipe de advogados, para que a culpa fosse assumida pelos responsáveis. Como seu irmão pôde pensar, nem que por um minuto, em colocar a culpa em Summer ainda estava além de sua compreensão. E assim que todo esse pesadelo acabasse, ele certamente diria isso a ele.

– De qualquer forma, acho que devo ir lá para garantir que as coisas não fiquem fora de controle. – William colocou a mão no ombro de Ethan. – Você é um bom homem, Ethan. Todos nós sabemos disso. Obrigado por estar sempre ao lado de Zach e por ter cuidado de Summer. Ambos têm sorte por ter você por perto.

Ethan agradeceu a William e o observou aproximar-se de Mike e Robert, soltando o ar, aliviado. Aquilo tinha sido melhor do que ele esperava. Ethan tinha certeza de que todos entrariam ali como arruaceiros, fazendo todo tipo de barulho. Até o momento, fora apenas Robert; os demais Montgomery estavam se comportando muito bem.

Ethan viu James e Ryder conversando com um dos funcionários de Mike, e Gabriella estava no telefone, no canto do escritório. Com Robert e William conversando com Mike, ele lentamente seguiu seu caminho até onde Summer estava sentada, com a cabeça para trás e os olhos fechados. Ethan olhou mais uma vez em volta, preocupado, e sentou-se ao lado dela.

– Como você está? – ele perguntou gentilmente.

Summer abriu os olhos e piscou, surpresa com a proximidade de Ethan.

– Cansada – disse ela. – A espera está me matando. Parece que estamos tão perto, mas o tempo continua passando.

– Eu sei. Não passou muito tempo, na verdade, mas sei como você se sente.

– Não vou conseguir relaxar até saber que Zach está bem. – Summer pegou a mão dele e seus olhares se cruzaram. – Não sei o que vou fazer se alguma coisa tiver acontecido a ele, Ethan. A última vez que nos falamos ele estava tão bravo comigo. Não consigo aceitar que essa pode ter sido a nossa última...

Lágrimas começaram a cair dos olhos de Summer, e Ethan a abraçou. Ele sentia falta de tê-la em seus braços e, por um momento, aproveitou a sensação.

– Shh... – sussurrou ele contra seus cabelos macios. Ele adorava senti-los, adorava seu cheiro, e o pensamento de talvez não poder tê-la novamente era mais do que ele podia suportar, especialmente com tudo o mais que estava acontecendo. – Eles vão encontrar Zach, ele vai estar bem e vocês dois conversarão sobre tudo o que aconteceu desde que você se mudou para Portland e vão rir. – Ethan se afastou e colocou um dedo sob o queixo dela. – Antes de partir ele me prometeu que tentaria acertar as coisas entre vocês. E você sabe que seu irmão é um homem de palavra.

– Ele prometeu? – ela perguntou, mas mal dava para ouvir sua voz.

Ethan fez que sim e secou suas lágrimas. Ele queria beijá-la, abraçá-la, prometer que tudo ficaria bem. Ele estava prestes a falar quando James chegou ao lado deles.

– O que está acontecendo? – James perguntou a Ethan. – Por que ela está chorando?

Por um minuto, Ethan ficou sem palavras.

– Toda essa espera tem seu preço – disse Ethan, finalmente, ao se afastar de Summer e se levantar. – Ela está preocupada porque da última vez que falou com Zach, eles discutiram. Agora, ela está com medo...

– Não precisa dizer mais nada – James ergueu a mão para interrompê-lo e sentou ao lado de sua irmã. – Ei – disse ele, cauteloso, abraçando-a. – Sei que está sendo difícil para você, mas você conhece o Zach, ele andava discutindo com todo mundo ultimamente. Quando ele voltar, garanto que ele vai continuar pronto para discutir com alguém.

– Mas e se...?

James colocou um dedo sobre a boca de Summer e balançou a cabeça.

– Bons pensamentos; quero que você tenha apenas bons pensamentos, ok? – Ele esperou ela concordar, embora pudesse perceber que ela apenas o estava obedecendo. – Precisamos estar preparados para aceitar que ele pode ter alguns ferimentos, mas precisamos pensar positivo, garota. Você precisa ser forte.

– Só estou preocupada – disse ela.

– Sei que está. – Ele a abraçou forte. – Com sorte teremos notícias em breve e, então, todos conseguiremos relaxar e ter uma boa noite de sono.

– Espero que você esteja certo, porque estou me sentindo como um zumbi.

Summer tentou sorrir e pensou em fazer uma piada com a série de televisão quando viu seu pai se aproximar e parar na sua frente.

– É bom ver que você consegue rir enquanto seu irmão está com a vida em risco.

– Espere um pouco. – Ethan começou, mas foi interrompido por James, que se levantou ao mesmo tempo.

– Sério, pai, você não aprendeu nada esses anos todos? – James perguntou, incrédulo.

– Do que você está falando?

– Conversamos sobre isso no avião. Não sei por que você está direcionando toda essa hostilidade para Summer. Ela não tem culpa de nada. Se você abrisse os olhos e fechasse a boca por um minuto, veria que sua filha estava chorando. Ela está exausta e preocupada, como todos nós!

– Bem, se ela tivesse batido o pé e impedido Zach de viajar, nenhum de nós teria com o que estar preocupado!

Pai e filho discutiram por mais um minuto antes de Ethan interrompê-los com um alto assobio. Quando conseguiu a atenção de ambos, assim como a de todos os demais na sala, ele disse:

– Seu filho é um idiota egoísta que não escuta ninguém! – Ele percebeu a expressão de choque no rosto de Robert. James e Ryder demonstravam atenção, Summer preocupação, e William tinha um sorriso no rosto. – Todos nós tentamos falar sobre isso com Zach, Robert. Caramba, até o médico dele tentou, mas, no final, acabou dando o atestado. –

Ethan passou a mão no cabelo. – Agora, entendo que esteja irritado com toda essa situação que está fora do seu controle, mas é preciso culpar exatamente quem tem responsabilidade sobre isso. E essa pessoa é Zach.

– Não – disse Robert com tom de escárnio. – Ela não se esforçou o suficiente.

– Eu estou bem aqui! – Summer esbravejou ao se levantar e ficar ao lado de Ethan para entrar na briga. – Eu fiz tudo o que pude para convencer o Zach a desistir dessa viagem. Você nem imagina as brigas que tínhamos. Mas Ethan está certo. Zach é uma pessoa muito egoísta, e por mais nervosa que eu esteja com a situação, por mais chateada e preocupada, ainda consigo controlar minhas ações e emoções. Tenho vergonha da forma como está se portando aqui, descarregando sua raiva como se fosse o único que soubesse como fazer as coisas! – Era a primeira vez na vida que ela falava assim com seu pai. E Summer estava se sentindo muito bem! – Essas pessoas estão trabalhando desde o ocorrido e fizeram tudo o que podiam para garantir que mais ninguém se machuque. Como você ousa chegar aqui e dizer como devem fazer seu trabalho? O que acharia se alguém entrasse na Montgomery e fizesse o mesmo com você?

– Queria ver alguém tentar! – Robert gritou.

– É exatamente o meu ponto! – Summer gritou de volta. – Como empresário, não deveria estar mostrando a mesma cortesia com Mike? Seus gritos e sermões ajudaram em alguma coisa? Quer dizer, você nem entende, não é mesmo? – Ela se virou e apontou para James. – James fugiu aos dezesseis anos porque você queria ditar como ele deveria viver a vida dele. Ryder e Zach se mudaram para quase quinhentos quilômetros de distância para se livrar de você. E eu fiz o que pude para ficar o mais longe possível! Quando você vai entender que o seu jeito não é a única maneira?

Summer estava sem ar depois do pequeno discurso e se recostou em Ethan, que passou o braço em sua cintura e a puxou para perto. Depois de sua demonstração de coragem, ela não sabia qual emoção registrar primeiro: orgulho de si mesma ou satisfação pelo que havia feito. Ethan demonstrou seu apoio na frente de toda a família.

Robert estava vermelho. O olhar possessivo no rosto de Ethan foi a gota-d'água. Como ele ousava tocar Summer como se tivesse direito de fazer isso? E, acima disso, em toda sua vida, ninguém – não apenas seus filhos – nunca tinha falado com ele como sua caçula acabara de fazer. Robert queria gritar, queria berrar, queria...

– Com licença! – Mike Rivera gritou, correndo pela sala. – Odeio interromper, mas temos notícias. – Todos viraram-se para ele. – Estamos com eles!

Capítulo 9

Aquelas três palavras foram eficazes para finalizar qualquer discussão. Num piscar de olhos, todos estavam em volta da mesa de Mike, ouvindo as comunicações com o centro de comando. Todos os alpinistas haviam sido encontrados. Um milhão de perguntas ainda esperavam resposta, mas, naquele momento, todos ficaram em silêncio, esperando e ouvindo para saber qualquer informação específica sobre Zach.

Se a espera parecia difícil antes, agora ela chegava a provocar dor. Estavam tão perto, tão perto de, finalmente, saber o que estavam esperando, que as outras informações estavam deixando todos no limite novamente.

– Preciso do nome de quem vai para onde – Mike disse no telefone, que estava no viva-voz para que todos pudessem ouvir. – Quanto tempo até termos a informação?

– O primeiro helicóptero acabou de partir com os três primeiros... todos bastante mal... ossos quebrados e sinais de hipotermia – uma voz disse do outro lado da linha.

Mike olhou para as pessoas à sua volta e perguntou:

– Zach Montgomery está entre eles?

Houve um momento de silêncio, já que todos seguraram a respiração e ficaram imóveis.

– Negativo – a voz respondeu e, na sequência disse o nome dos três alpinistas já resgatados. – Isso vai levar um tempo, Mike. Há muitas pessoas lá e não podemos mandar muitos helicópteros de uma vez. Temos uma equipe médica no momento ajudando os feridos e avaliando quem precisa de cuidados imediatos.

– Entendo – disse Mike. – Quero um retorno sobre cada uma das pessoas à medida que forem retiradas da montanha. Preciso saber para qual hospital estão sendo encaminhadas assim que você tiver essa informação. Entendeu?

– Sim, senhor. Devo ter novas informações em cerca de vinte minutos.

A ligação ficou muda, e Mike olhou para as expressões ansiosas à sua volta. Sua dor e decepção eram óbvias.

– Não quero que fiquem desanimados – disse ele. – O fato de ele não estar nesse primeiro voo não nos dá informações a respeito de seus ferimentos. Mas sabemos, por ora, que Zach optou por deixar os outros irem antes por estar ajudando. – Deve ter sido a coisa certa a dizer, pois houve um suspiro coletivo.

– Isso é típico do Zach – disse Ryder, afastando-se da mesa.

Todos concordaram com sua afirmação, mas Ethan, Summer e Gabriella trocaram olhares desconfiados.

Gabriella saiu da sala primeiro, com Summer logo atrás. Elas seguiram pelo longo corredor até a porta dos fundos. Gabriella fechou a porta, sentou no degrau e olhou para a amiga.

– Não sei quanto mais eu aguento – disse ela, triste.

– Nem eu. – Summer sentou-se ao lado dela. – Não sei o que eu estava esperando.

Gabriella concordou.

– Eu sei que deveria concordar com tudo o que Mike diz e que deveria estar pensando positivo, mas estou com medo.

– Eu sei. – Por mais que doesse admitir, Summer concordava. – Desde que ele anunciou essa viagem não estou confortável com ela. Achei que com meu conhecimento sobre ferimentos e com Zach ainda se recuperando da perna quebrada, ele me escutaria, mas ele só brigou comigo. – Summer deu um sorriso triste. – Quem eu quero enganar? Ninguém me leva a sério.

Gabriella pegou as mãos de Summer nas suas e apoiou a cabeça em seu ombro.

– Acho você uma das mulheres mais corajosas e guerreiras que já conheci. A forma como enfrentou sua família ali dentro antes do contato foi incrível.

– Você ouviu? – Gabriella fez que sim. – Achei que estivesse fazendo ligações.

– Por favor, eu terminei cerca de vinte minutos antes de a cena começar. Só era mais seguro ficar no escritório, fora do caminho de todos.

– Talvez eu devesse ter me voluntariado para fazer as ligações – disse Summer, arrasada.

– De jeito nenhum. Você precisava estar ali e ter o seu momento. Acho que você os deixou chocados. Não me lembro de ter visto antes tantos homens da família Montgomery parados, de queixo caído.

– Meio que foi bom – riu Summer.

– Tenho certeza que sim. Você devia fazer isso com mais frequência. Mostrar quem você é. Isso prova que não podem manipulá-la.

Summer deixou o pensamento assentar fechando os olhos.

– Não sei se me fez algum bem. Fui salva pelo gongo.

– Hum... – Era tudo o que Gabriella podia dizer.

Gabriella estava física e mentalmente exausta. Estava acostumada a uma rotina bastante agitada por trabalhar com Zach já há muitos anos, mas essa situação em particular estava sendo muito difícil de lidar emocionalmente. Nas últimas semanas, mesmo antes da escalada, ela se viu criando um laço sincero com Summer. Ela a respeitava como colega de trabalho e estava começando a considerá-la uma boa amiga. E Gabriella não tinha muitas amigas, em parte por ser viciada em trabalho, mas também por parecer intimidar as pessoas. Ela suspirou. Não era o momento de pensar nisso. Como amiga de Summer, ela precisava ser forte e lhe dar apoio.

E achar uma forma de sobreviver àquilo tudo.

– Por mais que eu não queira, acho que devemos voltar lá para dentro e esperar com os demais. É provável que estejam se perguntando para onde fomos – disse Gabriella.

– É provável que nem tenham percebido que saímos – Summer retrucou, bocejando.

– Garanto que Ethan percebeu – disse Gabriella, com um sorrisinho. Summer virou-se para ela com uma expressão ansiosa. – Olhe, lamento muito o momento disso tudo para vocês dois. Lamento mesmo. Mas você precisará lidar com isso. Mesmo antes de vocês ficarem juntos eu já sabia que tinha alguma coisa ali.

– Eu nem achava que seria possível. – Summer balançou a cabeça e suspirou. – Só não tenho certeza do que vai acontecer quando minha família descobrir. Ethan pode achar que não vale a pena todo esse desgaste.

– Isso é uma grande besteira e você sabe disso. – Gabriella se levantou e espreguiçou. Depois, estendeu a mão para ajudar Summer a se levantar. – Não vou dizer que todos vão adorar, ficar felizes e apoiar. Todos terão algo a dizer, e podem não ser coisas boas. Mas o ponto é: Ethan vale a pena?

– O que você quer dizer?

– Estar com Ethan – Gabriella revirou os olhos –, ter um relacionamento com ele, vale se distanciar um pouco de sua família? Você sabe que eles vão superar em algum momento. Conhecem Ethan há muito tempo. Podem não se animar imediatamente, mas acho que a poeira baixaria mais rápido do que você imagina.

– Não sei – respondeu Summer, triste. – Não falamos disso, mas parece que esse é um ponto de conflito da minha vida. Minha família tem a tendência de intimidar os caras com quem me envolvo. E o fato de Ethan ser o melhor amigo de Zach dificulta mais a situação. Não o culparia se ele fugisse correndo para longe.

– Ele pode estar um pouco nervoso. Deveria estar. Sua família tem um jeito de fazer parecer que eles são muito mais numerosos do que são. Quer dizer, há quatro deles ali dentro, apenas quatro Montgomerys, e parece que ocupam todo o espaço, que consomem todo o ar do escritório! – Ela soltou uma gargalhada. – E é assim o tempo todo. Eles têm essa presença impactante.

– Mas Ethan já devia estar acostumado! Ele nos conhece há... desde sempre! Nada disso é novidade para ele. Se você acha que todos se acostumariam em algum momento, por que não ele?

– Você está tirando conclusões precipitadas. Você só disse que ainda não conversou com ele sobre isso. Por que está procurando problemas?

Summer balançou a cabeça.

Tem tanta coisa acontecendo com o resgate de Zach que parece egoísmo falar sobre nós e onde isso vai dar. Sinto que Ethan queria que tudo isso não estivesse acontecendo...

– E não é o que todos queremos?

– Não, não o acidente, mas nós dois. Não acho que ele tenha alguma intenção de levar isso adiante. Foi por isso que dei o primeiro passo quando estava na tenda.

– Espera aí... – Gabriella arregalou os olhos. – O quê? Na tenda? Como? Quer dizer, eu sabia que ele ia ir atrás de você, tentar encontrá-la e falar com você a respeito de Zach, mas...

– Estávamos conversando e começamos a discutir. Então ele disse que as pessoas precisam correr riscos, e eu concordei. E arrisquei.

– Que bom! – Gabriella abriu um sorriso.

– Também achei, a princípio. Mas aí ele foi embora. Concordamos que ninguém precisaria saber, que seria nosso segredo.

– Aí fomos para a baía dos Glaciares.

Summer concordou novamente.

– Sim, baía dos Glaciares. Fiquei aturdida ao encontrá-lo lá. E quando ele me disse que tinha desistido de ir na escalada... tive esperanças. Achei que eu tinha conseguido tocá-lo! Mas ele disse que não estava animado já há um tempo e que não era nada de mais.

– Ah, por favor! – Gabriella resmungou. – Você o tocou, sim. Ele só não estava pronto para admitir. E o jeito que ele ficou olhando para você quando saímos do barco? Querida, não foi um olhar de um homem com um pouco de interesse e tempo livre. Era o olhar de um homem que estava pensando "... minha". Era muito sexy!

– Foi muito intenso – Summer corou. Quando entramos no elevador, eu nem sabia se conseguiríamos chegar até o quarto.

Gabriella fingiu se abanar.

– Sua safada!

– Eu nunca soube que tinha tanta paixão em mim. – Ela ficou ainda mais corada. – Eu sabia que seria diferente desde a primeira vez que nos beijamos. Foi tão intenso, e cada vez que ele me toca eu o quero ainda mais.

– Então, você precisa falar isso pra ele. Precisa fazê-lo saber que, por mais difícil que seja, valerá a pena.

– Ethan é muito teimoso.

– Não me diga – Gabriella disse ao pegar um espelho na bolsa e fazendo uma careta ao verificar sua aparência. Ela nem conseguia se lembrar de quando tinha ficado tanto tempo com roupas casuais e sem uma maquiagem completa. – Trabalhar com ele e com Zach é um desafio, porque os dois são muito teimosos. Nem sei quantas vezes tive que bancar a juíza e mandar um deles para outro escritório!

A imagem fez Summer sorrir.

– Ah, nem precisa me dizer isso. Cresci com os dois. – E com todos esses anos de observação e desejo, ela sabia que havia muito mais em Ethan Reed, e Summer realmente queria conhecê-lo melhor. Como ela o convenceria de que ficaria tudo bem?

Vendo a expressão de Summer se fechar, Gabriella colocou a mão no seu braço e disse:

– Ei, vai dar tudo certo. Sei que vai.

– Queria ter a sua confiança.

– E eu queria ter as suas curvas – disse Gabriella, rindo. – Bom, acho que nos escondemos aqui por tempo demais. Vamos voltar e ver o que está acontecendo no escritório. Talvez já tenham informações sobre seu irmão.

Juntas, entraram no escritório e ficaram surpresas ao ver todos sentados, calmos, tomando café e conversando.

– Não sei como lidar com isso – sussurrou Summer. – Sei lidar com eles quando estão gritando e discutindo, mas assim? Esse comportamento tranquilo e pacífico? Isso não me é familiar.

Gabriella só podia concordar.

– Realmente não é nada natural. – Ela passou os olhos pela sala e se sentiu estranhamente deslocada. – Talvez devêssemos sair de fininho e ir para o banheiro ou algo assim.

A ideia era tentadora, mas, no mesmo momento, o pai de Summer olhou para ela. Não fez cara feia, mas também não sorriu. Simplesmente olhou com prudência. Em toda sua vida, Summer não se lembrava de um único momento em que não pudesse determinar o humor do pai apenas por sua expressão. Aquilo era realmente estranho.

– Talvez ele queira falar com você – cochichou Gabriella, mexendo apenas o canto da boca.

– Se você acha que eu vou lá por livre e espontânea vontade, está louca.

E ela não precisou ir.

Robert Montgomery levantou-se e, lentamente, caminhou até ela. Assim que ele se aproximou, Gabriella pediu licença e foi buscar uma xícara de café.

– Estávamos começando a ficar preocupados com você – disse ele, tentando quebrar o gelo.

Summer quase sorriu: seu pai, que sempre tinha sido grande e forte, estava, enfim, sem saber o que dizer. E ela tinha conseguido isso. Estranhamente, ficou orgulhosa de si.

– As paredes daqui estavam começando a me sufocar. Foi bom ficar um pouco lá fora com Gabriella e ter um momento tranquilo.

Robert concordou. Suas mãos estavam nos bolsos e ele olhava para o chão antes de olhar para a filha:

– Acho que não houve muita tranquilidade desde que chegamos.

Dessa vez, Summer sorriu.

– Estava muito barulhento aqui antes, você só pegou uma parte da multidão.

– Summer, eu... eu quero que você saiba que... que estou consciente. – Ele parou e pigarreou. – Sei que fui um pouco duro com você ao telefone na noite passada. Eu estava em choque com a notícia. Você não tem culpa de nada do que está acontecendo com seu irmão. Não foi justo eu ter dito isso.

Summer percebeu que aquilo foi o mais perto de um pedido de desculpas que qualquer um deles chegara a receber.

– Também estou preocupada com ele, pai. – Ela deu um sorriso triste. – Estou preocupada com ele faz semanas. Quando Gabriella me deu a notícia, ontem à noite, achei que fosse desmaiar.

– Também achei que a sua mãe fosse desmaiar quando contei. Por sorte a tia Monica está com ela, assim como Casey e Selena. – Ele franziu o cenho. – Eu queria que você estivesse lá com elas também. Nunca deveria tê-la pressionado para ir a Portland. Você deveria estar em casa com sua mãe, em segurança. Não gosto que você esteja tão longe. E agora você está no meio dessa bagunça.

Summer colocou a mão sobre o braço do pai:

– Pai, mesmo se eu estivesse em casa com a mamãe e as outras, eu ainda estaria nessa bagunça. Zach é meu irmão. Eu o amo. Odeio que ele esteja passando por isso e odeio que ele e eu tenhamos brigado tanto antes dessa viagem, mas quero estar aqui quando ele chegar. Se eu estivesse em casa quando a notícia chegou, lutaria como nunca para vir com você, James, Ryder e o tio William.

– Eu não teria deixado – disse ele, com firmeza.

– E eu teria ignorado sua decisão e vindo por conta própria – disse ela, com naturalidade. – Não sou mais criança. Sou uma mulher adulta e sou livre para tomar minhas próprias decisões. Você não precisa gostar delas, mas precisa, no entanto, respeitá-las.

– Você está estranhamente falante hoje – disse ele, depois de respirar profundamente algumas vezes. – Você nunca foi de falar tanto.

– Você nunca me deu a chance. Nunca me escutou.

Robert queria discutir, mas sabia que seria inútil. Ela tinha razão. Ultimamente, parecia que todos os seus filhos o estavam relembrando de seu comportamento e como isso os afetava. Talvez fosse o momento de mudar. Talvez...

– Temos mais um grupo pronto para descer! – Mike gritou de seu escritório.

•

Vinte minutos depois, todos estavam indo para os carros. A única informação que tinham era o nome do hospital para o qual Zach estava sendo levado. Ninguém lhes havia dito como ele estava.

– Temos dois carros com motoristas – William disse ao saírem pela porta da frente. – Se todos concordarem, Robert e eu vamos no primeiro carro com Ryder e Gabriella. Temos alguns assuntos de negócios e eu gostaria da ajuda dela. – Todos concordaram. – Ryder, você precisa entrar em contato com o nosso outro escritório na Costa Oeste e ver o que podem fazer para ajudar o pessoal de Portland enquanto estivermos aqui. – Ryder concordou e entrou no carro. – Ethan e James? – Ele esperou os dois olharem para ele e os orientou: – Garantam que Summer fique bem. – Então entrou no carro.

Nos primeiros minutos, ninguém falou uma palavra no carro em que Summer estava. Estavam todos perdidos em seus pensamentos, e por isso ela ficou surpresa quando Ethan segurou sua mão e perguntou muito delicadamente, como fizera antes:

– Como você está?

– Achei que me sentiria melhor quando soubesse que o tinham resgatado. Não contava com o fato de não nos darem nenhuma informação.

Ethan apertou a mão de Summer.

– Vamos chegar ao hospital logo, e não importa como ele esteja, vamos lidar com isso, certo? – ele disse.

A voz de Ethan era delicada e inclinou a cabeça na direção da dela. Ele quis se perder nos grandes olhos escuros de Summer quando ela olhou para cima. Se não fosse a presença de James no carro, Ethan a teria abraçado e prometido que estaria ao seu lado independentemente da situação. Mas sabia que precisava se controlar mais um pouco.

Do outro lado de Summer, James observava a cena. Quando foi que Ethan e Summer tinham ficado tão íntimos? Ele se recostou no banco e se esforçou para observar sem parecer que os estava vigiando, um truque que tinha aprendido nos anos em que trabalhara na polícia. E o que ele estava vendo não era apenas a interação de dois amigos, mas sim algo muito mais... íntimo.

Sua vontade inicial foi de agarrar Ethan pelo pescoço. Como ele ousava colocar as mãos na irmã dele? Foi assim que ele a confortara? Seduzindo-a? Merda. O que ele poderia fazer? Aquele não era o momento de começar uma briga, mas, ao mesmo tempo, não sabia se conseguiria ficar calado ou simplesmente não ameaçar Ethan.

A vontade de bater em Ethan era muito forte. James já estava no seu limite de tensão graças à viagem e por estar longe de Selena, e a oportunidade de bater em alguém certamente o ajudaria a relaxar. Mas ver como sua irmã estava relaxada o fez mudar de ideia.

Desde que chegara ao escritório da companhia de turismo, mais cedo, tinha reparado como Summer estava profundamente exausta e triste e ficou procurando uma forma de fazê-la se sentir melhor. Depois, a ouvir discutir com seu pai o fez pensar sobre quem seria aquela mulher e o que ela tinha feito com sua irmã caçula! Mas, agora? Sentado ali, observando Summer interagindo com Ethan? James xingou em voz baixa e soube que precisaria encontrar o momento certo para falar com ela. Ou com Ethan. Ou com os dois. Ele deixou escapar um suspiro ao se virar para olhar a paisagem.

Pior. Viagem. Do. Mundo.

•

No carro da frente, Robert entregava a Gabriella uma lista de pessoas para quem ela deveria ligar e ditava uma nota à imprensa que queria que ela soltasse o mais rápido possível. Ela digitava em seu tablet enquanto ele falava. No banco da frente, Ryder estava falando no celular com seu primo Christian, que estava indo para Portland, deixando por um tempo o escritório de San Diego.

William estava em um canto do banco de trás, aparentemente relaxado.

Ele esperou pacientemente enquanto seu irmão resmungava sobre ligações e correspondências e qualquer outra besteira que pudesse pensar para manter Gabriella ocupada. Será que ele não percebia que ela não estava ali como funcionária? Será que não percebia que ela estava tão preocupada quanto toda a família? *Às vezes Robert consegue ser um completo imbecil*, ele pensou. Quando tudo aquilo estivesse acabado e Zach estivesse em casa, se recuperando, William deveria passar algum tempo sozinho com seu irmão e fazer o que pudesse para ajudá-lo a melhorar esse seu jeito!

Quando o ambiente do carro, enfim, ficou em silêncio, William esforçou-se para pensar em uma pergunta inteligente que fosse respondida por Gabriella – e por mais ninguém.

– Me diga, Gabriella, você já tinha vindo ao Alasca antes?

Ela guardou o tablet na bolsa e olhou para William, confusa.

– Desculpe?

– Antes dessa semana. Você já tinha vindo para cá?

– Não viajo muito. – Ela balançou a cabeça. – Sou mais caseira.

– Bom, preciso dizer que você parece uma profissional experiente.

– O que quer dizer? – Ela franziu o cenho.

– Você certamente tem uma boa percepção do que todos iriam precisar aqui. Conseguiu voos, hotel e nos deu informações precisas sobre o clima para sabermos o que trazer na mala. Achei que você já conhecesse a região.

Gabriella inclinou-se e virou a cabeça para William.

– Na verdade, fiz a pesquisa para Zach. Ele sabia que queria escalar e fez toda a pesquisa do que era necessário para isso, mas nunca se preocupou com o que precisaria antes e depois da escalada – ela riu. – Fiz muitas compras na internet para ele.

– Tenho certeza de que ele sabia que você seria muito eficiente.

– Ah, ele não me pediu para fazer isso. Eu ouvi Ethan e ele conversando a respeito do que levariam para a viagem e percebi que não estariam preparados. Fiz questão de garantir que não parecesse que eu estava espionando e disse que eu o ajudaria a fazer a lista do que levar. Então, coloquei minhas sugestões e o deixei pensar que a ideia de comprar os itens extras tinha sido dele.

– Muito inteligente da sua parte – William riu. – Parece que você sabe exatamente como lidar com meu sobrinho.

– Trabalho para ele há muitos anos – Gabriella disse, tomando consciência de que isso era um fato. Havia momentos em que ela nem conseguia se lembrar de como era sua vida antes de trabalhar para Zach Montgomery. Ele era como uma força da natureza e a desafiava como nenhum de seus outros chefes já havia feito. Era tão viciado em trabalho quanto ela, e os dois formavam uma ótima equipe.

– Com certeza – concordou William. – Como foi ter Summer na empresa? Como Zach lidou com o fato de ela estar trabalhando com ele?

Gabriella soltou uma gargalhada, mas rapidamente cobriu a boca, sem graça.

– Desculpe – disse ela, recompondo-se. – Ele ficou furioso. Quando Robert ligou e disse a Zach o que aconteceria, ele ficou louco!

– Por quê? Ela é irmã dele, por Deus! Por que ele ficaria irritado? – William já sabia a resposta, mas estava interessado na versão de Gabriella de toda a história.

– Zach domina a arte de comandar o escritório de Portland. Tudo funciona como um relógio, como o relógio do Zach, quer dizer. Ele achou que a chegada de Summer provocaria o caos e colocaria em risco seu mundo tão cuidadosamente organizado – ela riu. – E foi mais ou menos o que aconteceu.

– Como assim? Não ouvi nada além de elogios das pessoas com quem falei – perguntou ele, com naturalidade. Estava gostando da conversa.

Gabriella contou que Summer tinha passado de departamento em departamento e que tinha realmente se envolvido na vida de todos, de uma forma positiva.

– Basicamente, todos a adoram.

– Mas... – William deu a deixa.

– Mas... agora ela sabe mais sobre os funcionários do que Zach. É incrível, ela se interessa pela vida de todos e tem o dom de se lembrar das coisas. Estou na empresa há anos e não sei metade das coisas que Summer sabe sobre as pessoas com quem trabalho. É mesmo um dom.

– Certamente – concordou William. – E isso incomodou muito o Zach? Para mim, as coisas que Summer está fazendo apenas podem melhorar a empresa.

– Sim, incomodou, mas também serviu para mostrar que Zach, com o passar dos anos, se transformou em um tipo de tirano. Mais de uma pessoa comentou que Summer tinha o gene da personalidade ou da empatia da família. Zach escutou e ficou incomodado.

– Essas pessoas são pagas para trabalhar – Robert a interrompeu. – Summer precisa se lembrar de que a Montgomery é uma empresa e não um parque de diversões.

— Ela sabe que é uma empresa, senhor — Gabriella franziu o cenho e respondeu com frieza. — Summer apenas tem a habilidade de trabalhar com pessoas e incentivá-las de forma que elas passem a querer trabalhar mais e fazer mais, e com boa vontade. Se quiser saber a minha opinião, é isso o que é preciso para uma empresa ter sucesso. Se todos os funcionários forem trabalhar felizes, serão mais produtivos.

Robert ia falar mais, mas as palavras de Gabriella o interromperam. E, então, William perguntou:

— E por que você acha que Zach não é assim? Ou não pode ser mais assim?

— Eu não sei. — Ela suspirou. — Ele não costumava ser desse jeito. Houve uma época em que ele era bem mais tranquilo e mantinha mais contato com as pessoas. Não sei o que causou a mudança; mas foi há cerca de dois anos, devo dizer. Não consigo pensar em nada específico que possa ter causado tamanha mudança nele, mas foi como se alguém tivesse virado uma chave nele e o homem tranquilo tivesse desaparecido e, no seu lugar, surgido o... comandante. — Gabriella fez uma careta diante de tal pensamento.

— E você não está feliz com a mudança?

— Não. Há dias em que quero jogar algo bem pesado nele pra ver se ele volta. — Ela logo se deu conta do que tinha dito e tentou reformular sua frase. — O que quero dizer é que... hum... eu fico frustrada e...

— Shh... — William pegou a mão dela. — Tudo bem. Sei exatamente o que você quer dizer. Não precisa se desculpar por ser honesta. É uma das coisas que mais admiro em você.

— É? — Sua voz demonstrava surpresa.

Ele fez que sim.

— Você é de grande valor para a empresa, Gabriella. Seus colegas de trabalho a admiram, e só de observar como lidou com a crise, bem... nem preciso dizer que fiquei mais do que impressionado.

— Obrigada, senhor.

— E isso me faz pensar que... você parece ser, digamos, qualificada demais para ser assistente de Zach.

— Desculpe? — Ela ergueu as sobrancelhas ao ouvir a declaração.

– É verdade. Olho para você e vejo um perfil de executiva, e não de assistente de executivo, não que haja nada de errado com isso, mas acho que você é capaz de muito mais. Temos diversos escritórios para você escolher e muitos cargos disponíveis para os quais acredito que você seja mais do que qualificada. Acho que você já fez o que podia fazer para o Zach. E, para mim, parece que está pronta para uma mudança.

– Nunca disse…

– Besteira – William a interrompeu. – Você merece fazer algo além de compras pessoais para o seu chefe. Ele está tirando vantagem de você e impedindo seu crescimento. Vamos achar outra assistente para ele e deixar que ele cuide disso. Vamos esperá-lo voltar ao trabalho, obviamente, mas podemos começar a planejar sua transição a partir de agora.

– Espere um pouco – retrucou Gabriella, fazendo com que todos olhassem para ela. – Não acredito que o senhor está me oferecendo um emprego e me dizendo para largar Zach enquanto estamos indo para o hospital! Isso é… é… horrível! – Sua raiva era palpável, e ela queria que William Montgomery parasse de sorrir. – Como o senhor pode pensar que esse seja o momento adequado para essa conversa? Não temos ideia do estado dele! Estou com ele há anos, e se o senhor acha que vou simplesmente ir embora e abandoná-lo, está louco. – Gabriella cruzou os braços e balançou a cabeça. – Zach vai precisar de mim mais do que nunca, e acho de péssimo gosto sugerir que eu o abandone.

O carro parou na frente do hospital. Robert desceu e estendeu a mão para ajudar Gabriella. Ela entrou rapidamente, e ele ficou parado, esperando seu irmão e seu filho estarem ao seu lado. Quando as portas automáticas do hospital se fecharam depois da entrada de Gabriella, Robert perguntou para William:

– O que foi isso? Nunca discutimos promovê-la! Por que você fez isso?

William fechou a porta que Robert mantinha aberta. Um sorriso apareceu em seu rosto antes da resposta:

– Foi um experimento.

– Ah, não… – Ryder revirou os olhos e foi caminhando na direção das portas do hospital.

– O quê? – Roberto perguntou, confuso. – Por que Ryder disse isso?

William riu, passou o braço em volta dos ombros do irmão e o encaminhou para a entrada do hospital.

– Não pense mais nisso. Precisamos entrar e encontrar a pessoa certa com quem falar. Precisamos de informações e respostas.

Robert sabia que ele tinha razão, mas estava muito curioso com o que tinha presenciado no carro.

– Primeiro me diga por que disse a Gabriella que a tornaríamos uma executiva.

William parou e suspirou, irritado.

– Seu filho, provavelmente, terá um período de recuperação. Você e eu sabemos que ele não vai gostar nada disso. Zach nunca gostou de limites ou de ter alguém dizendo o que ele não pode fazer. Queria ter certeza de que a pessoa que trabalha com ele está disposta a passar por isso. – Ele olhou para a entrada do hospital e voltou-se para seu irmão. – Ela o achava difícil antes, mas ele vai voltar impossível.

– E você está satisfeito com o resultado dessa conversa?

– Mais do que você imagina – William abriu um sorriso.

•

Infelizmente, ninguém no hospital estava familiarizado – ou se impressionava – com o sobrenome Montgomery. Não importava quanto Robert gritasse ou quanto William tentasse seduzir as enfermeiras, ninguém tinha a menor pressa em falar com eles.

Uma hora depois de terem chegado, todos se sentaram para ouvir o que dois médicos tinham a dizer:

– No momento, estamos cuidando de um punho dilacerado, quatro costelas quebradas, uma perna quebrada em quatro lugares, assim como o quadril, além de trauma da medula espinhal, que está causando o inchaço. E isso é apenas um diagnóstico preliminar. Fizemos ultrassons e radiografias, mas isso não significa que não possamos encontrar mais ferimentos – disse o doutor Eric Morgan.

– Basicamente, temos muito a fazer, e preciso que vocês entendam que não teremos como dar informações a cada cinco minutos – o doutor

Richard Peters complementou. Sua voz era firme. Ele parecia ter mais de cinquenta anos e, aparentemente, já tinha lidado com sua cota de famílias ansiosas. Haviam lhes garantido que ele era o maior especialista em traumas da região. – Ainda temos diversos exames para fazer, a fim de podermos saber, exatamente, a extensão dos ferimentos de Zach.

– Podemos ao menos vê-lo? – Ryder perguntou.

Dr. Peters negou.

– Precisamos cuidar dele agora. Precisamos recolocar os ossos e colocar alguns pinos para termos uma noção mais clara do quadro com o qual estamos lidando. Então poderemos dar um prognóstico mais preciso. – Robert foi falar, mas o médico ergueu a mão para impedi-lo. – Seu filho já perdeu muito tempo preso na montanha; quanto mais tempo fico aqui com vocês, mais ele fica esperando.

– Ele está acordado? Está com dor? – Robert perguntou enquanto o médico atravessava a sala.

– Pelo que nos passaram ele está oscilando entre o estado consciente e o inconsciente desde a queda. Estava inconsciente quando chegou e agora o estão preparando para a cirurgia, então ele vai dormir por um bom tempo. Dependendo da gravidade do inchaço na coluna, podemos ter de mantê-lo em coma induzido para o seu próprio bem. – O médico olhou para todos na sala. – Sinto muito. Gostaria de ter mais o que dizer, mas até eu voltar lá para cima e ver os resultados dos exames que já fizemos, não há mais o que dizer. Mandarei uma enfermeira trazer notícias assim que possível.

E, assim, ele se foi.

Parecia que todos tinham medo de se mover, de falar. Ryder se levantou e foi até a janela pouco antes de pegar o celular e sair da sala. James pediu licença para ligar para saber como Selena estava. Robert achou uma boa ideia ligar para a esposa, e William logo fez o mesmo. Quando sobraram apenas Summer, Ethan e Gabriella, Summer soltou um suspiro alto. Era com eles que ela gostaria de estar naquele momento, as pessoas que mais a tinham confortado desde o começo de tudo isso.

Gabriella estava sentada num canto, perdida em seus pensamentos. Ethan foi se sentar ao lado of Summer e tocou seu rosto.

— Sei que fico perguntando a mesma coisa toda hora, mas quero ter certeza de que você está bem.

— Nada do que o doutor Peters disse pareceu bom. — Ela suspirou. — Todo esse tempo eu sabia que havia muitas chances de Zach estar ferido, mas não queria acreditar que poderia ser tão grave.

Abraçando-a, Ethan a segurou, tentando acalmá-la.

— Nenhum de nós queria, Summer — disse ele, delicadamente. — Mas seu irmão é forte, é um lutador, e temos ótimos médicos aqui. Se houver complicações, tenho certeza de que seu pai moverá céus e terras para conseguir resolver a situação. Zach terá o melhor atendimento possível. Pode ter certeza disso.

As mãos dela estavam agarradas à camisa dele, e o rosto dela enterrado no calor de seu peito. Senti-lo, ouvir seu coração, a acalmava de um jeito maravilhoso, mas sua cabeça continuava acelerada.

— Todo aquele tempo perdido — disse ela. — Todo aquele tempo em que ele ficou lá em cima, exposto ao frio e ao vento. E se esse tempo tiver sido decisivo? — ela perguntou ao erguer a cabeça. — E se, por causa da demora, Zach não conseguir se recuperar completamente?

Ethan pegou o rosto de Summer nas mãos.

— Não podemos pensar assim — disse ele, com firmeza. — No momento, precisamos nos manter positivos. Quando, enfim, nos deixarem vê-lo, precisaremos demonstrar que não estamos aterrorizados. Sua expressão sempre a entrega. Com uma única olhada, Zach vai saber que você está surtando. Você precisa ser forte, Summer. Pelo Zach.

Summer tentou se afastar, balançando a cabeça, mas Ethan não deixou.

— Não sei se consigo, Ethan. Estou muito assustada. Estou preocupada que realmente seja minha culpa tudo isso ter acontecido.

Ethan a soltou, afastando-se um pouco, e olhou para ela como se tivesse enlouquecido:

— O quê? Por que você continua pensando nisso? Já conversamos a respeito, querida. Não é sua culpa!

— Eu o distraí. Você mesmo disse isso quando foi me encontrar nas termas. Queria tanto dizer a ele que eu achava que ele estaria correndo risco com essa viagem estúpida, e mesmo se você o tiver convencido de que eu estava bem com a ideia, ou o que quer que tenha dito a ele, eu o distraí por semanas. Talvez eu até o tenha incentivado a ir por ficar dizendo que ele não deveria. Não vou me perdoar nunca se ele não se recuperar. Ele também nunca será capaz de me perdoar.

Ethan não sabia o que dizer. Ele achou que o assunto estivesse encerrado depois de Summer ter confrontado o pai. Ele odiava que ela continuasse se sentindo culpada.

– Summer, assim que todos forem retirados da montanha em segurança, saberemos o que causou o acidente. Acho quase certo que, para que algo dessa magnitude ocorresse, a culpa é da mãe natureza. Não de Zach e, certamente, não sua. Seu irmão não é o tipo de cara que se deixa distrair. Acredite em mim; já fiz mais aventuras e viagens perigosas com ele do que você pode imaginar. Nada atrapalha sua concentração. Nada e ninguém.

– Eu que sei – Gabriella resmungou no canto da sala. Balançando a cabeça, ela se levantou. – Ethan está certo, Summer. Seu irmão não deixa ninguém o abalar; faz parte de sua personalidade. Você poderia falar até ficar sem ar, mas assim que ele começou a escalada, posso garantir que se esqueceu de todas as preocupações. – Diante do olhar devastado de Summer, Gabriella tentou fazer o comentário parecer menos frio. – Não quero dizer que ele se esqueceu de você. Você é a irmã dele e sabe que ele te ama, mas quando Zach se concentra em uma tarefa, é extremamente focado. Você precisa entender que esse acidente não tem nada a ver com você.

– Mas ainda não sabemos – Summer retrucou. Por que eles não viam? Por que não entendiam?

– Simplesmente pare de pensar no que quer que você esteja pensando – Ethan disse. Vamos andar, pegar alguma coisa para comer e, talvez, jogar baralho... ou xadrez. Tenho certeza de que encontraremos jogos para nos distrair na loja. E não vamos mais falar em culpa. Está entendido? – Ele se levantou e estendeu a mão para Summer.

Ela olhou para ele cautelosamente. Aquele não era o momento para discutir. Summer manteria seus pensamentos e sentimentos para si. Afinal de contas, como ele poderia entender o que ela estava sentindo? Ele mal a conhecia. Mesmo depois dos momentos de intimidade que tiveram, Ethan não sabia quem ela era ou o que a irritava. Naquele momento, ela só precisava de um pouco de tempo. Um pouco de espaço.

Ethan continuava com a mão estendida na sua frente. Summer olhou para a cena e virou-se para Gabriella, que estava em pé, ao lado da janela. Se ela ia se concentrar em Zach, precisaria deixar de lado seus sentimentos por Ethan. Ignorando a ajuda dele, Summer se levantou e foi até Gabriella.

– Vamos tomar um pouco de ar antes de voltarmos para ficar junto de todos.

Gabriella olhou, confusa, para Summer e para Ethan, e viu que ele estava de queixo caído. Afastando-se da janela, ela deu o braço para Summer e, juntas, saíram.

– Nos encontramos em um minuto – Gabriella disse ao cruzar a porta.

Summer andava ao seu lado, em silêncio.

•

Summer e Gabriella seguravam, cada uma, uma xícara de chocolate quente quando se sentaram no banco em frente à entrada do hospital. Estava tão frio que era possível ver a respiração delas e a fumaça que saía das xícaras de chocolate.

– Se importa em me dizer o que aconteceu lá em cima? – Gabriella finalmente perguntou.

– Quando?

– Quando você basicamente ignorou Ethan depois de ele tentar te animar. – Gabriella deu um gole em seu chocolate e demonstrou seu prazer sonoramente.

– Não posso continuar me apoiando nele. Está claro que ele não está confortável com a ideia de alguém saber o que houve entre nós e, agora que todos estão aqui, preciso que nos mantenhamos a uma certa distância.

– Sei que isso tudo é muito chato e tudo o mais, mas já pensou que talvez não seja o caso de ele não querer que ninguém saiba, mas apenas de não querer aumentar o nível de tensão?

– E quanto ao meu nível de tensão, caramba? E quanto aos meus sentimentos? Por que é tão importante não chatear James, Ryder, meu tio ou meu pai, mas tudo bem me chatear? Hein? Me fale! Por quê?

– Ok, ok... Claramente esse é um assunto doloroso, e entendo completamente como você está se sentindo.

– Não, não entende – retrucou Summer. – A menos que tenha vivido em uma casa cheia de homens arrogantes durante toda a sua vida, não sabe. – Foi aí que ela percebeu que não sabia nada a respeito da vida de Gabriella ou da sua família. Ela então se virou para pedir desculpas. – Espera aí... você tem irmãos?

– Tenho – respondeu ela, em voz baixa. – Uma irmã.

– Mais velha ou mais nova?

– Mais velha.

– Deve ser legal. Sempre quis ter uma irmã. Só tenho uma prima por parte de pai. Éramos bem próximas, mas não é a mesma coisa.

– Acredite em mim, ter uma irmã não é exatamente como você imagina.

– O que você quer dizer?

– Vamos apenas dizer que me mudei para Portland para poder ficar o mais distante possível dela.

– Bom, isso não parece bom. – Summer hesitou; estava quase grata por ter uma distração. – Quer falar sobre isso?

– Vou te dar uma versão bem resumida: ela é mais velha do que eu e não gostou de abrir mão de seu status de filha única. Durante a minha vida inteira ela fez o que pôde para me atormentar. Nunca foi simpática. Não fazíamos coisas juntas, como irmãs normais, tudo era sempre uma competição. O único problema é que ninguém nunca me explicou as regras. Eu sempre quis ter uma relação com ela. Ela sempre quis ser a preferida.

– Uau. Nem sei o que dizer.

– Não há nada que você possa dizer. Ela destruiu as minhas amizades, me fez brigar com nossos pais... Todas as minhas inseguranças são por causa dela.

– Você é provavelmente a mulher mais confiante que conheço. – Summer estava atônita. – Com o que pode ficar insegura?

– Esta Gabriella? – ela riu. – Esta sentada aqui com você não é a mesma que minha família conhece. Você vê uma mulher de negócios autoconfiante; eles veem alguém se escondendo da vida. Você vê uma mulher bem-vestida, eles veem uma mulher fútil que gosta de esnobá-los comprando roupas caras. É um ciclo exaustivo e sem fim.

– Nossa, sinto muito. Eu, naturalmente, achava que a vida com uma irmã fosse muito melhor do que com uma casa cheia de irmãos.

– Você pode ter razão. Só não sou a pessoa certa para falar disso. Conheço muitas mulheres que têm relações excelentes com suas irmãs, e eu não consigo nem conversar com a minha. Se ao menos uma vez ela tivesse sido minimamente gentil comigo, eu teria ficado tão agradecida. Mas durante a minha vida toda, principalmente antes de começar a trabalhar na empresa da sua família, ela sempre dava um jeito de garantir que eu soubesse que ela era melhor do que eu. Mais bem-sucedida. Com mais dinheiro. Ela tem o mundo a seus pés porque se casou bem, enquanto eu sou uma pessoa solitária, uma solteira que ninguém quer.

– Como pode dizer isso? – Summer estava de queixo caído. – Você é deslumbrante! Como ela pode supor que ninguém a queira?

– Não namoro muito.

– Por escolha, presumo.

Uma escolha triste, Gabriella pensou, devastada.

– Tenho algumas questões relacionadas à confiança – ela disse em voz baixa. – Graças a minha irmã. – Gabriella ficou em silêncio por um momento. – Não me entenda mal, não quero dizer que todos os problemas da minha vida são responsabilidade dela, mas ela fez um bom estrago.

Summer conseguia se identificar com a história. Seus irmãos e seu pai tinham sido tão superprotetores por causa do nome da família que era difícil saber se alguém estava com ela por causa dela ou por causa de seu nome. Ela sabia que Ethan era diferente, mas, embora houvesse confiança, havia ainda muitos empecilhos para superarem.

Repentinamente, Gabriella se levantou:

– Ok, chega de assuntos paralelos por ora. Vamos entrar e ver se já têm alguma novidade.

– Está bem, mas vou parar antes na máquina para comprar um chocolate.

– Mas não acabamos de tomar um? – Gabriella perguntou, rindo.

– Por favor... para lidar com esse grupo e essa tensão toda, não há chocolate que chegue.

•

Em todos esses anos que Ethan conhecia a família Montgomery, nunca havia se sentido um intruso, não até aquele momento. Talvez fosse sua imaginação ou a consciência pesada, mas ele estava se sentindo completamente sozinho sentado naquele lugar com James, Ryder, William e Robert.

Quando Summer o havia ignorado mais cedo e saído com Gabriella, ele sentiu como se uma parte sua tivesse ido embora. Ficou completamente dividido. O que seria a coisa certa a se fazer? Seguir em frente com o que estava ocorrendo com Summer sem se importar com as consequências? Ficar quieto e não atrapalhar as coisas – ainda mais naquela situação – parecia ser a melhor escolha, mas ele já não tinha mais certeza. James estava olhando torto para ele desde que haviam chegado ao hospital, e ele não sabia ao certo o motivo. Depois, Summer o ignorou.

Ele chegou à conclusão de que mais uma volta pela sala não faria mal e se levantou, caminhando até a janela, de onde podia ver o estacionamento. Não havia muito mais o que ver. O dia estava nublado, mas ver as pessoas indo e vindo era algo para se fazer além de ficar sentado.

Pelo canto dos olhos, Ethan percebeu um movimento e viu Robert Montgomery parado ao seu lado. Por respeito, resolveu perguntar como ele estava.

Robert deu um sorriso triste:

– Odeio isso – respondeu ele sinceramente, com a voz baixa. – Nunca precisei lidar com nada parecido antes. Nenhum dos meus filhos nunca se machucou, não assim. Sei que preciso esperar os médicos, mas essa demora está me enlouquecendo.

Ethan sentia o mesmo: se não tivessem notícias logo, ele certamente ficaria louco.

– Às vezes é difícil ficar esperando e confiar nos profissionais. Acho que eu me sentiria melhor se nos tivessem deixado vê-lo. Mesmo que só por um minuto.

Robert olhava através da janela.

– Não sei de onde ele tira essa vontade de fazer coisas tão perigosas por hobby. Isso nunca foi a minha praia. Nem a da mãe dele. Às vezes parece que ele quer morrer.

– Não é isso – disse Ethan. Zach ama o que faz, adora os desafios do mundo corporativo, mas também se sente um pouco preso nele. Ele gosta de estar ao ar livre, de se desafiar, de ver se, também ali, ele consegue grandes conquistas.

– Para mim, parece sem sentido. Toda a emoção com essa viagem... vale a pena? E se ele tiver quebrado a coluna? E se ele nunca mais puder andar? Vale a pena? – Robert soltou a cabeça e se esforçou para ficar firme. – Summer sabia que ele não estava pronto, e todos nós, assim como Zach, ignoramos seus apelos. Talvez devêssemos nos ter juntado a ela. Talvez todos devêssemos ter demonstrado mais preocupação há mais tempo. Se tivéssemos feito isso, Zach poderia não estar aqui agora.

– Preciso discordar do senhor nesse ponto – disse Ethan, sentindo-se um pouco incomodado com a visão de Robert em relação à situação. Como aniquilar a personalidade de Zach poderia ser o melhor? – Ele poderia ter se machucado dirigindo a caminho ou de volta do trabalho; isso significa que ele deveria ficar trancado em casa e nunca mais sair?

– Não é isso que estou dizendo, de forma alguma – disse Robert, na defensiva. – Acho ótimo que Zach goste de aventura e de programas ao ar livre. Mas, às vezes, as coisas podem ir um pouco longe demais, como foi o caso.

– Robert, há risco em tudo o que fazemos, seja um esporte radical, seja dirigir um carro. Até onde sabemos, foi um maldito acidente. Summer achava que a perna de Zach não estava boa para a escalada, mas nós não sabemos com certeza se essa foi a causa do acidente. E ela também não tinha como ter certeza. Eu também estava preparado para ir para essa escalada.

– E não foi. Desistiu. Me diga o motivo.

Ethan encolheu os ombros:

– Para ser honesto, apenas me acostumei a fazer as coisas que Zach sugeria. Nós dois trabalhamos muito e, se não fosse por ele, eu provavelmente não teria nada de tempo livre. Então, quando ele sugere algo, aceito para não ter que pensar no que fazer por conta própria. – Ethan se incomodou com as próprias palavras. Quão preguiçoso isso o tornava?

– Mas por que agora? Por que nessa viagem? Por que repentinamente decidiu que dessa vez não queria ir? – Robert o pressionou.

– Não sei – disse Ethan. Como ele poderia explicar que estava ficando insatisfeito com a sua vida? Que depois de passar uma noite com Summer, havia percebido que sabia o que queria, mas não poderia ter? Que ela o tinha convencido racionalmente e também entrado em seu coração?

– Conheço você muito bem, Ethan. Sei que Summer estava tentando convencer Zach a não ir, e acho que ela fez o mesmo com você.

Mais do que o senhor imagina, Ethan queria poder dizer. Mas encolheu os ombros e respondeu:

– Summer e eu não conversamos tanto sobre isso. Eu apenas estava fazendo o meio de campo entre eles. Ouvi o que ela tinha a dizer e reportei a Zach. Não levei as preocupações dela tão a sério. Mas, no fim, percebi que eu já não estava fazendo esses esportes radicais por mim. Foi só isso.

Robert se virou e viu Summer parada a poucos centímetros deles.

– Estava me perguntando aonde você tinha ido – disse ele, com um sorriso. – Está tudo bem?

Ela não estava olhando para seu pai, mas sim para Ethan, completamente estarrecida. Summer sabia que ele não estava pronto para falar com sua família, mas ela não esperava que ele fosse tão indiferente. Ela estava começando a se questionar sobre quem seria o verdadeiro Ethan. O tempo que haviam passado juntos tinha sido apenas sexo? Será que ela estava entendendo tudo errado? Summer tinha praticamente se jogado nele nas termas. Talvez quando se encontraram na baía dos Glaciares ele apenas estivesse esperando mais do mesmo.

E foi isso o que ela lhe deu.

Repetidas vezes.

Ela precisava sair. Ficar um tempo longe de tudo. Com as poucas horas de sono e a constante preocupação com seu irmão, Summer já não sabia o que era real e o que não era. Forçando-se a desviar o olhar de Ethan, ela encarou seu pai.

– Se estiver de acordo, eu gostaria de ir para o hotel. Não estou me sentindo muito bem.

Robert aproximou-se da filha, a preocupação transparecendo em seu rosto:

– Você está bem? Precisa de alguma coisa?

Summer deu um sorriso. Não era comum seu pai demonstrar explicitamente sua preocupação com os sentimentos dos outros; era bom passar por isso naquele momento.

– Acho que só preciso dormir algumas horas. Você me liga quando os médicos derem notícias?

– Claro, claro. – Em uma rara demonstração de emoção, Robert abraçou Summer.

Ela não podia se lembrar da última vez que tinha recebido um abraço de seu pai. Com as emoções à flor da pele, Summer o abraçou de volta, com força.

– Ei – disse ele, afastando-se para poder olhar a filha no rosto. – Você tem certeza de que ficará bem?

A voz dela não saía; não conseguiria dizer uma palavra, mesmo que tentasse, então ela simplesmente fez que sim.

Olhando por cima do ombro da filha, Robert se dirigiu a Gabriella:

– Você vai com ela? Cuide para que fique bem, está certo?

– Claro – disse Gabriella e, cuidadosamente, deu o braço para Summer.

Summer deu um último olhar para o pai e disse:

– Você liga assim que tiver notícias?

– Sim. Espero que não demorem a nos trazer novidades.

– Não importa se for pouca coisa – disse ela, a voz quase suplicando. – Queremos saber.

– Dou-lhe a minha palavra.

Capítulo 10

Nenhuma das duas falou nada no caminho para o hotel.

Summer só rompeu o silêncio quando estavam no elevador.

– Preciso dormir. Refiro-me a horas de sono profundo. Quase já não sei mais o meu nome.

– Tem algo a ver com uma estação do ano... – Gabriella bocejou.

Summer tombou a cabeça para o lado e perguntou, também bocejando:

– O quê?

– Seu nome.

– Muito engraçado.

Elas caminharam lentamente até o quarto. Já do lado de dentro, trocaram-se e caíram cada uma em uma cama.

Summer não podia falar por Gabriella, mas ela dormiu assim que sua cabeça encostou no travesseiro. Não fosse pelo telefone, que tocou quatro horas depois, ela continuaria dormindo. Forçando-se a sentar para pegar o celular, ficou imediatamente alerta ao ver que a ligação era de seu pai.

– Alô.

– Como você está? – Robert perguntou, querendo se certificar de que a filha estava bem antes de bombardeá-la com as notícias. – Sinto muito por acordá-la tão rápido.

– Estou bem... estou bem – disse ela, bocejando. – O que aconteceu? Zach já saiu da cirurgia? Vocês falaram com os médicos?

– Zach continua em cirurgia – Robert bufou. – Ele teve alguns ferimentos internos. Arrumaram os ossos das pernas e colocaram os pinos e isso, em si, o deixará basicamente imóvel por um bom tempo. A enfermeira que veio nos dar notícias disse que ainda deve demorar mais ou menos uma hora e, então, poderemos falar com os médicos.

– Uau. Então ainda não sabemos tudo.

– Acho que não.

Foi a vez de Summer suspirar.

– E você, pai? Como você está?

– Não... não... eu estou bem. Frustrado. Mas bem. Você sabe que não sou muito paciente e que odeio esperar.

– Eu sei – ela sorriu. – Quer que eu volte, para estar aí quando forem conversar com os médicos?

– Não, quero que você coma algo que não venha em uma caixinha de isopor. Com o rumo que as coisas estão tomando, não poderemos fazer mais do que dar uma olhada nele esta noite. Já está tarde. Não faz sentido ficarmos aqui agora que sabemos onde ele está e que está em segurança.

Summer sabia que seu pai tinha razão, mas, ainda assim, se sentia culpada por não estar lá.

– Tem certeza? Posso chegar aí em uma hora.

– Sei que você está tão preocupada quanto todos nós, Summer. Mas seria inútil você voltar até aqui a essa hora para ter de ir embora. Espere até amanhã. Talvez, então, possamos vê-lo.

– Você me liga depois de falar com os médicos?

– Prometo.

– Obrigada, pai.

– Tente descansar um pouco mais. O amanhã chegará muito rápido e, por mais que não vá ser tão aflitivo quanto estes dois últimos dias, tenho certeza que trará consigo seus próprios desafios.

Eles desligaram e Summer recostou-se no travesseiro, com os olhos fechados. A vontade de chamar um táxi era quase incontrolável. Ela olhou para o telefone, depois passou os olhos pelo quarto e estava fazendo as contas quando Gabriella virou de lado na cama e disse:

– Nem pense nisso.

– Pensar no quê?

– Em voltar para o hospital. Seu pai cumpriu a palavra e ligou assim que teve notícias, e se você estivesse lá não teria sido diferente. Até Zach sair da cirurgia e o levarem para se recuperar na UTI, ninguém vai poder visitá-lo.

– Pare de ler meus pensamentos, sua bruxa! – Summer disse e se jogou na cama.

– Sei como sua cabeça funciona, porque é de um jeito muito parecido com o da minha. Assim que o telefone tocou, comecei a pensar no que precisaríamos fazer para podermos voltar para lá.

– Racionalmente, sei que faz sentido ficar aqui, mas meu coração pede para eu voltar pra lá.

Esforçando-se para se sentar, Gabriella arrumou os travesseiros e se recostou neles:

– Se ainda estivéssemos só nós três, você, eu e Ethan, eu diria que deveria ir. Mas há outras cinco pessoas lá, Summer. Cinco homens grandes, barulhentos e cheios de opinião. Eles não vão embora sem saber tudo sobre Zach ou se precisarão chamar mais especialistas. Se formos para lá, você vai ficar sentada num canto sem ser ouvida e eu vou acabar fazendo todas as ligações.

– Ou mandariam você fazer todas as ligações.

– Ou isso. – Honestamente, Gabriella não se incomodava em fazer as ligações, isso a fazia se sentir útil. Mas estavam cuidando de Zach, e ela se sentia pressionada a se manter neutra e profissional.

– Ele disse que devo descansar mais. Como se eu fosse conseguir voltar a dormir agora.

– Deveríamos pedir o jantar – Gabriella disse ao olhar no relógio. – Por que você não vai tomar um banho, um daqueles que dura mais de cinco minutos, enquanto eu ligo e faço o pedido?

– Porque não precisa ser sempre você quem faz as ligações. – Summer a lembrou. – Por que você não vai tomar banho primeiro enquanto eu faço a ligação?

– Mas...

Summer ergueu a mão para que Gabriella parasse de falar.

– Isso não está em debate. Você vai tomar um banho e aproveitar a água quente enquanto eu providencio o jantar e, depois de termos comido, então eu vou e tomo um bom banho. Combinado?

– Combinado!

•

– Talvez eu devesse ligar para ele – disse Summer, duas horas mais tarde, deitada na cama, olhando para o teto.

Na cama ao lado, Gabriella estava na mesma posição.

– Não é uma boa ideia.

– Por quê?

– Porque eles podem estar falando com os médicos agora. E você não vai querer atrapalhá-los.

– E se ele tiver esquecido?

– Quando é que seu pai se esquece de alguma coisa? – Gabriella perguntou, olhando delicadamente para Summer.

– Você tem razão, tem razão. Sei que você tem razão – Summer respondeu com um dramático suspiro. – Só achei que já fossem ter notícias a essa hora.

– Talvez a cirurgia já tenha terminado, mas, como disse mais cedo, eles estão em cinco e, provavelmente, têm uma interminável lista de perguntas para os médicos.

– Talvez.

– Você sabe que seu pai vai querer transferir Zach para perto de casa o mais rápido possível. Não há chances de ele querer deixar o filho aqui no Alasca.

– Sei que não sou médica, mas acho que vai demorar um pouco antes de deixarem que ele pegue um voo.

– Ele vai ter um ataque.

– Quem? Meu pai?

– Não. – Gabriella balançou a cabeça. – Zach. Ele vai querer ir embora em poucos dias.

– Provavelmente por isso sugeriram o coma induzido. Para impedir que ele fique muito agitado.

– Não podem mantê-lo assim para sempre. Afinal, ele vai acordar e começar a fazer suas exigências. É coisa de homem.

– É coisa dos Montgomery – disse Summer secamente. – Ele pode ter o ataque que quiser, mas, com seus ferimentos, vai precisar esperar até ser completamente seguro providenciar a sua remoção. E para onde ele seria levado? Para Portland? Para a casa dos meus pais, na Carolina do Norte? Quer dizer, quem vai decidir?

– Seus pais vão querer que ele seja levado para a Carolina do Norte com eles, mas posso garantir que Zach vai querer voltar para Portland. Ele vai precisar de alguém para ficar com ele, no entanto. Como Ryder é casado e tem um bebê recém-nascido em casa, e James e Selena estão esperando o primeiro filho, nenhum deles vai se voluntariar.

– Estou aqui. – Summer destacou.

– Eu sei. Mas você acha que vai ser fácil cuidar do seu irmão de mais de um metro e oitenta? Especialmente se ele ainda estiver todo arrebentado? Ele vai precisar de outro homem para ajudá-lo e, talvez, de um enfermeiro em período integral.

– Ethan pode ficar com ele – sugeriu Summer.

Gabriella fez um som de negação:

– Não vai acontecer?

– O quê? Por quê?

Gabriella virou-se de lado e se apoiou sobre o cotovelo para olhar para Summer.

– Bom, trabalho para o seu irmão há muito tempo, Summer, e acho que passei a conhecê-lo. Assim como passei a conhecer muito bem Ethan e a sua família. O que vai acontecer é o seguinte: até Zach receber alta para viajar, vai ser uma confusão, porque um ou mais Montgomery ficará fazendo rodízio, indo e vindo do Alasca. Nesse meio-tempo, Ethan vai voltar para Portland e cuidar da empresa. Seu pai vai passar lá, enfiar o nariz onde não é chamado e, naturalmente, irritar Ethan.

Depois, ele vai embora. Então, vai chegar o seu tio, que será muito mais simpático, muito menos invasivo, mas que também vai acabar irritando o Ethan. E depois ele vai embora.

– Você realmente já pensou muito no assunto.

Gabriella ergueu a mão para evitar mais comentários.

– Então, vai chegar a hora de Zach voltar para Portland, mas ele não vai poder ir para a empresa. Então, ele vai basicamente mandar todo mundo cuidar da própria vida, mas ele vai usar um vocabulário muito mais interessante, e todos, temporariamente, obedecerão seu desejo. Algum coitado que trabalhe como enfermeiro vai aparecer e pedir demissão. Depois outro, e depois outro...

– Senhor...

– Ethan vai tentar argumentar com ele, mas também será vítima do péssimo humor do seu irmão e vai voltar para a empresa para continuar mantendo as coisas em funcionamento, com limitada interferência de seu pai, até Zach voltar ao trabalho.

Summer imaginou todo esse cenário por um momento.

– É muito interessante.

– E preciso. Pode escrever.

– Só tem uma pequena falha em sua descrição.

Uma sobrancelha perfeitamente desenhada se ergueu em resposta.

– É mesmo? E qual é?

– Onde você estará durante tudo isso?

Em vez de responder, Gabriella virou o jogo:

– Ou talvez você devesse perguntar onde você estará. Afinal, com Zach fora do caminho, você ficará livre para encontrar seu lugar na empresa sem que ele fique dificultando ou frustrando suas tentativas. Você já encontrou um departamento no qual ache que fosse gostar de trabalhar?

– Ainda não, mas também não pude experimentar todos. – Summer respondeu e suspirou. – Eu realmente gostaria de dizer que ficarei aqui... ou melhor, em Portland, mas isso vai depender de como ficarem as coisas com Ethan.

– O que você quer dizer?

— Bom, se ele não estiver disposto a mais do que ficar se escondendo comigo, não vou poder ficar. Tenho muito amor-próprio para isso.

— Que bom!

— Vou sofrer muito – disse ela, com seriedade, virando-se para olhar para Gabriella. – Não sei como serei capaz de vê-lo de novo se ele disser que é só isso que podemos ter.

Gabriella se sentou e balançou as pernas até seus pés tocarem o chão.

— Não consigo achar que ele vá dizer isso, Summer. Acho que o momento é péssimo. Você precisa dar um tempo a ele.

— Eu sei, eu sei... mas você ouviu na sala de espera, hoje, quando estava falando com meu pai? Ele fez tudo parecer tão crível. Tão convincente. Como se eu realmente não importasse para ele.

— Ele precisava fazer isso. – Gabriella a relembrou. – É apenas temporário.

— Será? – Summer balançou a cabeça. – Ou será que é isso que ele realmente sente?

— Ethan não é assim.

— Todos os homens são assim – disse Summer, infeliz. – Eu estava envolvida com um cara em Nova York. Achei que tivéssemos algo incrível, que levaria a um futuro juntos, mas ele já era casado e tinha filhos! Nunca suspeitei de nada. Ele nunca disse nada que pudesse indicar que era casado. – Summer ficou envergonhada de assumir isso em voz alta. – Me sinto péssima por fazer parte de algo tão sujo.

Gabriella se levantou e foi até a cama de Summer, onde se sentou ao lado da amiga.

— Foi ele que fez. Não você. Você não sabia de nada.

— Mas é isso que estou dizendo! – Ela resmungou. – Pelo que sei, Ethan está apenas se divertindo, sem intenção de levar nada adiante. – Gabriella ia fazer um comentário quando Summer a interrompeu. – Pense bem, basicamente, fui eu que o seduzi. E lá estava eu, uma coisa garantida, e numa situação em que ninguém precisaria ficar sabendo de nada. Ele tem uma desculpa, Gabs. Sempre terá. Podemos dormir juntos para o resto da vida e não contar a ninguém. Mas assim que eu pressionar por algo a mais, ele vai usar minha família como desculpa.

– Você não pode ter certeza disso. E eu realmente não acho que ele vá fazer isso, Summer. E você também deveria saber disso. Você o conhece desde que eram crianças, pelo amor de Deus! Como pode achar que ele a rejeitaria?

Porque ele foi embora antes, na tenda. Duas vezes.

– Acho que preciso ver algum tipo de esforço da parte dele. Algo que me prove que sou mais do que isso para ele. Que prove que significo mais do que sexo casual.

– Estou começando a parecer um disco riscado, mas, vou dizer de novo: você precisa falar com ele!

– Quando? – Summer perguntou, incrédula. – Tudo ainda era muito recente quando recebemos a ligação a respeito de Zach e, desde que chegamos aqui, não houve um momento adequado para levantar esse tópico. – Summer se inclinou, apoiando a cabeça nas mãos. – O que eu faço, Gabs? O que eu devo fazer?

O toque do telefone interrompeu bruscamente a conversa.

– Salva pelo gongo – Summer murmurou ao pegar o telefone e atender sem nem ver quem estava ligando. Ela ligou o viva-voz para que Gabriella também pudesse acompanhar a conversa. – Alô.

– Oi, Summer, é o James. – Sua voz era séria, e ela pressentiu que as notícias recebidas não deveriam ser boas. – Acabamos de falar com os médicos e deixaram o papai subir para ver o Zach. É só pela janela de observação. Mas ao menos ele vai poder vê-lo.

– E o que eles disseram?

Por cinco minutos, James contou a respeito da cirurgia e da gravidade dos ferimentos de Zach. Algumas coisas ela já sabia, outras eram novidade. James explicou tudo cuidadosamente, na mesma linguagem de leigos que os médicos haviam usado na conversa com eles.

– Um dos médicos ficou aqui esperando eu ligar para você, no caso de você ter alguma pergunta que eu não saiba responder. Quer falar com ele?

Summer olhou, ansiosa, para Gabriella, que negou.

– Não – respondeu Summer. – É muita informação, mas acho que consegui entender. – Ela se sentia enjoada. – O manterão em coma por quanto tempo?

– Alguns dias. O inchaço na coluna é a maior preocupação no momento. Até desaparecer, não saberão se pode ou não haver paralisia. – Gabriella engasgou, se levantou e foi correndo para o banheiro. – Summer? Você está bem? – James perguntou, em pânico.

– Eu... eu estou bem – ela disse, com a voz trêmula. – Aquilo foi a Gabriella.

– Oh... bem, e ela? Está bem?

Summer olhou para a porta fechada do banheiro e procurou ouvir alguma coisa.

– Não tenho certeza. – Ela fez uma pausa e esperou para absorver as novas informações por um momento. – James, ninguém tinha falado em paralisia antes. Quando... quando saberemos?

– Eles não têm certeza – disse ele. – No momento, tudo é impreciso. Acho que estamos todos em choque. Quer dizer, sei que eu estava esperando ossos quebrados e um quadro de hipotermia... esse tipo de coisa. Mas paralisia? Nem tinha pensado nisso.

– Mas eles podem estar errados, não podem?

– Eu queria dizer que sim, Summer, mas são especialistas. No momento, só podemos esperar por um milagre.

– Meu Deus... – Lágrimas começaram a escorrer pelo rosto de Summer.

– Tem certeza de que você não quer falar com o médico? Ele está aqui.

– Sinceramente, não acho que eu possa processar tudo isso e pensar em alguma pergunta inteligente para fazer. Eu... eu estou chocada. Não era algo que eu estivesse esperando ouvir. – Ela se virou para a porta do banheiro. – Acho melhor eu ir ver como Gabriella está. Vocês vão vir para o hotel logo?

– Vamos embora assim que o papai descer. Dispensamos o carro mais cedo, mas já solicitamos outro, que está vindo nos buscar. – James fez uma pausa e Summer o ouviu agradecer ao médico por ter ficado à disposição e, depois, se despedir. Quando ele voltou, ela pôde ouvir o cansaço em sua voz.

– Tem alguma coisa que eu possa fazer? – Summer perguntou.

– Não. Acho que todos precisamos apenas de uma boa noite de descanso e de um tempo para absorver tudo isso. – James soltou um sonoro bocejo. – Minha cabeça está girando e meu estômago, roncando. Espero que a comida do hotel seja decente. Pensamos em parar em algum lugar, mas estamos todos tão cansados que achamos melhor ir direto para o hotel e pedir serviço de quarto.

Summer passou um resumo do cardápio. Pareceu uma boa distração.

– Pedimos nosso jantar mais cedo e estava tudo muito bom. Entretanto, se você estiver como eu estava mais cedo, qualquer coisa vai estar boa.

– Você está certa – disse ele, rindo. – Olhe, pequena, agora eu vou indo. Se quiser, um de nós avisa quando chegarmos ao hotel. Ryder e eu vamos dividir um quarto. Papai e tio William vão dividir outro. Não sei se serão perto do seu.

– Me ligue quando se acomodarem, mas depois se concentre apenas em descansar. Não achei que fosse conseguir dormir, mas apaguei assim que minha cabeça encostou no travesseiro.

– Quase posso sentir isso. – Ele brincou.

– Você falou com Selena? Ela está bem?

– Sim. Odeio estar longe sem saber exatamente quando vou voltar, mas sei que ela está bem. Está com a mamãe, a tia Monica e a Casey, então tem bastante gente por perto.

– Bem, quando falar com ela mais tarde, diga que mandei um beijo.

– Pode deixar, Summer. Falo com você em breve.

Eles desligaram, e Summer hesitou para descer da cama. Ela se levantou e se esticou.

– Eu realmente gostaria de descer dessa montanha-russa de emoções – murmurou ela, caminhando pelo quarto em direção à porta do banheiro. – Gabs? Você está bem? – A porta se abriu lentamente, e Summer viu que sua amiga estava chorando. – Quer conversar?

Gabriella balançou a cabeça.

– O que James disse me pegou de surpresa. Peço desculpas por estar sendo tão dramática. – Ela secou as lágrimas e voltou para o quarto. – Eles já estão voltando? – Sua voz era profissional, como de costume, mas Summer sabia que era um mecanismo de defesa.

– Pedi ao James que ligue quando se acomodarem para sabermos em que quartos estarão. Vão todos pedir o jantar no quarto e descansar. –

Summer voltou para sua cama e se deitou, pensando que não seria má ideia descansar também.

O relógio mostrava que já passava das dez, mas, depois do longo cochilo que havia tirado, não estava mais tão cansada. Droga. Ela já estava de pijama, não poderia ir a lugar nenhum.

Não que ela quisesse.

Summer pegou o controle remoto e pensou que o melhor jeito de passar o tempo seria encontrar algo para assistir. Enquanto ela passava pelos canais, Gabriella ligou para a recepção e avisou que os Montgomery chegariam em breve. Ela queria que os quartos estivessem prontos e já com algum tipo de comida esperando por eles. Summer estava impressionada. Aquela mulher era incrível: chorando em um minuto e rápida e eficaz no outro.

– É muito interessante ver você estalar o chicote e ver todos correndo para obedecer ao seu comando. – Summer brincou quando Gabriella desligou o telefone.

– Do que você está falando?

– O jeito como você falou com a recepção? Foi lindo. Tenho certeza de que, nesse momento, as pessoas estão correndo, preparando pratos de frutas e queijos, limpando os quartos e afofando os travesseiros. – Summer se sentou e sorriu. – Se eu estivesse pensando com mais clareza quando saímos do hospital, teria pedido para você usar seu poder para nós antes.

– Você estaria dormindo antes de poder aproveitar.

Summer fez uma careta para a amiga.

– E como você sabe que nenhum deles vai fazer o mesmo?

– Ah, eu sei que eles nem vão perceber – disse Gabriella, ao se sentar e tentar entender o que Summer estava vendo na televisão. – Mas me sinto melhor sabendo que foi feito.

– Silenciosa e mortal. Gosto disso. Você é tipo uma ninja.

Gabriella revirou os olhos.

– Hum... não. – Ela olhou para a tela e viu pessoas correndo de um lado para o outro, decorando bolos enormes. Então, olhou para Summer. – Nunca imaginei que você gostasse de *reality shows*.

Summer encolheu os ombros.

– Eu quero deixar a televisão ligada. Ver algo sem dramas, nada que fosse me fazer pensar. Só quero que minha cabeça fique vazia, ou entorpecida, para que eu possa dormir de novo.

– Sem problema... Mais uma hora ou duas e estarei dormindo.

– Invejo você. Costumo demorar horas para relaxar o suficiente e conseguir dormir. E, mesmo assim, preciso tomar alguma coisa, como melatonina.

– Ou Ethan Reed. – Gabriella a provocou.

– Ha, ha... Muito engraçado.

– Está me dizendo que não dormia como um bebê quando estava com ele? Ele não a deixava exausta até não ter forças para se mover?

A cor do rosto de Summer já havia respondido tudo.

– Bom, mas ele não está aqui – disse Summer. – E o que sei é que essa vai ser uma noite de melatonina. Droga.

•

Às onze e meia, todos os Montgomery já tinham falado com Summer. Eles estavam dois andares acima do quarto dela e queriam uma boa noite de sono para se prepararem para mais um longo dia no hospital. Quando desligou a ligação com Ryder, ela estava pronta para ir para a cama.

– Entendo o que você diz sobre esse tipo de programa – disse Gabriella. – Apenas algumas horas e eu sinto que já perdi dúzias de pontos do meu Q.I. e boa parte do meu vocabulário.

– Não é tão ruim assim – disse Summer, bocejando. – Mas viu, funciona. Você está com sono, não está?

– Sim, mas não tem nada a ver com o programa, e sim com o fato de eu não ter tido uma boa noite de sono em quase uma semana. Sinto falta da minha cama.

Gabriella estava puxando as cobertas para se deitar quando ouviram uma batida na porta.

– Oh, por Deus! – murmurou Summer e, como ainda não estava na cama, foi ver quem batia. – Já falei com todos eles. O que podem querer?

Ela abriu a porta e ficou congelada.

Ethan.

– Ei – disse ele em voz baixa, as mãos apoiadas no batente da porta. – Como você está?

Como ela estava? Como ela estava? Ela queria gritar e dizer que estava péssima e irritada e brava e preocupada e... Mas controlou sua vontade e apenas olhou para ele. Não, ela não simplesmente olhou, ela absorveu sua imagem. Ele era sinônimo de perfeição para ela. Sempre tinha sido e continuaria sendo para sempre. Não era justo. Por que ela não conseguia parar de pensar nele? Por que uma noite de sexo selvagem não tinha sido suficiente para fazê-la seguir em frente? Ou ainda, por que uma semana de sexo selvagem não tinha sido suficiente? Por que ela o queria mais do que nunca? Mesmo depois da forma como ele a havia machucado mais cedo? Verdade, ele não sabia que ela estava lá, mas ainda assim havia acontecido.

– Bem... – Summer finalmente se forçou a responder. – Estava me preparando para dormir.

– Você saiu tão de repente. Fiquei preocupado com você.

– Ah, ficou? – ela perguntou com sarcasmo. – Não vejo motivo. Summer e eu não conversamos muito. Eu estava apenas fazendo o meio de campo entre eles. Não a levei a sério – disse ela, imitando-o. – Parece familiar?

– Caramba, Summer! – Ele balançou a cabeça. – Não foi o que eu quis dizer. Eu só estava tentando...

– Hum... com licença – Gabriella disse de dentro do quarto. – Embora eu tenha certeza de que esse fascinante drama me manteria muito mais entretida do que as últimas horas de *reality* na televisão, acho que os outros hóspedes do andar podem preferir não ouvir essa discussão. Então, ou vocês dois entram e resolvem isso, rápido, ou vão para o quarto do Ethan.

Os dois pararam e ficaram olhando para ela por um bom tempo. Ethan deu um passo para trás e esperou que Summer dissesse algo.

– Acho que já terminamos – disse ela, finalmente, e ficou satisfeita ao vê-lo perder a cor.

– Cinco minutos, Summer. Me dê apenas cinco minutos para eu explicar.

– Explicar o quê, Ethan? Que foram umas transas casuais? Acredite, eu entendi. Perfeitamente.

– Não é isso! – ele retrucou. – Toda essa situação...

– Está sendo transmitida para todo o sexto andar! – Gabriella gritou. – Sério, Summer, vá pro quarto dele para resolverem isso.

Ela estava indecisa. Ir ou não ir. Summer não queria ouvir o que Ethan tinha a dizer, nada do que ele dissesse a faria se sentir melhor. E, infelizmente, ela parecia ter o hábito de se jogar em cima dele quando ficavam sozinhos e, por mais irritada que estivesse no momento, Summer não pôde deixar de notar seu cabelo desarrumado e sua barba por fazer. Ela não tinha dúvida de que o toque estaria áspero contra sua pele.

Droga. Seus mamilos enrijeceram apenas de pensar no rosto dele contra a pele dela e agora ela teria de cruzar os braços para tentar disfarçar. Ethan seguiu seus movimentos com o olhar, e ela via a chama em seus olhos escuros. Ele sabia o efeito que causava nela.

– Está bem. – Ela bufou. – Cinco minutos. Mas estou dizendo, nada do que você disser vai melhorar a situação. Você deixou sua posição muito clara mais cedo.

– Boa noite, Gabriella – disse Ethan, satisfeito.

– Boa noite, Ethan – respondeu ela, com um sorriso. E, quando a porta se fechou, complementou: – E Summer.

Segurando a mão de Summer com firmeza, Ethan a levou pelo corredor até o seu quarto. Quando chegaram, ela se soltou e atravessou o quarto, indo até a janela. Ele fechou a porta e se apoiou, ficando apenas observando Summer. Ela estava de shorts de flanela e uma camiseta macia e justa. Suas pernas eram longas e bronzeadas... Era uma bela imagem. Seu cabelo loiro estava solto e caía por suas costas. E Ethan sabia que ela o tinha deixado secar naturalmente porque não estava modelado como ela costumava usar. Seu rosto estava sem maquiagem. Ela era louca, e era a mulher mais sexy e desejável que ele já conhecera.

Em silêncio, ele atravessou o quarto e chegou ao lado dela, colocando as mãos em seus ombros para fazê-la se virar para ele. Mas ela se afastou.

Seu estômago se contorceu. Será que ele tinha estragado tudo de forma que ela não o deixaria mais tocá-la nem mesmo de forma casual?

– Summer?

Ela se virou para ele sem expressão:

– Sai pra lá. Fale o que você tem a dizer para eu poder voltar para o meu quarto.

Ethan queria dizer a Summer que gostaria que aquele fosse o quarto dela. O quarto deles. Ele tinha odiado voltar sozinho para o hotel depois de ter dividido um quarto com ela por boa parte da semana. Era muito solitário estar ali, sozinho, depois de um dia tão emocionalmente desgastante. Em geral, estar só não o incomodava, mas depois de ter passado tanto tempo com ela na última semana, Ethan havia se acostumado. Mais do que se acostumado, ele queria aquilo, desejava aquilo e não sabia mais se poderia viver sem.

Ele deu um passo na direção de Summer, e ela deu um passo para trás. Continuaram assim até ela estar encostada na parede e ele estar bem à sua frente.

– Entrei em pânico hoje – disse ele, com arrependimento em sua voz. – Toda essa situação com você, com a sua família... com o Zach, fiquei perdido. Não sei o que fazer ou o que dizer às pessoas. Estão todos nervosos o bastante, e pensei que mantendo isso... – ele gesticulou, indicando que se referia aos dois – em segredo, por ora, estaria fazendo o melhor.

Ethan a encarava; encarava seu lindo rosto, tão gravado em sua memória que sempre o via ao fechar os olhos. Ele sorriu. Passou a mão carinhosamente em seu rosto e viu os olhos dela lentamente se fecharem.

– Nunca quis magoar você. Nunca. Só não sei o que fazer. – Sua honesta confissão pareceu ter o efeito desejado em Summer, que abriu os olhos e o encarou. Ethan podia dizer quais eram os pensamentos, as emoções dela, pois refletiam os seus próprios. Ele a queria, precisava dela, e o desejo era como uma força da natureza que ele não podia brecar. – Me diga o que fazer, Summer – implorou ele.

Eliminando a pequena distância entre eles, Summer passou os braços por cima de seus ombros e passou uma das mãos pelo cabelo dele, puxando sua cabeça para perto da dela.

– Me beije – sussurrou ela.

Assim que seus lábios se tocaram, o primeiro pensamento de Ethan foi: *nunca vou me cansar dela*. A forma como ela o segurava, sua respiração quando ele a tocava, tudo nela. Empurrando-a contra a parede, ele pressionou seu corpo no dela. Sua pele era tão macia, e ela era tão curvilínea. Suas mãos foram do rosto de Summer para seus ombros, quadris e bunda, e ele se deixou apreciar todas as formas nas quais os dois eram fisicamente diferentes.

– Passe as pernas em mim – disse ele, roucamente, contra seu pescoço, apertando sua bunda e a levantando.

Summer gemeu ao contato, mas ele rapidamente abafou o som beijando-a novamente. E mais uma vez, e outra mais sua boca se moveu sobre a dela. Suas línguas se encontravam e dançavam. Poderiam ter sido minutos, poderiam ter sido horas, Ethan não tinha certeza. Só o que ele sabia era que, enquanto aproveitava para beijá-la, abraçá-la, senti-la, aquilo não era suficiente.

– Fique comigo – implorou ele, apoiando-se nela. – Fique comigo esta noite. Por favor.

Summer teria concordado com qualquer coisa que ele dissesse. Com quase tudo. Ele se balançou com um pouco mais de força, um pouco mais de pressão, e ela gemeu.

– Eu... eu não deveria – respondeu Summer, sem ar. – Eu preciso... preciso...

– O quê? – Ele sussurrou mordendo sua orelha. – Do que você precisa, querida? – Sua língua passava pelo ponto que havia mordido. Ele sentiu ela se arrepiar e soube que ela tinha gostado. Ele repetiu o processo mais uma vez e deu mais um beijo quente. – Me diga. Me diga, Summer. Do que você precisa?

Ela buscava por ele, por seus lábios, mas Ethan se conteve. Ele precisava ouvir o que ela estava pensando, o que ela queria dele.

– Eu preciso de você, Ethan – disse Summer, finalmente.

Ethan instantaneamente a recompensou com outro beijo enquanto a carregava até a cama.

– Você me tem, Summer – prometeu ele ao deitá-la por cima do cobertor.

– Promete? – ela perguntou, tímida.

O corpo dele cobriu o dela e ele a encheu de beijos no rosto – nos lábios, nas bochechas, nas pálpebras – e começou a descer pela mandíbula, pelo pescoço e continuou descendo. Apressadamente ele ergueu a camiseta dela e a ajudou a tirá-la. Então, ficou vidrado diante da perfeição de sua nudez. Com as mãos trêmulas, ele pegou seus seios.

– Prometo.

Ela murmurou seu nome quando ele começou a tocá-la.

Gritou seu nome quando ele a provocou.

Gemeu seu nome quando lhe deu prazer.

De novo e mais uma vez.

Quando o relógio indicou a passagem da noite para a madrugada, Summer sentiu-se em paz. Seu corpo estava completamente exausto, e ele a puxou para perto, colocando-a ao seu lado. Ela sorriu. As palavras que Gabriella dissera mais cedo ecoaram em sua mente, e ela percebeu que eram verdadeiras: ela não precisava de remédio para dormir quando estava com Ethan. Ele embalava seu sono melhor que qualquer coisa que ela já tivesse provado.

•

O quarto estava escuro quando Summer se virou e olhou no relógio. Ela sabia que não poderia ficar na cama de Ethan para sempre, por mais que fosse exatamente onde ela gostaria de ficar. Mas o sol nasceria em breve e, se ela não se forçasse a se mover, seriam descobertos. Por mais que quisesse parar de guardar segredos, Summer certamente não queria que descobrissem sobre eles ao vê-la saindo do quarto de Ethan seminua.

Isso, com certeza, não seria bom.

Cuidadosamente, Summer soltou-se do abraço e, imediatamente, sentiu falta do calor de Ethan. Ela estava prestes a se levantar quando percebeu que Ethan se movia atrás dela.

– Aonde você vai? – ele disse com uma voz que não passava de um sussurro enquanto a puxava para perto.

Summer não impôs muita resistência.

– Preciso voltar para o meu quarto – sussurrou ela, virando-se nos braços de Ethan para encará-lo. Incapaz de se conter, ela beijou seu peito, seu pescoço, seu rosto, e sentiu-se derreter.

– Não vá.

Fácil falar, ela pensou. Relaxar abraçada com Ethan e dormir mais algumas necessárias horas seria ótimo.

– Não quero que ninguém me veja entrando de mansinho no meu quarto – ela disse enquanto ele retribuía os beijos que ela havia lhe dado.

– Ninguém vai vê-la – ele disse entre os beijos. – Não estão nem no mesmo andar.

Sem lhe dar chance de discutir, Ethan cobriu sua boca com a dele até sentir que ela estava entregue. Quando uma de suas longas e magras pernas o envolveu, ele soube que o assunto estava encerrado.

•

– Agora eu realmente preciso ir – disse Summer, colocando a camiseta e tentando arrumar o cabelo. Já eram quase oito horas da manhã e ela sabia que poderia encontrar não apenas Gabriella acordada como provavelmente sua família, que deveria começar a ligar a qualquer minuto para combinar o café da manhã e a ida ao hospital.

Ethan foi caminhando atrás dela e a virou em seus braços.

– Eu realmente gostaria que você não precisasse ir. – Havia arrependimento em sua voz e em seus olhos. – Odeio essa situação, Summer. Preciso que você saiba disso.

Ela suspirou, inclinando-se na direção dele e abraçando-o pela cintura.

– Eu sei. E eu também odeio. – Ela levantou a cabeça para o rosto sonolento dele e deu um sorriso triste. – Eu queria que as coisas pudessem ser diferentes.

Ethan viu que ela olhava para ele com um pouco de expectativa, então, disse a única coisa que poderia dizer:

– Não vai ser assim para sempre.

Uma alegria pulsou dentro de Summer. Não era uma declaração de amor, mas, para ela, era quase a mesma coisa. O que Ethan estava dizendo – sem dizer, oficialmente – era que estavam tendo mais do que um caso, mais do que um passatempo. Ela o abraçou com mais força antes de se afastar para ir embora.

– É melhor eu ir – disse ela com um sorriso sincero no rosto. – Tenho certeza de que Gabriella está preocupada comigo.

– Você está falando sério? – Ethan ergueu a sobrancelha. – Ela basicamente te colocou porta afora ontem. Ela sabe exatamente onde você está. – Ethan a puxou para um último beijo antes de deixá-la partir. Eles foram até a porta e ele a abriu. – Acho que nos encontramos em breve junto a todos.

– Espero que ainda não tenham começado a me ligar; ou a coitada da Gabriella já deve estar sem ter o que dizer sobre onde eu estou. – Encarando-o, Summer ficou na ponta dos pés e o beijou. – Nos vemos em um minutinho.

Ela já estava do lado de fora quando Ethan a puxou.

– Só mais um – disse ele, antes de colocar a boca sobre a dela. Seus beijos eram viciantes, e ele não tinha ideia de quando teriam outra oportunidade de estar sozinhos. Quando ele, finalmente, levantou a cabeça, sorriu diante do confuso olhar de Summer. – Não pude me conter.

– Não quero que se contenha. – Ela corou.

Summer se virou e, praticamente, flutuou pelo corredor. Ela não tinha a chave do quarto, então precisou bater e esperar Gabriella abrir. Assim que a porta se abriu, ela entrou, sorriu e acenou para Ethan antes de a porta se fechar.

Ethan ficou lá um minuto, já sentindo sua falta. Ele se virou e entrou no quarto, fechando a porta.

E nenhum deles viu que, a poucos metros, estava James Montgomery, com uma carranca capaz de matar.

Capítulo 11

– Odeio que ele esteja tão imóvel – disse Summer, delicadamente. – Não estou acostumada. Em todas as minhas memórias de Zach, ele está se movendo. Ele sempre foi ativo. – Gabriella estava muda ao seu lado. – Queria que ele estivesse acordado. Preciso ver seus olhos abertos, preciso de um sorriso bobo ou de uma careta. Isso ajudaria.

E foi assim por três longos dias. Os sete fazendo turnos e se revezando na UTI, passando os preciosos minutos permitidos com Zach. Os médicos ainda o mantinham sob forte efeito de sedativos, então, todas as manhãs eles chegavam cheios de esperanças e todas as noites iam embora, exaustos e desesperados.

Na quarta manhã, quando estavam entrando na van do hotel, que os levava e trazia de volta, Ryder finalmente disse:

– Não sei quanto tempo eu ainda aguento isso. – Ele se sentou e passou a mão no cabelo. – Quer dizer, entendo os motivos para que o mantenham sedado, mas não gosto. Acho que precisamos colocar um pouco de pressão nos médicos para que deixem ele acordar e possamos saber, de verdade, com o que estamos lidando.

– Ryder – disse William, pacientemente, ao sentar em outro lugar na van –, não queremos fazer nada que possa atrapalhar a recuperação do seu irmão. Se os médicos acham melhor que ele fique sedado, precisamos aceitar.

– Meu irmão, me ajude aqui. – Ryder se virou para James. James, porém, não estava olhando para ele, e sim encarando Ethan; aliás, ele vinha fazendo isso com muita frequência ultimamente. – James?

– O quê? – James respondeu, balançando a cabeça.

– Eu estava dizendo que precisamos pressionar os médicos para que deixem Zach acordar. O que você acha?

James passou os olhos pelo veículo para determinar quem parecia animado com a ideia e quem parecia discordar. Ele não fazia ideia que estavam conversando sobre isso ao seu lado; seu foco era Ethan e como poderia encontrá-lo sozinho para poder matá-lo.

A imagem de Summer saindo do quarto de Ethan quatro dias atrás ainda queimava em seu cérebro. Não era preciso ser um gênio para saber que tinham passado a noite juntos. Mesmo se não os tivesse visto se beijando no corredor, as roupas e o cabelo desarrumado de sua irmã já diziam tudo. Se tinha uma coisa que James sabia de sua irmã era como ela era vaidosa, e nada a faria andar pelo hotel de pijama.

Só de pensar na cena, James ficava nervoso. Ele sabia que precisava fazer algo a respeito logo. Em algum momento do dia precisaria confrontar Ethan e dizer que era melhor ele manter suas mãos longe de Summer se quisesse continuar vivo.

– James! – Ryder chamou o irmão novamente.

– Caramba, o que foi? – Então ele se lembrou da pergunta. – Eu não sei. Os médicos parecem bastante firmes na decisão de mantê-lo sedado pelo seu próprio bem. Eu também não gosto da situação, honestamente, mas se for para ele acordar e sentir dores, prefiro que continue sedado.

Isso não ajudou a apaziguar Ryder. A van já estava a caminho do hospital, e Ryder manteve-se calado, apenas observando a paisagem, e fez uma nota mental para conversar a sós com James e descobrir qual era o seu problema com Ethan.

Summer, Ethan e Gabriella estavam sentados juntos na frente da van. Parecia ser o único momento em que podiam ficar juntos sem olhares curiosos do resto da família. Gabriella e Summer conversavam sobre assuntos aleatórios, mas, longe da vista dos demais, Ethan segurava a mão de Summer. Parecia um pouquinho juvenil, mas era o jeito que tinham de enfrentar as restrições que enfrentavam por ora.

Durante o dia, fingiam ser meros conhecidos, mas todas as noites Summer se despedia de Gabriella e ia dormir no quarto de Ethan para poder ficar com ele, em seus braços, em sua cama. Até então, ninguém sabia. Ela ainda se sentia culpada de usar a condição de seu irmão como álibi para seu segredo, mas, ao mesmo tempo, Summer só queria estar com Ethan, e esse era o único jeito possível.

Chegaram ao hospital e tomaram o elevador para o décimo andar, onde ficaram surpresos por terem sido recebidos pelo médico de Zach:

– Bom dia! – disse doutor Peters, sorrindo. – Quis encontrá-los aqui porque temos boas notícias. – Todos arregalaram os olhos, esperançosos. Isso era possível? – Mais cedo, começamos a reduzir os medicamentos que estamos dando para manter Zach sedado. Ele está começando a responder a alguns dos exames que estamos fazendo, e tenho esperanças que esteja plenamente acordado ainda hoje.

Todos o agradeciam ao mesmo tempo e faziam muito barulho, então, o médico os interrompeu:

– Por que não vamos para a sala de espera, onde podemos nos sentar e posso responder a todas as perguntas? O neurologista está com Zach neste exato momento, e vou mandar uma das enfermeiras pedir para ele nos encontrar assim que terminar, está bem?

Enquanto todos caminhavam para a sala de espera, doutor Peters foi fazer o que se comprometera. Ele sorriu ao chegar à sala de espera e encontrar todos em silêncio.

Se pudessem ser assim o tempo todo!

O médico se sentou e começou a dar os detalhes de como estavam parando com a administração de Diprivan IV e como, ao fazer isso, Zach poderia ir retomando a consciência.

– Assim que ele estiver plenamente acordado poderemos fazer mais exames e falar com ele para saber o que exatamente está sentindo, ou não.

Todos no ambiente engoliram em seco.

– O senhor acha que há chance de paralisia? – Robert perguntou solenemente.

– É uma possibilidade. Pelo que vimos nas radiografias, entretanto, é provável que qualquer paralisia seja temporária. Nada foi severamente danificado a ponto de ele ter um dano permanente. Contudo, o tempo que a paralisia pode durar não é algo que possamos prever. Alguns pacientes com danos semelhantes na medula ficam paralisados por apenas alguns dias, mas existem casos em que ela dura semanas ou meses. Não quero dar falsas esperanças a vocês nem ao Zach. Ele teve traumas graves por todo o corpo, e o mais importante é mantê-lo calmo.

Sem pensar, Summer agarrou a mão de Ethan enquanto ouvia doutor Peters falar a respeito dos exames que fariam e como ele via o processo de recuperação de Zach a partir daquele momento. Todos estavam tão concentrados que ninguém nem tinha percebido, mas quando Summer se deu conta, tentou recolher a mão.

Ethan a impediu, virando-se para ela e sorrindo.

Ela não tinha ideia de como seriam as coisas para seu irmão, mas, no momento, sentia que as coisas dariam muito certo para ela.

Quando doutor Peters terminou de falar, um segundo médico se juntou a eles. Ele parecia ter acabado de sair da faculdade de medicina, mas, assim que começou a falar, Summer percebeu que doutor Walter Blake certamente era um homem com muita experiência; apenas tinha bons genes. Ele era especialista em danos na medula espinhal e, à medida que falava de suas credenciais, Summer e o restante da família se sentiram seguros em não precisar chamar nenhum outro médico para atender Zach.

Com aqueles médicos, Zach estava em boas mãos. O resto, ao que parecia, dependia do próprio paciente.

– Sei que estão todos ansiosos para entrar lá e vê-lo, mas vou lhes pedir para nos darem algumas horas com ele. Queremos avaliá-lo quando ele acordar e, provavelmente, removê-lo da UTI e encaminhá-lo para um quarto privado. – O doutor Peters olhou para Robert. – Depois de nossa conversa no primeiro dia, garanti que deixassem um preparado para o seu filho.

– Obrigado.

– Sei que ainda é cedo, mas, se nos permitem, sugerimos que voltem para o hotel, almocem mais cedo e, se puderem, relaxem. Nos encontramos novamente às duas da tarde, pode ser?

E que escolha nós temos? Summer pensou. Um por vez, todos agradeceram ao doutor Peters e ao doutor Blake ao saírem. Foi um caminho silencioso até o elevador. Quando todos saíram do hospital e viram a van do hotel esperando na porta, pararam e olharam para Gabriella, que encolheu os ombros e disse:

– Eu percebi aonde eles iam chegar com tudo aquilo, então mandei uma mensagem de texto para o motorista e pedi para que ele voltasse. – Como todos continuaram a encará-la, ela acrescentou: – Não é nada de mais. Mesmo.

Summer foi até a amiga e a abraçou.

– Como você pode estar tão à frente de tudo? – Ela se afastou. – De verdade, como você consegue saber tudo do que precisamos?

– É o que eu faço – Gabriella sorriu e deu uma piscadinha. Ela agradeceu ao motorista enquanto abria a porta e ajudava Summer a entrar no veículo.

Atrás delas, Ryder, Ethan e James trocaram olhares.

– Ela é assustadoramente organizada – disse Ryder.

– Você não tem ideia – disse Ethan, rindo.

•

Ethan ficou feliz com a folga do hospital, mas ele estava sozinho e não podia passar seu tempo com Summer. Ela e Gabriella tinham ido para o quarto, pois Summer queria ligar para ter notícias de Maylene. Isso significava que ele poderia ficar sozinho ou com um dos Montgomery. Robert e William foram fazer ligações para suas esposas, para o escritório e para mais algumas pessoas. Ryder foi ligar para Casey e saber como ia o bebê. James estava estranhamente quieto.

A julgar pelos olhares que James andava lhe dando, Ethan optou pela opção de ficar sozinho.

Em seu quarto, ele se sentou à mesa e franziu o cenho. Com o que James poderia estar tão irritado? Estavam todos sendo cordiais entre si, falando de negócios, de família e de Zach. Por mais que Ethan buscasse em sua memória, nada lhe parecia um possível motivo para James ter se irritado com ele.

Ninguém sabia sobre o tempo que ele e Summer estavam passando juntos. Ou sobre o tempo que ficaram na baía dos Glaciares. Ou sobre o que aconteceu nas termas. Até onde ele sabia, os dois estavam sendo discretos. Ethan odiava que precisassem se esconder. Todas as noites, quando Summer silenciosamente batia na porta de seu quarto, ele a esperava, ansioso, mas todas as manhãs, quando ela saía antes de amanhecer, ele se enchia de arrependimento.

Em qualquer outro momento, poderia ter sido divertido jogar esse tipo de joguinho. Talvez com outra mulher. Mas fazer isso com Summer acabava com Ethan. Ele queria poder dizer a todos que estavam juntos, quanto gostava dela. Droga, ele queria gritar para o mundo que estava apaixonado por Summer Montgomery. Infelizmente, aquele, definitivamente, não era o momento de informar isso a sua família. Os Montgomery nunca gostaram dos homens com quem ela se envolvera.

E ele pressentia que aconteceria o mesmo com ele.

Não era de se estranhar que ela tivesse se mudado para tão longe de todos eles. Ethan ficava surpreso por ela ter ficado no mesmo continente. Nova York não era longe o suficiente, e ele se lembrava de Zach lhe contar mais de uma vez como ele ou um de seus irmãos haviam ido até lá para intimidar algum idiota que eles achavam não ser digno dela.

Sem dúvida ele faria parte da massa de "homens intimidados pelos Montgomery", não importava quanto todos dissessem gostar dele.

Claro, Ethan sabia que ele e Zach eram amigos há anos e, de certa forma, era considerado parte da família. Mas ele também sabia que, quando se tratava de Summer, ninguém nunca seria bom o suficiente.

Nem mesmo ele.

Ele se questionava sobre o que era covardia e o que era respeito. Ao não contar à família dela sobre eles, e sendo covarde, ele, na verdade, estava sendo respeitoso. Não havia a necessidade de colocar mais carga emocional na situação que envolvia Zach. Mas, com o tempo passando, tudo ficava cada vez mais pesado. Ele teria que fazer algo. E logo.

Ethan se largou na cadeira e passou a mão pelo cabelo, suspirando:

— Só eu mesmo para me meter nas situações mais impossíveis do mundo.

Ethan se criticou. Xingou o fato de não conseguir ter deixado como estava. Por que teve de voltar às termas quando o avião não estava pronto para decolar? Por que se aproximou dela no barco?

E por que, raios, a deseja noite depois de noite, depois de noite?

Ele pensou novamente em James e em, talvez, ir falar com ele.

— Claro, e por que não levar também uma arma para ele me matar de uma vez. — *Não há como James ou qualquer outra pessoa saber de alguma coisa*, Ethan pensou.

A única pessoa no grupo que sabia era Gabriella, e ela nunca trairia Summer. Ela pode já ter tido problemas com ele uma ou duas vezes, mas nunca entregaria a amiga. Especialmente para a família dela. Não naquele momento. Nem nunca.

James havia se afastado da família há muitos anos. Caramba, mesmo quando eram mais jovens, Ethan não conseguia se lembrar de ter convivido muito com James. Será que era algum problema antigo que James mantinha em segredo? Mas seria possível ter guardado alguma questão por todos esses anos? Já haviam se encontrado em muitas ocasiões desde o retorno de James para a Carolina do Norte e, em todas, tanto James quanto Selena tinham sido muito simpáticos com ele. Então o que raios estava acontecendo?

Houve uma forte batida na porta e Ethan imaginou que estaria prestes a descobrir a resposta. Somente um homem da família Montgomery poderia bater forte daquele jeito.

Com um xingamento sussurrado, ele foi até a porta como um homem que está no corredor da morte. Essa, definitivamente, não era a forma como ele gostaria de passar suas três horas livres. Mas, pelo lado bom, talvez enfim tivesse uma resposta de James, e isso poderia resolver um dos problemas de sua vida. Ao abrir a porta, ele realmente se deparou com um James furioso.

— Me dê uma boa razão para eu não acabar com você agora — disse ele, entre dentes cerrados.

Em vez de responder ou fazer qualquer comentário, Ethan deu um passo para o lado e fez sinal para que James entrasse. Ele fechou a porta e viu James revistar o quarto com os olhos, como se procurasse alguma coisa.

Ou alguém.

— Onde ela está? — James perguntou.

Seria um insulto para ambos se fingir de desentendido. Ethan não sabia ao certo como James tinha descoberto, mas era o momento de dançar conforme a música.

– Está no fim do corredor, com Gabriella. No quarto.

Num piscar de olhos, James estava cara a cara com Ethan.

– Ótimo. Então você a traz aqui para dormir com você todas as noites e a enxota pela manhã? – Ele agarrou Ethan pela camisa e deu um bom chacoalhão. – Eu deveria matá-lo agora!

Talvez Ethan devesse ter entrado na briga, mas, em vez disso, ele abaixou a cabeça.

– Você está certo. Provavelmente estaria fazendo um favor a todos nós – disse em voz baixa.

Ao ouvir as palavras de Ethan, parte da raiva de James passou. Ele o largou, ainda irritado, e começou a andar pelo quarto.

– Que merda, Ethan! Desde quando? – Antes de Ethan poder responder, James ergueu a mão. – Por favor, me diga que foi antes de você vir para o Alasca, porque, se eu descobrir que você se aproveitou dela quando ela estava triste pelo Zach, eu realmente vou matar você.

Com um suspiro, Ethan se sentou na cama e curvou-se, apoiando a cabeça nas mãos.

– Foi antes. Logo antes da escalada.

James permanecia em pé, imóvel, incerto se essa resposta era melhor.

– Zach sabe?

Ethan negou.

– Summer desapareceu uns dias antes de nossa suposta partida. Zach surtou, ficou louco, e eu sabia que se ele fosse atrás dela, nada terminaria bem para nenhum dos dois. Então, me ofereci para ir.

Ainda existiam muitas perguntas para o gosto de James.

– E aí... o quê? Vocês agora são um casal? Ou você está só se divertindo? – Sua voz era dura, e o olhar que lançava a Ethan era intimidador.

Levantando-se, Ethan encarou James, as mãos cerradas ao lado do corpo.

– Quer saber a verdade? Eu não sei o que estamos fazendo. E sabe por que eu não sei? Por causa de você. Do Ryder. Do Zach. Do seu pai. Quer dizer, por Deus. Eu via a forma como vocês intimidavam todos os homens que Summer namorou! Ela tem medo de dizer alguma coisa, e eu também! Você acha que gosto de estar nessa posição? Acha que gosto de ficar me escondendo?

– Eu não sei, Ethan. Você gosta?

– Eu odeio. – Ethan deu um passo à frente. – Odeio mais do que você possa imaginar. Mas, no momento, com tudo o que está acontecendo com Zach, você acha mesmo que seria o momento de abrir o jogo?

James o encarou por um minuto.

– É uma desculpa conveniente. – Os olhos de Ethan se apertaram ao ouvir a resposta de James. – Para mim parece que você está numa situação bastante confortável. Você dorme com a Summer sem precisar assumir nenhuma responsabilidade. Agora, eu não sei como você vê o caso, mas estou dizendo, aqui e agora, que você está tratando minha irmã como um segredinho sujo. E não gosto disso.

Suas palavras, seu olhar, tudo demonstrava que não seria difícil provocar James e partir para o confronto físico, e não era isso que Ethan queria.

– E o que você sugere que façamos, hein? Quer me bater? É isso? – Ethan se preparou. – Vá em frente. Se isso for fazer você se sentir melhor, pode vir. – Provavelmente, provocá-lo não era uma escolha muito inteligente, mas Ethan achou que isso poderia fazê-lo voltar a si.

James o encarou por mais um minuto. Seus dentes estavam cerrados com tanta força quanto seus punhos.

– Quero mais do que bater em você – disse ele, honestamente. – Quero te matar de tanto bater. Não acho que seja homem para minha irmã, e sabe por quê? Porque você não é homem o suficiente para admitir que está envolvido com ela. Está se escondendo como um covarde. E odeio covardes.

O soco atingiu seu rosto antes de Ethan ver que estava a caminho. Ele cambaleou para trás até encostar na parede. Por instinto, Ethan se ajeitou e se preparou para revidar, mas, então, pensou melhor. Um deles precisava pensar com clareza.

– Então é essa a solução para a situação, James? – ele perguntou, com as mãos erguidas, rendido. – Porque, quer você goste ou não, seja eu ou qualquer outro cara, sua irmã vai se envolver com alguém. Ela vai se apaixonar, casar, ter filhos. Ao que me parece, todos aceitam esse prospecto para você e para seus irmãos, mas há um conjunto de regras diferentes para Summer! – Apenas dizer aquilo, pensar em Summer se apaixonando por outro homem e tendo um futuro com outra pessoa, o encheu de raiva. Tanto que ele sentiu a necessidade de reforçar seu ponto: – Você ficou longe por anos e viveu a sua vida. Ninguém teve ao menos a chance de questionar seus relacionamentos porque ninguém estava por perto! Mas mesmo quando Summer estava vivendo em Nova York, ela ainda precisava lidar com todos vocês indo verificar como ela estava e tentando controlar sua vida. O que você espera? Que ela seja celibatária para sempre? Que vire freira? Isso é justo?

– Você não sabe o que está falando – disse James. – Agora vai tentar colocar a culpa na família dela? Só estamos tentando fazer o que é melhor para Summer! Não queremos que ela seja machucada ou usada por alguém como você!

– Como eu? – Ethan gritou. – Você está brincando, né? Parecia que todos gostavam de mim quando me tornei amigo de Zach. Era bem-vindo nos encontros de família e fui convidado para fazer parte da empresa. Vocês me acham incrível quando estou fechando negócios e fazendo dinheiro. Caramba, sou até considerado incrível ao acompanhar Zach por viagens pelo mundo, fazendo essas maluquices com ele. Mas, de repente, não sou bom o suficiente? Explique isso para mim. Por favor. Estou morrendo de vontade de saber como sou um cara incrível em milhares de coisas exceto nessa específica.

– Caramba, Ethan – James grunhiu ao se sentar na cadeira ao lado da janela –, ela é minha irmã caçula. – Ele passou a mão pelo cabelo. – Sei que você é filho único e que não vai entender, mas há algo nessa relação que nem sempre é racional. Eu olho para Summer e não vejo uma mulher adulta. Eu vejo a menininha de tranças que eu carregava de um lado para o outro.

– Mas ela não é mais criança. – Ethan o relembrou.

– Eu sei, eu sei... Selena me disse isso na noite passada, quando conversei com ela. Mas isso não muda nada. Não quero ver Summer se machucar. Nunca.

– Todo mundo se machuca, James. Às vezes não dá para evitar.

James o encarou:

– Você está planejando machucá-la?

– Não. – Ethan temia já ter feito isso, mas preferiu guardar a dúvida para si. – Nunca quis machucá-la. E nunca vou querer. Isso aconteceu de repente. Não fizemos planos, mas também não queremos que termine.

– Merda – murmurou James. – Ainda não gosto disso, Ethan. Não gosto de pensar que você esteja se escondendo com ela, fazendo com que ela sinta que você tem vergonha dela.

– Não é o que estou fazendo!

– É, sim. Você não está disposto a encarar todos e dizer o que está acontecendo, então, para mim, você sabe que o que está fazendo é errado.

– Caramba! Você escutou o que eu disse? – Ethan disse, incapaz de esconder sua frustração. – Não é assim! Estamos evitando trazer mais preocupação para sua família!

– Para minha família? Ou para você? Porque para mim parece que quem tem mais a perder é você.

– Ah, é mesmo? Você está querendo dizer que se, durante o almoço, eu virar para o grupo e disser: "a propósito, Summer e eu estamos dormindo juntos. Temos um relacionamento e queremos ver que rumo isso toma. Quem está pronto para ir visitar o Zach agora?" nada vai acontecer? Você acredita de verdade que só vão direcionar a raiva, as opiniões e a decepção para mim? Ninguém vai falar nada para Summer? Sério mesmo?

– Não tinha pensado nisso. – James cedeu, infeliz.

– Você acha mesmo que ela precisa disso agora? Sabia que ela ainda se sente culpada pelo acidente de Zach? Que está se culpando por isso?

– O quê? Por quê?

– Por ter tentado convencê-lo a não ir. Ela acha que o distraiu e que ele caiu por isso. Aí vem o seu pai e reforça seus medos quando liga para ela e basicamente a acusa de ter colocado a vida de Zach em perigo. –

Agora era Ethan quem andava pelo quarto. – Você ficou longe por muito tempo, James. Não tem o direito de voltar a ser o irmão mais velho preocupado assim, de repente. Eu sei que ela é sua irmã e que você a ama, mas houve muitas vezes em que ela precisou de você e você não estava por perto. – Era um golpe baixo, e Ethan sabia disso, mas às vezes é preciso saber jogar assim. – Era eu quem estava com ela quando Summer recebeu a notícia do acidente de Zach – Ethan continuou. – E também fui eu que a segurei enquanto ela chorava, sofrendo por achar que teve culpa dessa situação toda.

– Eu não tinha ideia.

– Claro que não tinha. Ela está tentando bancar a forte na sua frente, na frente de Ryder e de seu pai, mas quando a porta fecha, ela chora. Muito. Antes da escalada? Uma mulher de uma força notável. Estava decidida a tentar fazer Zach ver as coisas pelo seu ponto de vista enquanto tentava pegar o jeito em um novo emprego, em uma nova cidade, e nenhuma vez ela fraquejou. – Ethan fez uma pausa. – Ela não é mais criança. E ela já passou por muitas coisas. Nem precisamos entrar no mérito do que quer que tenha acontecido em Nova York. Você quer mesmo colocar mais tensão em tudo isso?

– E não é o que você está fazendo? – James retrucou. – Posso ter ficado longe muito tempo, mas isso não significa que não mantive contato. Posso não ter estado ali fisicamente, mas eu sabia o que estava acontecendo. Ela ligava e nós conversávamos. Eu podia não querer contato com meu pai, mas isso nada tinha a ver com a minha relação com meus irmãos. Eles sabiam que podiam me ligar a qualquer momento. Eu não costumava ligar, é verdade, mas sempre sabia o que estava acontecendo.

– Não duvido disso, James, não mesmo. Só estou dizendo que você não passou muito tempo com Summer para realmente conhecer a mulher em quem ela se transformou.

– Eu esperava que isso fosse acontecer quando voltei para a Carolina do Norte. Não tinha ideia de que ela se mudaria para Portland.

– Ninguém tinha. A chegada dela foi um certo choque para todos nós.

– Na época, meu pai e meu tio acharam que era a melhor opção. Que talvez ela precisasse de novos ares e da chance de experimentar trabalhar na empresa da família.

– Zach não ficou feliz com nada disso. Para ser sincero, eles brigavam quase todos os dias. Ainda não entendo por que ele pega tão pesado com ela. Summer não fez nada de errado, trabalhava duro e aprendia rápido. Ela fazia o que lhe mandavam fazer sem reclamar. Acho que ele se incomodava por ela estar lá. Aí Summer começou a falar da escalada e passou a ficar difícil eles ficarem na mesma sala.

– Se eu conheço meu irmão, isso é por conta do que disse antes. Para nós, Summer vai ser sempre nossa irmãzinha, a caçula da família.

– Mas não é justo – disse Ethan.

– Isso não muda nada. Infelizmente. – James se levantou e olhou para a cidade pela janela. – Zach gostava de sua independência e de comandar o escritório de Portland com pouca interferência da família. Ao enviarem Summer para lá, ele passou a precisar lidar com ela, que é o mesmo que lidar com a família, e provavelmente achou que ou a tinham mandado para espionar, ou ele precisaria bancar a babá.

– Quando eu a encontrei depois de ela ter fugido, antes da viagem para Denali, ela disse que só queria parar de ser uma distração para Zach – disse Ethan. – Ela sabia que, se ficasse, seria um incômodo até o momento do embarque. Então, achou que viajar seria a melhor solução. – Ethan pensou na tristeza em seu rosto no momento em que a encontrou pela primeira vez nas termas. – Ela queria tanto que ele a ouvisse, que a levasse a sério. Acho que é o que ela quer de todos vocês.

– Deus, Ethan... Isso não vai acontecer assim, da noite para o dia, se é que vai acontecer. E, em nossa defesa, Summer não tem o melhor histórico, também. Você não pode nos culpar por agirmos da forma como agimos sendo que ela sempre foi um pouco irresponsável e avoada.

– Ela mudou – disse Ethan. – Não quero dizer que ela não vá acordar um dia e decidir que quer aprender salsa ou carpintaria, mas é por que ela é assim. E devemos amá-la por isso, não condená-la.

– E você? – James perguntou abruptamente.

– Eu o quê?

– Você a ama?

Merda.

– Isso não é um assunto que eu vá discutir com você sem antes ter discutido com ela.

James riu.

– Se você não pode admitir para mim, então, tenho minha resposta. E isso me faz acreditar que está só se divertindo com ela.

Ethan revirou os olhos.

– Não tem resposta nenhuma! Você não é mais policial, e isso não é um maldito interrogatório, não importa o que você ache. O que acontece entre mim e a Summer é entre mim e a Summer. Não tem a ver com você. Nem com sua família.

– Então, o que você está dizendo, Ethan? O que você acha que vai acontecer a partir daqui?

Aí estava a pergunta de um milhão de dólares.

– Sinceramente?

James fez que sim.

– Sei que não tenho direito de pedir, mas peço que não diga nada a ninguém no momento. Você pode não concordar, mas estou tentando proteger a sua irmã de se sentir mais culpada ou de ouvir mais sermões. Não quero que ninguém a perturbe. Certamente não quero vê-la chorando outra vez.

James bufou e se afastou da janela.

– Você está pedindo muito. Não sei se consigo simplesmente ficar sentado sabendo que vocês dois estão agindo pelas costas de todos. Não é certo.

– Por quê? – Ethan o questionou. – Por que não é certo? Não é da conta de nenhum de vocês!

– Ela é minha irmã! Poxa, parece que estamos andando em círculos aqui, cara, e eu estou ficando um pouco cansado disso!

– Só... só nos dê um pouco mais de tempo, ok? Vamos ver como o Zach se recupera enquanto vemos como isso segue. Em algum momento, todos terão de ir para casa. O Ryder está ansioso para voltar para a Casey e para o bebê, sei que você está louco para voltar para a Selena... Já tem tanta coisa para todos lidarem por ora, por que acrescentar mais uma?

James não tinha o que responder.

– Está bem. Não vou dizer nada a ninguém. Mas, acredite, Ethan, estou de olho em você.

– Se não se importar com a pergunta, como você descobriu? Temos sido cuidadosos.

– Eu estava vindo ver se ela queria tomar café da manhã comigo quando a vi saindo do seu quarto seminua. – Ele fez um som de nojo. – Não vou mentir para você. Quis te matar.

– Merda. Nós não vimos você.

– Se eu tropecei em vocês, pode ter certeza de que pode acontecer de novo com meu pai, com Ryder ou mesmo com meu tio. Se forem manter isso em segredo, precisam tomar mais cuidado – ele resmungou. – Nem acredito que eu disse isso.

– Isso significa que temos sua bênção?

James olhou para ele.

– Não abuse da sorte. Eu não diria tanto. Vamos apenas dizer que eu... estou observando. – James deu mais alguns passos pelo quarto para organizar os pensamentos. – Não se engane, Ethan, se eu achar, por um segundo, que você está fazendo merda, fazendo com que ela se sinta ou pareça uma puta que você pegou por aí, as coisas não vão terminar bem para o seu lado. Sei que você acha que nem liguei para a Summer durante os anos que fiquei longe, mas você está errado. E agora que estou de volta, pretendo garantir que ela seja feliz.

– É só o que quero para ela – disse Ethan, solenemente.

– Nós nos conhecemos há muitos anos, Ethan – James o alertou. – Mas isso não significa merda nenhuma se você machucar a minha irmã.

– Anotado.

Sem mais nada a dizer, James caminhou na direção da porta. Já com a mão na maçaneta, ele se virou para Ethan uma última vez:

– Deixe-me perguntar uma coisa.

– O que quiser.

– Se não tivesse acontecido isso com o Zach, você ainda estaria mantendo isso em segredo?

Era uma boa pergunta.

– Não sei. Se não fosse pela escalada, Summer e eu não teríamos tido esse tempo sozinhos. Não sei se algum dos dois faria alguma coisa ou tomaria alguma iniciativa em relação ao que sentimos um pelo outro.

James continuou a olhar para Ethan.

– Agradeço sua sinceridade. Todos sabíamos que ela tinha uma queda por você quando era criança, mas achei, e acho que todos também acharam, que isso tinha passado. Acho que estávamos errados. – Ele balançou a cabeça. – Não diga a Summer que tivemos essa conversa. Se ela está tão fragilizada quanto você diz, não quero ser motivo de mais preocupação.

Ethan concordou e acenou quando James saiu do quarto, fechando a porta atrás de si.

– Bem, um já foi, agora só faltam mais ou menos outros doze Montgomery. – Ethan jogou-se na cama.

Capítulo 12

Se Ethan achava difícil manter sua situação com Summer em segredo antes, agora aquilo chegava a ser doloroso. Saber que James sabia e não poder contar para Summer era uma forma de tortura.

Todos voltaram para o hospital naquela tarde, e Ethan sentia o peso do olhar de James. Ele precisava dar o braço a torcer: se James costumava usar essa técnica quando era policial, Ethan tinha certeza de que muitos suspeitos confessavam qualquer ato errado que tivessem cometido. Summer estava alheia a tudo isso, principalmente por estar muito ansiosa para ver Zach.

– E se ele ainda estiver bravo comigo? – ela perguntou delicadamente enquanto estavam sentados no banco da frente da van. – E se ele me culpar por tudo isso?

Ethan não sabia o que dizer e, por sorte, Gabriella respondeu:

– Summer, já conversamos sobre isso. Zach sabia os riscos que corria. A empresa de turismo delineou todos os possíveis cenários com eles durante o treinamento. Sei que você e Zach não estavam se entendendo antes de ele partir para essa viagem, mas duvido muito que ele encontre um jeito de culpar você.

Summer não estava convencida.

– Oh, por favor... Na maioria dos dias, no escritório, ele encontrava formas de me culpar por coisas erradas em departamentos que eu ainda nem tinha visitado.

Ethan ouviu e franziu o cenho. Summer estava certa; foi sobre isso que ele e Zach discutiram na noite antes da partida para a escalada.

James também estava escutando. Ele não quis acreditar em algumas das coisas que Ethan lhe dissera mais cedo, mas, ao ouvir Summer falando, seu coração ficou em pedaços por ela. O que o Zach estava pensando? Por que tinha sido tão duro com ela? Ele se mexeu no assento e virou-se para Summer:

– Ei. Não quero ouvir você falando assim. Zach não vai estar bravo com você e, se estiver, vamos todos ficar do seu lado.

Summer deu um sorriso trêmulo.

– Agradeço. Mais do que você imagina. Infelizmente, não seria justo discutir com ele no momento. Ele mal pode se defender contra todos nós – ela suspirou. – Se ele estiver irritado comigo, ou algo pior, vou ter que aguentar. Eu entendo. Entendo mesmo. Não é hora de brigar com ele, que deve estar irritado, assustado e com muita dor.

Dizer que James estava impressionado seria pouco. Talvez Ethan estivesse certo. De novo. Sua irmã tinha amadurecido muito. A Summer de quem James se lembrava era mimada, mais do que mimada, e estaria tentando provar que não tinha feito nada de errado, independentemente de quantas provas houvesse do contrário. Mas ao ouvi-la dizendo que não só estava disposta a aceitar a culpa como a aceitar a culpa mesmo não tendo culpa, bom, aquilo dizia muito. Talvez ela não fosse mais criança. Talvez pudesse se cuidar. E, talvez, mas só talvez, pudesse fazer suas próprias escolhas.

Mesmo quando o assunto fosse os homens que ela escolhia.

Ou o homem.

Ou Ethan.

Quando essa viagem de autodescobrimento chegaria ao fim?

Decidido a sair dos pensamentos de sua própria cabeça, James disse para Summer:

– Não vamos brigar com ele, mas tentaremos encaminhá-lo para a verdade.

– Mas ainda nem sabemos a verdade. Alguém falou com Mike Rivera? Temos mais informações sobre o que exatamente deu errado? Ficamos todos tão ocupados fazendo vigília ao lado de Zach e esperando algum sinal de recuperação que... bom, só posso falar por mim... esqueci até de perguntar como isso aconteceu.

Ethan puxou o celular do bolso.

– Estou ligando para ele. – Ele foi para o canto do banco e começou a falar em voz baixa.

Summer não queria ouvir, pois tinha medo do que poderia ouvir. Seu irmão segurava sua mão, e ela apertou forte:

– Obrigada.

James olhou para ela, confuso:

– Por quê?

– Por ser você – disse ela e sorriu. Um sorriso genuíno e sereno.

Ela o humilhou. Ele pressentia que ela não iria agradecê-lo se soubesse o que tinha acontecido entre ele e Ethan mais cedo. Ela provavelmente ficaria um pouco mais do que furiosa com ele.

– Só não quero mais ouvir você se maltratando, pequena.

Summer riu.

– Não sou mais criança, irmão mais velho. Acho que você precisa de outro apelido para mim.

James sorriu. Sim, dava para notar. Só era triste que tivesse sido preciso toda essa situação – e Ethan – para ele perceber.

•

Ninguém sabia ao certo o que esperar quando o doutor Peters os deixou entrar para ver Zach no quarto privado. Havia muitos tipos de ansiedade e aflição. Summer ficou mais para trás, escondida atrás de Ethan, e esperou para ver como seu irmão reagiria com todos.

– O que ela está fazendo aqui? – Zach soltou.

O coração de Summer disparou.

Robert Montgomery se aproximou do filho e perguntou:

– Quem?

– Ela – Zach apontou para Gabriella. – Que raios ela está fazendo aqui?

Summer precisava dar créditos à sua amiga: se as palavras de Zach a feriram, nunca seria possível saber.

– Ela está aqui desde que soubemos do acidente – disse Robert, com a voz mais delicada que já usara. – Veio com Summer e Ethan.

– E aí? A empresa está funcionando sozinha?

– Até a última vez que verifiquei, não era eu quem comandava a empresa – Gabriella retrucou com sarcasmo suficiente para calar Zach.

Depois disso, todos se aproximaram cuidadosamente do paciente para, pela primeira vez, ver realmente como ele estava. Zach fez o que pôde para responder o máximo possível de perguntas sobre como se sentia, mas logo começou a se incomodar com a situação, e o doutor Peters interveio.

– Sei que vocês estão todos animados por ver Zach e, finalmente, poder falar com ele, mas não queremos que ele se canse. Ele ainda tem uma longa recuperação pela frente. – O médico passou os olhos pelo quarto. – Por que alguns de vocês não vão pegar um café e esperar um pouco na sala de espera e depois se revezam?

Gabriella foi a primeira a sair do quarto.

William aproximou-se do sobrinho e sorriu.

– É bom vê-lo acordado – disse ele, colocando a mão sobre o ombro bom de Zach antes de se virar e seguir Gabriella.

Robert ficou onde estava. Não havia chances de sair de perto do filho tão depressa.

Ethan se aproximou da cama e olhou para Zach com um sorriso:

– Você sempre foi um cão farejador para o perigo.

Zach riu.

– É, mas devo estar perdendo meu dom, se estou nessa situação.

Os dois riram.

– Volto mais tarde, cara. Quer alguma coisa?

– Não estar em uma cama de hospital usando praticamente uma armadura seria um bom começo. Alguma chance de poder me ajudar?

Ethan negou e ergueu as mãos, rindo:

– Faltei nessa aula do escotismo. Você está por conta própria aqui.

– É, é... é o que todos dizem.

A brincadeira dos dois ajudou muito a acalmar os ânimos dos demais. Assim como William, Ethan colocou a mão no ombro bom de Zach e saiu.

Summer o seguiu. Sua garganta estava fechada de tanta emoção. Por mais que ela quisesse ir até o irmão e vê-lo de perto, tocá-lo, tinha medo de que ele fosse frio com ela como tinha sido com Gabriella. Ela ainda não estava pronta para isso.

Na sala de espera, Summer viu seu tio conversando com Gabriella, no canto. Ela não tinha ideia da razão pela qual seu irmão havia reagido daquela maneira ao ver sua assistente, mas sabia que certamente ele havia machucado os sentimentos de Gabriella. No entanto, ela não quis interromper a conversa deles. Ela se virou e esbarrou em Ethan:

– Oh! Desculpe. Não tinha percebido que você estava tão perto.

Ele ergueu as mãos para ajudá-la.

– Você está bem? Saiu do quarto do Zach logo depois de mim. Você ao menos falou com ele?

Ela balançou a cabeça, envergonhada.

– Você ouviu como ele falou com ela? – Summer apontou para Gabriella com a cabeça. – Ele não tinha nenhum motivo para estar bravo com ela e, ainda assim, falou como se a odiasse. Depois de ouvir vocês dois brincando, não quis acabar com o bom humor dele. – Summer olhou para Ethan e corou. – Na verdade, eu não queria estragar o meu humor. Se puder evitá-lo por um tempo... Se puder apenas observá-lo e ver que está tudo bem, então, talvez... – Uma lágrima rolou por seu rosto. – Talvez ele tenha um tempo para me perdoar.

Incapaz de aguentar a tristeza e a dúvida dela por mais tempo, Ethan a pegou pela mão e a levou até o sofá.

– Falei com o Mike... – ele esperou por algum tipo de reação dela. Quando seus olhos pareceram indicar ansiedade, ele continuou. – Cada alpinista está em um hospital, por isso não ligaram. Ele precisava, antes, falar com todos os seus guias e só depois com os alpinistas. Ele teria vindo falar com Zach, mas soube que ele estava sedado.

– Zach foi o que ficou mais ferido?

Ethan negou.

– Parece que outros três estão em condições similares. Com ferimentos que variam de cortes e hematomas a leve hipotermia, ossos quebrados, concussões e... lesões medulares.

– Oh, Deus...

– Summer – disse Ethan pegando as mãos dela nas suas e as acariciando para chamar a atenção dela –, o Mike disse que a tempestade chegou de repente. Eles estavam em uma parte especialmente íngreme da montanha, em um pedaço bastante estreito. De um lado havia a montanha e, do outro, um penhasco. Todos estavam presos pela mesma corda e estavam caminhando quando uma forte rajada de vento bateu e um dos membros perdeu o equilíbrio e caiu. Estavam pendurados por um fio quando Zach entrou em ação para ajudá-los. Depois veio outra rajada e começou uma reação em cadeia. – Ele esperou a informação ser assimilada. – Não foi sua culpa, Summer. Zach estava tentando salvar quem estava precisando e o tempo se virou contra eles. Ele não tem nenhum motivo para estar bravo com você.

As palavras a encheram de esperança. Não era sua culpa! Ela não havia distraído seu irmão e o feito cometer um erro bobo que, por sua vez, teria causado ferimentos muito graves! Summer queria pular e abraçar alguém, queria gritar de alegria! Queria...

– Espere aí... – disse ela, e pareceu que toda a alegria a havia abandonado. – Mas ele estava bravo comigo antes de partir. E se ele continuar bravo?

Ethan revirou os olhos.

– Por que você está procurando problema onde não tem? Falei para você que eu e ele conversamos antes da viagem e que ele percebeu como estava sendo duro com você. Não pode ter um pouquinho de fé? Um pouquinho de esperança de que ele vá ficar feliz em vê-la?

– Se eu for considerar experiências prévias...

– Então, não considere as experiências prévias – Ethan a provocou e, incapaz de se conter, aproximou-se e lhe deu um beijo na testa. – Esqueça tudo o que aconteceu antes da escalada. Vamos olhar para isso como uma tela em branco e esperar que Zach faça o mesmo, ok?

Ela concordou e olhou para o outro lado da sala, onde Gabriella e seu tio continuavam em pé.

– Me sinto tão mal por ela. E, acredite, sei exatamente como ela se sente.

– Sim, não entendi aquilo e acho que não descobriremos tão cedo. – Ethan olhou para o relógio. – Não sei quanto tempo seu pai e seus irmãos ficarão lá. Quer alguma coisa? Algo para beber? Um lanche?

Summer fez que não.

– Vou até ali ver como Gabriella está. Talvez você possa conversar com tio William e ver a versão dele da história.

Ele era o outro Montgomery, além de Summer, com quem Ethan não se incomodava de conversar. Então, ele rapidamente aceitou a sugestão.

•

Dividir para conquistar. Era uma boa tática, e Summer esperava que fossem vitoriosos na tarefa de descobrir o que estava acontecendo. Ela odiava admitir, mas estava aliviada de ter sido poupada da ira de Zach. No entanto, sentia-se mal por ter sido às custas de Gabriella.

– Quer pegar um pouco de ar? – Summer perguntou a Gabriella.

Gabriella pareceu apreciar a distração e, murmurando um agradecimento para William, seguiu com Summer para o elevador.

Desceram em silêncio e foram até a cafeteria pegar um chocolate quente.

E depois se sentaram no banco na entrada do hospital.

– William viu Ethan te beijar – disse Gabriella ao se sentarem.

– O quê? Quando?

– Agora há pouco, na sala de espera.

Droga.

– E o que ele disse?

– A princípio, nada. Só levantou as sobrancelhas e sorriu.

– Ah, ótimo... – Summer resmungou.

– Eu disse que estávamos todos nervosos pensando que Zach culparia você pelo acidente e que Ethan, provavelmente, estava apenas tentando fazer você se sentir melhor. Como um irmão mais velho postiço.

– Você acha que ele acreditou?

Gabriella virou-se para ela, incrédula.

– Você está brincando? Sabe qual é o passatempo do seu tio, não sabe?

– A história de arranjar casais? – Gabriella fez que sim. – Ah, por favor! Ele fez com os próprios filhos. Não está mais tentando fazer isso, especialmente não com a gente.

– Tem certeza? Já o ouvi se dando crédito por ter feito a Casey e o Ryder voltarem, assim como no caso do James e da Selena. Você acha que ele não está observando você e o Ethan e tendo ideias?

Por mais que Summer não quisesse pensar nisso, parecia fazer sentido. Se seu tio entrasse no jogo para unir os dois, então ela teria um aliado na família. Hum...

– Acho que coisas piores podem acontecer – Summer disse, sem dar muita atenção, e tomou um gole de seu chocolate.

– Sim, como o seu irmão falar alguma grosseria e fazer você se sentir completamente deslocada na frente de todos.

– Meu irmão é um idiota. Eu sinto muito, Gabs. Não sei o que passou pela cabeça dele.

– Que eu não deveria estar aqui. Que eu sou apenas uma funcionária e deveria estar na minha mesa como uma boa garota. Que eu deveria ter uma vida ou interesses fora do trabalho.

Ok, de onde surgiu tudo isso?, Summer se questionou.

– Ele está se sentindo pressionado e sabe que pode contar com você para manter tudo em ordem enquanto ele estiver longe.

– Talvez. – Gabriella encolheu os ombros. – Ele só não precisava ter sido tão agressivo.

– Está brincando? Acabou de conhecer meu irmão? Você se esqueceu de toda a agressividade com que ele me tratou desde que cheguei a Portland?

– É diferente. Ele não odeia você, só achou que sua família estava tentando controlá-lo fazendo com que ele cuidasse de você.

– Sabe, odeio que todos fiquem repetindo isso, como se eu fosse uma criança que precisa de cuidados.

– Não importa a sua idade, Summer. Para eles, você vai sempre ser a irmãzinha caçula. É até bonitinho.

– Claro, quando não é um insulto.

Elas ficaram ali, em um silêncio amigável por um bom tempo, até o celular de Summer tocar. Tirando-o da bolsa, ela viu uma nova mensagem de texto de Ryder. Guardando o telefone de volta, deu mais um gole no chocolate e se levantou.

– Hora de entrar na cova do leão.

Gabriella olhou para ela, confusa.

– Desculpe?

– Fui convocada à sala real. Parece que ambas devemos cortejá-lo.

– É como ser chamada à sala da diretoria. Só que pior. – Gabriella se levantou e, juntas, entraram novamente no edifício.

– Ao menos vamos fazer isso juntas, certo? – Summer disse, esperançosa.

Mas Gabriella andava em silêncio ao seu lado.

Ficou em silêncio até o elevador.

E enquanto andavam pelo corredor.

Passaram pela sala de espera e chegaram à porta do quarto de Zach.

– Ok, isso é ridículo – disse Summer, virando-se para Gabriella. – Não precisamos ter medo dele. Precisamos de compaixão e compreensão porque ele está ferido e com dor. Então, vamos entrar e visitá-lo como se ele não tivesse acabado de agir como um completo idiota com você e ter sido um durante todo o mês comigo. Feito?

A única confirmação foi um breve meneio de Gabriella, enquanto abria a porta. Summer estava dois passos atrás dela e congelou ao perceber que estavam apenas as duas com Zach. Nenhuma delas queria se mover para entrar no quarto por medo do que ele iria dizer.

Como se sentisse o receio, Zach revirou os olhos e disse:

– Sério mesmo? Eu mal posso mexer um músculo por conta própria. Acho que estarão seguras mais perto.

Summer entrou primeiro, e assim que chegou ao lado da cama, desatou a chorar e inclinou-se para abraçá-lo. O braço bom dele a envolveu em um abraço. Zach sentia os soluços da irmã chacoalhando seu corpo e soube que era o responsável por isso.

– Ei, chorona, pare com isso. Não precisa chorar – disse ele com delicadeza.

Summer ergueu a cabeça e olhou para o irmão como se ele fosse louco. Ele não a tratava com carinho já há muito tempo. Anos, na verdade.

– Sinto muito. Eu fui um estúpido desde que você chegou a Portland, e não fui justo com você. Não há desculpas para o meu comportamento. – Zach tentou se encolher, mas o esforço o fez gritar de dor. – Droga. Eu não percebia como estava sendo duro com você. Ethan me fez pensar a respeito, e tudo o que posso dizer é que não foi nada que você tenha feito, Summer; o problema era comigo. Você pode me perdoar?

Nem em um milhão de anos Summer teria imaginado que essa seria a conversa que teriam naquele momento. Ela se ajeitou e secou as lágrimas.

– É claro que eu o perdoo, seu grande idiota – disse ela com um sorriso acanhado. – Você é meu irmão, e eu te amo. Não conseguia suportar pensar que você me odiasse ou não me quisesse por perto.

Ele riu e estremeceu. E xingou.

– Ainda não acho que você tenha futuro na empresa, mas estou feliz por você estar aqui. E lá. Em Portland – gaguejou Zach. – Você sabe o que quero dizer. Nós todos só queremos que você seja feliz, e não quero que se sinta pressionada a ficar em Portland ou na empresa. Você precisa fazer o que te fizer feliz. E tenho certeza que é algo um pouco mais... criativo, digamos, do que o que fazemos.

Imediatamente, Summer quis discutir com ele, lembrá-lo de que ela não precisava estar fazendo algo criativo porque não era isso o que a definia. Mas não era a hora. Ele estava se esforçando para ser gentil, e ela não estragaria o momento. Poderiam discutir seu futuro na empresa em qualquer outra oportunidade.

Ela puxou uma cadeira, sentou-se ao lado do irmão e perguntou como ele estava se sentindo. Summer descobriu que estava gostando de ouvir a voz dele. Era o irmão de quem ela se lembrava, o irmão com quem ela gostava de estar. O homem com quem ela trabalhava não lembrava em nada aquela pessoa, de jeito nenhum. Ela o ouviu falar sobre a dor física que estava sentindo, e seu coração se apertou quando ele contou da queda em si. O que ele tinha passado era absolutamente aterrorizante, e Summer nunca tinha se sentido tão grata na vida quanto estava por ter Zach ali, conversando com ela, mesmo estando bastante ferido e cheio de fraturas. Ela não tinha ideia do que faria se o tivessem perdido.

Quando ele terminou a história, olhou para Gabriella. Ela estava imóvel na entrada do quarto, onde tinha ficado todo o tempo enquanto Zach e Summer conversavam e faziam as pazes.

– Quem está cuidando do escritório? – ele disse, secamente.

– Bob Davis está cuidando das operações cotidianas. Ethan liga para ele ao menos três vezes por dia para verificar o andamento de tudo.

– E quem está fazendo o seu trabalho?

– Minha assistente, a Carolyn. Com você fora do escritório, a carga de trabalho dela não é muito grande. Ela cuidou do reagendamento de compromissos e está mantendo tudo atualizado para que eu não tenha problemas quando voltar. Se você se recordar, foi sua decisão que eu tirasse minhas férias enquanto você estivesse viajando. Não estou perdendo nada de importante. Falo com ela quase todos os dias, então, pegar o ritmo não será um problema quando eu voltar.

– Você deveria fazer isso, provavelmente. Voltar – disse ele, para não deixar dúvidas.

Gabriella ficou um pouco mais alta ao se aproximar.

– Provavelmente. Agora que confirmamos que você está vivo e em recuperação, não há motivos para eu estar aqui.

– Nunca houve – disse ele, com um tom duro na voz. – Você seria mais útil em Portland, garantindo que tudo está funcionando como deveria. Bob é bom, e bastante ético, mas não sabe tudo o que é preciso para comandar a empresa.

– E nem eu – retrucou Gabriella. – Afinal, sou contratada apenas para ajudar.

Zach franziu o cenho diante do tom de sua resposta.

– Você trabalha comigo diariamente. Sabe o que precisa ser feito antes mesmo de eu dizer. Por isso precisa estar lá.

Sem nem mais uma palavra, Gabriella concordou, deu meia-volta e saiu pela porta. Summer permaneceu sentada, de queixo caído. Se ela achava que Zach tinha sido duro com Gabriella antes, o que presenciara agora tinha sido muito pior. Ela olhou para o irmão e o viu fitando a porta fechada. Summer limpou a garganta e, cuidadosamente, perguntou:

– O que foi isso?

– O quê? – Zach respondeu, virando-se para ela como se estivesse saindo de um transe.

– Com Gabriella. Você foi um pouco duro. Ela estava muito preocupada com você, e tê-la aqui conosco foi extremamente útil. Ela cuidou de todo o transporte e das reservas no hotel. Não sei como ela consegue manter tudo em ordem na cabeça, mas é extremamente organizada.

– Sim – disse ele e bocejou. Zach queria muito espreguiçar, mas os gessos, os pinos e os curativos não deixavam.

– Você precisa descansar – disse Summer ao se levantar e dar um beijo no rosto do irmão.

– Estou descansando há dias. Eu quero é sair dessa maldita cama.

Summer riu.

– Eu estava pensando quanto tempo demoraria até você começar a reclamar. Deveríamos ter feito apostas.

– Tente ficar um tempo nessa posição e me diga se não estaria louca para sair dela.

– Me pegou – ela riu e desejou poder fazer algo para confortá-lo. A porta se abriu e Ethan entrou, colocando o celular no bolso. Summer sorriu e disse:

– Quantas vezes já disseram que não é permitido usar o celular aqui?

Ele fez uma careta.

– Era uma emergência de trabalho. Me processe.

– Emergência? – Zach perguntou, aflito. – O que houve?

Ethan percebeu imediatamente seu erro. Eles deveriam manter Zach tranquilo, e lá estava ele falando de trabalho. Muito bom.

– Não... não é nada. Mesmo. Bob está com tudo sob controle. – Zach lançou um olhar desconfiado, e Ethan se encolheu diante da fiscalização. – O que foi?

– Olhe, eu posso ter batido a cabeça quando caí, mas não sou retardado. Algo está errado, o que é?

Andando pelo quarto, Ethan foi até o lado da cama e achou melhor contar para Zach o que estava acontecendo, ou corria o risco de agitá-lo ainda mais.

– Morrison quer romper os contratos fechados.

– O quê? – Zach rugiu e depois xingou por não poder se mover. – Por quê? Teoricamente era um negócio fechado!

– Morrison ficou sabendo do acidente e que por isso você ficaria fora da comissão por um tempo e ficou receoso. Bob garantiu que nada mudaria e que você voltaria logo, mas nossos concorrentes já estão agindo e tentando captar nossos clientes.

– Desgraçado – resmungou Zach. – Você vai falar com Morrison?

– Já deixei uma meia dúzia de mensagens. Parece que ele não quer conversar. Ele concordou em se encontrar com Bob antes de romper o contrato, mas não acho que fará diferença.

– Então você precisa ir se encontrar com ele – disse Zach, com firmeza. – Volte para o hotel, faça as malas e volte para Portland.

– Não posso – protestou Ethan.

– E por que não?

Por que Zach sempre precisava complicar uma discussão?

– Olha, não se irrite... Seu pai estava ao meu lado quando recebi a ligação e ele quer fazer uma conferência com Morrison diretamente daqui, assim poderemos todos falar com ele e tentar acalmá-lo. Parece que uma das principais questões é que ele quer lidar com um Montgomery. Eu posso ir, mas não sou da família.

– Eu vou – disse Summer, diplomaticamente. – Vocês todos ficam aqui e eu volto para Portland, me sento com ele e, se precisar, seguro sua mão – ela esperava muitas possíveis reações (agradecimento, alívio, gratidão), mas o que recebeu foi uma gargalhada. E ela não sabia se quem estava rindo mais era Ethan ou seu irmão. – O que há de tão engraçado?

Zach olhou para ela como se ela tivesse duas cabeças e, depois, virou-se para Ethan.

– Acredita nela? Um mês brincando de empresa e acha que pode se sentar com um gigante como Morrison! – Ele riu até quase chorar de dor.

Ethan balançou a cabeça e tentou controlar a risada. Ele colocou a mão no braço de Summer e disse:

– Summer, você não faz parte dessa equipe. Um cara como Morrison não é alguém com quem você possa lidar. Você não pode fazer cookies ou ensinar a filha dele a dançar. Ele vai olhar para você e fugir de nós definitivamente.

Ela estava furiosa. Eles não só não estavam dispostos a levá-la a sério como estavam abertamente fazendo piada com sua proposta. Summer podia não saber muito sobre o mundo corporativo – ou sobre o amor, ao que tudo indicava –, mas sabia que aquilo não ficaria assim.

Uma ideia começou a tomar forma em sua cabeça. Ao olhar para os dois homens que estavam diante dela, decidiu fingir que estava tudo bem.

– Acho que vocês têm razão. Vocês me conhecem, tendo a me jogar nas coisas sem pensar. – Summer se esforçou ao máximo para colocar um sorriso falso no rosto e ficou feliz quando viu que tinham acreditado. – Tenho certeza de que ele adoraria os cookies, mas sei que essa não é a imagem que querem para a empresa. Sinto muito. – Seu sorriso estava radiante, e seu tom de voz, leve e sereno. Ela olhou o relógio antes de se inclinar e dar um beijo na testa de Zach. – Vou deixar vocês dois conversando sobre os negócios. Vou ver como a Gabriella está e vejo vocês depois!

Com um sorriso e um aceno, Summer saiu do quarto e entrou no primeiro quarto que achou para ligar para Gabriella. Por sorte, ela atendeu rapidamente.

– Onde você está?

– Aqui embaixo, esperando um táxi.

– Não vá embora sem mim. Estou descendo.

– Espera aí, por quê?

– Explico no caminho.

Summer desligou o telefone e se esgueirou pelos corredores até a saída sem que ninguém de sua família a visse. Seu coração estava acelerado, e ela só respirou tranquilamente quando chegou ao piso principal, perto da saída.

Ela pisou para fora do hospital no instante em que Gabriella tinha conseguido um táxi. Chegando ao lado da amiga, Summer olhou para o rosto confuso dela:

– Você e eu vamos mostrar para esses idiotas do que somos capazes.

Gabriella não precisava saber dos detalhes. Tudo o que ela sabia era que, qualquer que fosse o plano de Summer, ela estava cem por cento dentro.

Capítulo 13

– Não sei se deveríamos ter pegado o avião da empresa – Gabriella disse duas horas depois, quando o avião decolava.

– Ah, deixa disso. Ele estava ali parado, sem ser usado. E Mark sabe que precisa voltar assim que aterrissarmos em Portland. Depois de dormir um pouco, obviamente.

– Claro. – Gabriella concordou mecanicamente, embora ainda não estivesse segura de que o que estavam fazendo era certo. Ela se virou no assento até ficar de frente para Summer. – Então, me diga de novo o que vamos fazer, exatamente?

– Acho fofo como você se lembra de todos os detalhes do que todos dizem e agora está com problemas de memória.

– Ok, vamos dizer que eu apenas acho que as coisas não serão tão simples quanto você planejou.

– Um pouco de fé – disse Summer com um sorriso confiante. – É o seguinte: você já ligou para Bob e disse que Ethan e meu pai não podem ser perturbados porque estão em reunião com os médicos do Zach, certo? – Gabriella fez que sim. – Ok, assim que Mark nos der permissão, vamos ligar para Bob e dizer que estou a caminho de Portland e que vou fazer uma reunião com esse tal de Morrison. Bob não vai achar estranho, porque, vamos encarar os fatos, ele já está com um baita problema. Vai ficar tão grato que alguém esteja indo ajudá-lo com essa bagunça que não vai questionar qual Montgomery está a caminho.

– Sim, mas você pode fazer isso? – Gabriella perguntou cuidadosamente. – Quer dizer, sei que você é uma mulher excepcionalmente talentosa, Summer, e ainda não descobriu nada na empresa que não possa fazer, mas... vamos ser realistas. Zach estava te dando só os restos. Não deixou você colocar as mãos em nada importante ainda. E se você for falar com Morrison e ainda assim ele cancelar o contrato?

– E se fizermos isso e ele ficar? – ela retrucou.

Sempre havia a possibilidade, mas Gabriella tinha suas dúvidas.

– Você sabe que a sua família toda, e Ethan, vão surtar quando descobrirem o que fizemos, certo?

– Eles têm sorte de eu não ter feito um escândalo no hospital. Quer dizer, uma coisa é eles acharem que eu sou algum tipo de idiota e outra, bem diferente, é dizer isso na minha cara.

Era difícil não concordar com isso.

A voz de Mark pôde ser ouvida pelo alto-falante, e ele dizia que elas já tinham permissão para usar telefones e equipamentos eletrônicos. Summer olhou para Gabriella, ansiosa.

– Você liga para o escritório ou eu ligo?

– Eu ligo. Vai parecer mais oficial se eu ligar – disse Gabriella. – Sem ofensas.

– Sem problema. Você está brincando? Se a ligação vem da assistente-executiva do presidente, tenho certeza de que levam a sério. Você é um gênio do mal. – Summer sorriu com ar de conspiração. – Quando terminarmos, acho que nós duas mereceremos um pedido de desculpas. De todos.

Gabriella pressentia que o grande Zachary Montgomery não se desculparia com uma mera funcionária. Com a irmã, sim. Com funcionários, não. Respirando fundo, ela pegou o telefone.

– Estamos certas disso? Você não tem ideia de qual é o problema exato com o Morrison.

– Escute – Summer começou –, sei que todos olham para o meu currículo e acham que eu só sei lidar com amenidades. O que todos escolhem ignorar é que me formei em psicologia e que fiz um ano de veterinária...

– Da última vez em que conferi, Morrison era humano.

— Muito engraçado — retrucou Summer. — O que estou dizendo é que tive muitas aulas de sociologia e psicologia aplicada aos negócios. Sei muito sobre como lidar com pessoas e, fora isso, eu sou uma pessoa de pessoas. Você viu como foi minha interação com todos no escritório. Sei ouvir, decifrar o problema e encontrar uma solução. Com caras como o Morrison, pelo pouco que peguei da conversa de Ethan e Zach, muitas vezes é só uma questão de ego. Ele está bravo com a ausência do Zach e agora se sente como se não fosse importante o suficiente para poder falar com o presidente da empresa. — Ela revirou os olhos. — Isso é tão idiota, na verdade. É provável que demore apenas alguns minutos para fazer esse cara sentir que não há ninguém no mundo mais importante do que ele e não apenas fazê-lo mudar de ideia, mas também convencê-lo a fazer ainda mais negócios conosco.

Gabriella franziu o cenho.

— Não pode ser assim tão simples.

— E por que não? Homens sempre fazem tudo ser mais difícil do que precisa ser. Acredite em mim. Tenho três irmãos e uma centena de primos homens. Sei do que estou falando. E mesmo se não soubesse, só de ter lidado com Ethan nas últimas semanas já provaria meu ponto.

— Você sabe que vai ter que lidar com ele em algum momento, certo, Summer? Sei que você está chateada e sentiu que deveria fugir, mas tenho certeza de que ele também ficará bravo.

— Bom, então ele pode entrar para o clube. Eu estou brava com ele porque ele riu de mim. Estou brava porque não me defendeu. Estou brava porque nem chega perto de mim quando meus irmãos ou meu pai estão por perto. Estou brava por estar tudo bem eu ter que entrar escondida e fugir do quarto dele! Ele pode ficar bravo.

— Ok, ok, calma, garota — Gabriella riu. — Estou do seu lado. Só estou ressaltando os pontos óbvios. Quanto tempo você acha que vai demorar até perceberem que fomos embora?

Summer olhou para o relógio.

— Bom, todos sabem que você foi embora do hospital e que eu fui ver como você estava, então, não vão suspeitar. Podem ligar para o hotel quando estiverem indo jantar para ver se queremos jantar com eles e, se não atendermos, vão achar que estamos fazendo birra. — Ajeitando-se no banco, Summer pensou nas opções. – Ou podemos atender e dizer que saímos, que fomos ver um filme, algo que nos teria feito ficarmos fora do hotel até tarde.

– Isso parece ótimo, até Ethan ficar no quarto esperando você aparecer. Quando isso não acontecer, com ele pensando que estamos na cidade, vai achar que aconteceu alguma coisa e deixar todos preocupados.

– Hum... eu não tinha pensado nisso – murmurou Summer. – Ok, então ficamos mudas e eles ficam achando que estamos fazendo birra. À noite, quando saírem do hospital e voltarem para o hotel, vão passar no nosso quarto e não responderemos. Então, provavelmente, vão entrar em contato com a recepção e com o *concierge* e descobrirão que fomos embora.

– E será muito tarde para fazerem alguma coisa, porque já estaremos de volta a Portland – concluiu Gabriella. – Será tarde demais para Mark voltar ainda hoje e, se fizermos tudo certo, podemos marcar a reunião com Morrison para o primeiro horário de amanhã e terminar antes de Ethan e seu pai voltarem. – Ela olhou para Summer e sorriu. – Se isso realmente funcionar, terá sido uma jogada de mestre.

– Se isso realmente funcionar, vou poder garantir meu lugar nessa família e fazer com que todos parem de me tratar como criança.

– Não vai acontecer. – Gabriella gesticulou. – Você é a caçula da família e a única mulher.

– Ótimo.

– Mas – ela acrescentou, esperançosa –, eles vão descobrir que você pode cuidar de si mesma.

– É o meu sonho.

Gabriella se levantou, foi até a geladeira e pegou uma bebida para cada uma. Ao voltar, entregou uma lata de refrigerante para Summer.

– E como você acha que vai se resolver com Ethan?

– Eu queria saber – disse Summer. – Por mais que eu queira estar com ele, não sei se consigo ficar com alguém que não me defende, que não acredita em mim.

– Talvez ele só tenha feito isso por causa do Zach.

Summer balançou a cabeça.

– Isso deixaria tudo ainda pior. Sei que antes ele me defendeu para o meu irmão, sei que Ethan fez o que pôde para Zach entender a situação pouco antes da escalada. Mas hoje foi diferente. Machucou.

Gabriella colocou a mão no joelho da amiga.

– Ei! – Ela disse, delicadamente. – Você sabe que ele está numa posição desconfortável com a sua família. Talvez você devesse ser mais tolerante com ele.

– Não – respondeu Summer, também delicadamente. – Se Ethan realmente gostasse de mim, pensasse em nós, no futuro, teria sido um pouco mais gentil em suas palavras e ações. Isso me deixa de coração partido, porque mostra que ele não é o homem que eu imaginava.

– Você o ama?

Summer fez que sim, com os olhos repletos de tristeza:

– Sempre. Sempre amei e tenho certeza de que sempre vou amar. Mas preciso de alguém que me coloque como prioridade, sem se importar com as consequências. – Ela se encolheu. – Sei que minha família teria feito tudo ser mais difícil, mas depois todos seguiriam adiante. Ethan está tão empacado em buscar a segurança e não irritar ninguém que nunca considerou quanto estava me machucando. – Summer fez uma pausa e respirou profundamente.

Incapaz de se conter, Gabriella colocou o refrigerante de lado e abraçou a amiga.

– Sinto muito, querida. Realmente achei que vocês dois fossem ficar juntos. Quando Ethan me pressionou para dizer onde você estava, quando você foi para as termas, fiquei realmente torcendo para que ficassem juntos.

Summer se afastou do abraço:

– Verdade?

Gabriella confirmou.

– Era tão óbvio que os dois se gostavam. E eu sabia que, se não fosse pelo seu irmão, você já teria tomado a iniciativa. Achei que com um leve movimento na direção certa, finalmente teriam a chance de explorar a química que tinham. – Ela puxou Summer novamente e a abraçou bem forte. – Sinto muito.

– Eu também.

Depois de alguns minutos, elas encerraram o abraço e se ajeitaram em suas poltronas. Gabriella se lembrou de que ainda precisava fazer a ligação.

– Melhor ligar logo para Bob e deixá-lo ocupado. Se queremos que o plano dê certo, ele precisa conseguir marcar a reunião com Morrison no escritório para amanhã pela manhã. Vou falar para ele separar toda a informação que você precisar e enviar para sua casa. Você tem fax lá?

– Não. Peça para ele escanear e me mandar por e-mail. Assim vou ter tudo no computador e, se ele for rápido, já consigo começar a ver enquanto voamos, pelo celular.

– Boa ideia.

Gabriella se ajeitou e fez o que fazia melhor. Com seu melhor tom autoritário de assistente-executiva, ela deu ordens ao pobre Bob Davis e fez questão de deixar claro que dependia de ele fazer tudo dar certo, ou Zach ficaria muito insatisfeito. Ela se sentiu um pouco culpada por isso, mas trabalhava com Zach há tempo suficiente para saber exatamente como falar com os executivos para que fizessem o que precisava ser feito.

Assim que terminou de falar com Bob, ela fez uma nova ligação. Summer ficou confusa.

– Por mais que você seja uma mulher de negócios, vai querer Maylene com você esta noite.

– Oh, meu deus! Sim! Obrigada por pensar nisso!

Gabriella sorriu.

– Ei, é só...

– O que você faz – Summer terminou a frase da amiga. – Eu sei, eu sei, e fico muito grata por isso. – Ela cruzou as pernas e olhou para Gabriella. – Odeio ter ficado tanto tempo longe de Maylene. Será que ela vai se lembrar de mim? É só um bebê!

– Ah, Summer, ela é um filhote, não é uma pessoa. E tenho certeza de que ela vai se lembrar de você. Ela pode ficar um pouco pirracenta nos primeiros dias, mas logo vocês voltam à velha rotina.

– Pirracenta, huh? – Summer franziu o cenho. – Não tinha pensado nisso.

– Se eu fosse você, esconderia os sapatos.

Summer arregalou os olhos.

– E as almofadas.

Aquilo não parecia bom.

– E basicamente tudo o que tiver valor para você.

– Acho que teremos de voltar ao adestramento até eu voltar de vez para casa – disse Summer.

– Então você pretende ficar em Portland mesmo depois de tudo isso?

Summer encolheu os ombros.

– Eu não sei. É muita coisa para pensar. Quer dizer, eu realmente gosto de lá, mas se as coisas não derem certo entre mim e Ethan, não acho que eu possa ficar. Aí, provavelmente, eu volte para a Carolina do Norte e tente trabalhar com James, Ryder ou um de meus primos.

– Eu odiaria ver você partir, Summer. Você é minha melhor amiga. – Gabriella disse em voz baixa. – Na verdade, é a única amiga de verdade que tenho.

Era duro ver uma mulher que parecia tão confiante e extrovertida admitir sua solidão. De todas as pessoas de Portland que importavam para Summer, Gabriella seria de quem ela mais sentiria falta. Ela sentiria falta de seu irmão, mas saberia que continuaria se encontrando com ele o tempo todo. Certamente sentiria falta de Ethan, mas saberia que, com o tempo, teria sido a melhor escolha.

Não, ela sentiria muita falta de Gabriella porque ela era uma amiga e uma aliada. Não fosse por ela, Summer não sabia se teria aguentado aquilo tudo.

– Você pode vir comigo – sugeriu ela. – Tenho certeza de que você já deve estar de saco cheio do meu irmão e, talvez, um recomeço pudesse ser bom para você também.

– Não me tente. Depois do comportamento dele hoje, Zach teve sorte de eu não quebrar os outros ossos dele.

Summer riu.

– Nãããoo... O melhor seria ter quebrado sua mandíbula para que não pudesse mais falar. Faria a mensagem ser mais clara.

Agora Gabriella também estava rindo.

— Vou me lembrar disso da próxima vez.

•

— Gente — James disse ao entrar no quarto do irmão. — Acho que temos um problema.

Zach, Robert, William e Ethan se viraram para ele, ansiosos.

— O que foi? — Robert perguntou.

— Não consigo falar com Summer nem com Gabriella.

Robert gesticulou para que não desse importância.

— Ah, elas estão um pouco chateadas. Provavelmente foram fazer a unha ou cortar o cabelo. Ou foram fazer compras. Nada para se preocupar. Ao que tudo indica, seu irmão aqui as irritou bastante.

James não queria se meter, mas não achou que fosse algo tão simples.

— Então eu entenderia não atenderem uma ligação dele, mas por que não atendem as minhas ligações?

— Culpado por associação — disse Zach, da cama, rindo. O analgésico estava fazendo efeito, e tudo estava parecendo muito divertido.

Todos riram por um momento. Era fácil esquecer que as garotas estavam bravas ao ver Zach se recuperando e voltando ao seu comportamento normal.

— Bom, eu ia ver se elas queriam jantar conosco enquanto deixávamos Zach dormir um pouco — James disse quando todos se aquietaram.

— Tentamos daqui a pouco de novo — disse Ryder. — Tentaremos ligar de todos os telefones. Em algum momento elas vão se irritar e acabar atendendo só para que as deixemos em paz. Tem certeza que os telefones delas estão ligados?

— As ligações não vão direto para a caixa postal. — James fez uma pausa e pensou por um momento. — Talvez eu deva pedir para Selena tentar ligar.

— Por deus — Robert bufou —, às vezes você ainda pensa como um policial. Elas estão bravas. Você sabe como as mulheres são. Deixe que elas façam a birrinha delas. Amanhã tudo estará bem e de volta ao normal. Elas vão nos encontrar para o café da manhã, Gabriella vai fazer a conferência matinal com o escritório e nos atualizar...

– Gabriella precisa voltar para o escritório – disse Zach. – Não quero que ela fique aqui. Não a chamem para o café da manhã, não a façam fazer ligações. Mandem-na de volta para Portland, que é onde ela deveria estar. Sentada em sua mesa.

Todos arregalaram os olhos, mas Zach estava olhando para seus curativos e não viu os olhares sendo trocados.

Ethan limpou a garganta.

– Eu... hum... eu falo com ela pela manhã. – Zach concordou com suas palavras balançando a cabeça lentamente. – Olha, cara, por que você não dorme um pouco? Tenho certeza de que foi um longo dia para você. Nós vamos embora e voltamos pela manhã, ok?

– Sem Gabriella, certo? – Zach perguntou, já com os olhos começando a fechar e a voz enrolando.

Por que discutir?, Ethan pensou.

– Sem Gabriella, claro – ele deu um tapinha no ombro bom de Zach e lhe desejou uma boa noite antes de se afastar da cama.

Ethan atravessou a porta e viu os outros fazerem o mesmo. Já no corredor, todos pararam e se olharam. Ryder perguntou:

– O que foi aquilo? Gabriella é sua assistente há anos, desde quando ele é tão hostil com ela?

Ethan balançou a cabeça.

– Não faço ideia. Só percebi algo de diferente alguns dias antes da escalada. Ele brigou com ela e ela retrucou, mas não foi nada muito sério a ponto de ele continuar bravo.

– Sobre o que foi? – William perguntou.

– Zach queria saber onde Summer estava e Gabriella se recusou a dizer. – Ethan parou e pensou um pouco. – Na verdade, Zach queria que Gabriella ligasse para Summer, e ela se recusou. Disse que era um problema de família e não de trabalho, e que não se envolveria.

– Faz sentido – disse William.

– Não para Zach – Ethan continuou enquanto andavam rumo ao elevador. – Na cabeça dele, quando ele pede, ou manda, Gabriella fazer alguma coisa, ela deve fazer. Ele é um pouco tirano e realmente não gostou quando ela lhe disse não.

Ninguém fez nenhum comentário e, quando entraram no elevador, Ethan percebeu que o assunto estava encerrado.

– Você acha que ela iria embora? – William perguntou.

– Do Alasca ou da empresa?

– Pode escolher. – William riu.

– Ela não se assusta facilmente. Observei ela lidando com o Zach por anos, e os dias de mau humor dele nunca a fizeram sair pela porta. – Ethan se apoiou na parede do elevador. – Acho que ela provavelmente vai voltar para Portland. Não há mais motivo para ficar aqui mesmo. Sabemos que Zach está bem e recebendo cuidados médicos. Ele foi abertamente hostil com ela, e ela não vai querer ficar por perto e arriscar sua recuperação. Quanto a sair da empresa? Não vejo isso como uma possibilidade. Ela é uma garota do mundo corporativo e acho que gosta do desafio de trabalhar com alguém como Zach, independentemente do quanto ele a irrite.

– Talvez agora que ele estará incapacitado ele aprenda a valorizá-la um pouco mais – disse William, ingenuamente.

– Oh, não... – Ryder murmurou.

– O quê? O que foi? – James perguntou.

– Posso ver as engrenagens girando na cabeça dele – Ryder apontou com a cabeça para o tio. – Nem pense nisso. Zach não vai entrar na linha com seu esquema de combinação de casais, então, esqueça.

– Não sei do que você está falando – William disse, fingindo-se de inocente.

– Ah, por favor. Todos nós sabemos exatamente como você pensa. Está pensando que Zach e Gabriella seriam um bom casal, principalmente sob as circunstâncias corretas. – Ryder soltou uma gargalhada. – Se você acha que isso vai acontecer, então não conhece mesmo Zach. Se ele estivesse interessado na Gabriella, já teria tomado a iniciativa. E se você estiver desesperado para arranjar um casal, trabalhe com o Ethan aqui. Ele está triste e arrasado, suspirando de solidão.

– Ei! – Ethan o interrompeu ao mesmo tempo que James resmungou do outro lado do elevador.

– Ele pode não ser do mesmo sangue, mas é praticamente da família. Encontre alguém para ele! – Ryder disse.

William balançou a cabeça e riu com a pretensa sabedoria de seus sobrinhos. Se eles soubessem...

– Primeiro de tudo, eu nem sonharia em tentar juntar Zach e Gabriella. Só estou dizendo que um tempo longe, talvez, possa fazer bem para o relacionamento deles. – Ele encolheu os ombros. – Acho que Zach vai precisar de alguém que goste de atividades ao ar livre e de aventuras tanto quanto ele. E, pelo que pude perceber, Gabriella não é assim. – William fez uma cara como se o mero pensamento dos dois juntos fosse ofensivo. – Fora isso, Zach estará ocupado se recuperando e fazendo reabilitação por pelo menos seis meses. Ele está a salvo de qualquer coisa que eu possa ter planejado.

– Bom – disse Ryder, parecendo aliviado. – A última coisa que ele precisa no momento é que você surja com possíveis esposas.

– Você fala como se fosse algo ruim, mas você, James e meus meninos estão todos felizes e casados. Graças a mim.

Todos riram.

– Você fica dizendo isso, tio – disse Ryder, gargalhando –, mas eu sigo dizendo que Casey e eu já estávamos no caminho certo. Você não teve nada a ver com isso. O mesmo vale para James e Selena.

– E quanto ao nosso amigo Ethan, aqui – disse William com os olhos brilhando –, vou precisar pensar. Acho que todo o drama ao qual você se referiu indica que ele já achou alguém, só não sabe ainda.

Robert e Ryder riram. Ethan começou a suar enquanto James o encarava.

– Acho que você vai precisar lidar com o fato de que esse lado da família não é tão facilmente manipulável, tio William – disse Ryder.

William sorriu serenamente quando a porta do elevador se abriu no piso principal.

– Como você quiser – disse ele, satisfeito, e saiu para o lobby.

●

Já passava das onze horas da noite quando Ethan começou a se preocupar. Ele sabia que Summer estava brava quando saiu do quarto de Zach. Não era preciso ser nenhum gênio para perceber aquilo. Talvez ele não devesse ter rido; talvez devesse ter mantido sua maldita boca fechada e tê-la deixado resolver as coisas com seu irmão em vez de ter dito qualquer coisa. Mas quem poderia culpá-lo? A ideia de Summer de tentar salvar um acordo multimilionário com alguém como Morrison era mesmo uma grande piada.

Ele olhou no relógio novamente. Ela já deveria ter chegado. Ethan se sentou na cama. Ok, talvez ela tivesse um pouco mais do que chateada e o estivesse punindo com um distanciamento. Não que ele não merecesse. A ideia de passar a noite sozinho, entretanto, não era nada animadora.

Será que ele deveria ir lá se desculpar? Deveria correr o risco de ser descoberto para tentar acertar as coisas? Ethan pensou no tempo que estivera no quarto desde que voltou do hospital e percebeu que não havia ouvido som nenhum no corredor, nenhum sinal de vida. Não que ele costumasse ouvir, mas se as garotas tivessem saído, como Robert havia sugerido, ele deveria tê-las ouvido chegar.

Com um suspiro, Ethan pegou o controle da televisão e ligou o aparelho. Talvez ele devesse deixar as coisas assim por essa noite. Com um pouco de sorte, tudo se esclareceria pela manhã, e ele encontraria um jeito de falar com Gabriella e convencê-la de que era realmente melhor ela voltar para Portland. E também convenceria Summer de que não havia sido sua intenção agir feito um idiota.

Ele ainda não sabia qual conversa seria a mais difícil.

Ethan estava cansado. Cansado de tentar agradar todo mundo menos a si mesmo. Ele jogou o controle remoto de lado, ergueu as mãos à cabeça e ficou olhando para o teto. A vida andava muito complicada, e ele não sabia ao certo o que era necessário para fazê-la voltar aos trilhos. Ele achou que estava fazendo o certo ao se manter firme com Zach e desistir da escalada.

E, aí, encontrou Summer no Alasca.

Os Montgomery ficariam irritados ao saber que estava com Summer? E daí? Ethan conhecia aquela família há tempo suficiente para saber que não era preciso muito para irritá-los, mas sabia que eles também não guardavam rancor por muito tempo. Então, qual era o motivo de tanta preocupação? Por que ele estava escolhendo ser um covarde e arranjando desculpas?

E quanto a tentar proteger Summer, ele não tinha visto sua coragem ao enfrentar o pai apenas alguns dias antes? A princípio ele ficou em choque com a forma como ela falou e o desafiou, mas, depois, não pôde fazer nada além de ficar ao lado dela, pasmo.

E, mais uma vez, Summer havia provado ser forte, confiante... corajosa. Ethan achava que também tinha essas qualidades, mas nas últimas semanas tinha percebido que estava equivocado. Qual a vantagem de achar que se tem tais qualidades se, quando chega o momento de realmente usá-las, você se fecha e escolhe o caminho mais fácil? Ele se odiou. Não era esse o homem que queria ser, não tinha sido criado para ser assim.

Com o propósito renovado, Ethan percebeu o que fazer. Ele deixaria tudo se acalmar por aquela noite e, no dia seguinte, as coisas seriam diferentes. Acordaria sendo o homem que sempre achou que era, o homem que deveria ser, e não se preocuparia com o que ninguém estivesse pensando ou com o que gostariam.

Ele queria estar com Summer.

Estava apaixonado por Summer, e estava cansado de se esconder e de mentir para todos, incluindo para si mesmo.

Quando amanhecesse e chegasse a hora de descer para o café da manhã, ele iria para o restaurante de mãos dadas com sua nova decisão, pronto para lidar com quaisquer consequências, independente do que fossem dizer. Ethan Reed era muitas coisas, mas se recusava a ver nessa lista a definição de "covarde".

E ele estava cansado de não ter a mulher que amava.

Ethan estava quase excitado demais para dormir. No momento, queria ir até o quarto de Summer e bater até ela abrir para lhe dizer que a amava e que queria passar o resto da vida com ela. Mas ele não era ingênuo o suficiente para achar que seria assim tão fácil conquistá-la, afinal, ele tinha sido um tremendo babaca mais cedo. Por outro lado, Ethan estava confiante no que sentiam um pelo outro.

Se ele tivesse de implorar e rastejar, ele o faria. Ele faria isso mesmo na frente de Gabriella, só para provar que não tinha medo e, depois, faria novamente na frente da família de Summer, apenas para reforçar sua sinceridade. Ela teria de acreditar nele depois disso.

Ao relaxar, já deitado na cama, um sorriso surgiu em seu rosto com a excitação que o tomava. Ele tinha passado por muitas aventuras em sua vida e estava acostumado com a ansiedade que as precedem. Mas isso? Se preparar para, finalmente, dizer a Summer o que sentia? Ele pressentia que aquela seria a maior aventura na qual já embarcara e mal podia esperar para começar.

Capítulo 14

Na manhã seguinte, Ethan levantou da cama determinado. Ele tinha sonhado com esse momento a noite toda e se arrumou rapidamente para poder se encontrar com Summer, tocá-la e lhe dizer que a amava.

Parado no corredor, Ethan olhou para o homem em seu roupão de banho e se desculpou. Mas o que isso significa? Antes que pudesse perguntar onde estavam Summer e Gabriella, a outra ocupante do quarto – que não era nem Summer nem Gabriella – apareceu e pediu que ele voltasse para a cama. O homem fechou a porta e Ethan imediatamente se colocou em ação.

Ele correu pelo corredor e apertou o botão para chamar o elevador, mas logo percebeu que aquilo demoraria muito, portanto, se virou e pegou as escadas. Ao chegar à recepção, Ethan estava sem ar, mas muito agitado. Batendo as mãos no balcão, exigiu falar com o responsável.

– Há algo que eu possa fazer pelo senhor, senhor Reed? – O homem impecavelmente vestido atrás do balcão perguntou.

– Senhorita Montgomery e senhorita Martine? Sabe onde elas estão?

O homem foi até o computador e digitou por alguns segundos.

– Parece que fizeram check-out ontem à tarde, senhor. Se quiser, posso verificar se alguém sabe para onde foram.

O pavor tomou conta de Ethan. Aquilo não era bom.

– Não é preciso – disse ele, tentando recuperar o fôlego.

Como ele poderia dizer a Summer como se sentia se ela não estava ali? Ele precisava dizer isso pessoalmente, para ela poder ver em seus olhos que era de verdade. Ele queria uma vida ao lado dela.

Ethan ouviu vozes e rapidamente as reconheceu como sendo dos Montgomery. Eles estavam, obviamente, indo para o restaurante. Ryder foi quem o viu primeiro.

– Ethan? Está tudo bem? Você parece um pouco transtornado.

– Summer e Gabriella foram embora – ele soltou. – Fizeram check-out ontem à tarde. Não faço ideia de onde possam estar. – Ethan abaixou a cabeça e se sentiu derrotado. Antes de poder dizer qualquer outra coisa, James o pegou pelo pescoço e o levantou contra a parede.

– Seu filho da puta! – ele disse. – O que você fez para ela? O que fez para ela ir embora?

Ryder correu e os afastou.

– De que raios você está falando? O que está acontecendo? – Nesse momento, Robert e William já haviam se aproximado e viam James se debater, sendo segurado pelo irmão. – James! Diga o que está acontecendo!

– Ele! – James gritou, apontando para Ethan. – Summer foi embora e a culpa é dele!

Ryder olhou para Ethan e perguntou:

– Ethan? Do que ele está falando? Por que minha irmã iria embora por sua causa?

James não o deixou responder.

– Ele está dormindo com ela! Droga, eu sabia que tinha de ter impedido isso. Eu sabia que tinha de ter acabado com você no outro dia! Sabia que você a machucaria! – Ele se soltou das mãos de Ryder. – Eu nunca deveria ter confiado em você!

– Espere um minuto – disse Robert, entrando no meio dos dois. Ele se virou para Ethan. – Isso é verdade? Você está dormindo com a minha filha? – Ele apertou os olhos, usando seu olhar mais intimidador na busca para obter a resposta.

– Estou apaixonado por ela – disse Ethan, serenamente. – Estou apaixonado pela sua filha, senhor. Na verdade, estou apaixonado por ela há muito tempo. Não quisemos falar nada agora por conta do que aconteceu com Zach. Não queríamos irritar ninguém.

– Você! – gritou James. – Você não quis dizer a ninguém porque sabia que faríamos você se afastar dela!

Robert ignorou os rompantes de seu filho e manteve sua atenção em Ethan.

– O que você fez para ela ir embora? Você terminou com ela?

Ethan negou.

– Não. Eu nunca faria isso. – Ele fez uma pausa. – Zach e eu estávamos discutindo um assunto do escritório na frente de Summer, e ela se voluntariou a voltar para Portland e se encontrar com o cliente. – Ele baixou os ombros. – Nós... hum... meio que rimos dela. Nós a acusamos de não saber do que estava falando e fizemos piada com seu trabalho na empresa.

– Entendo. – Robert se virou para James. – E você sabia disso, desse relacionamento entre Ethan e sua irmã?

James fez que sim.

– Eu deveria ter impedido. Confrontei Ethan, mas deveria ter falado com Summer e tê-la feito raciocinar. Agora ela está em qualquer lugar, provavelmente machucada, e é tudo culpa dele.

– E você? – Robert se virou para Ryder. – Sabia disso?

– É uma informação completamente nova para mim – respondeu Ryder, erguendo as mãos.

Por fim, ele se virou para o irmão e viu o sorriso em seu rosto.

– Preciso perguntar?

– Invoco o meu direito de ficar calado[2] – William encolheu os ombros.

– Ah, faça-me o favor. Você vai mesmo ficar aí e não assumir responsabilidade por tudo isso? Está dizendo que não vem orquestrando isso desde que mandamos Summer para Portland?

– Bem... talvez.

– Foi o que pensei. – Mais incomodado do que qualquer outra coisa, Robert virou novamente para Ethan, com seu olhar nada menos intimidante do que estivera um minuto atrás. – Quando foi a última vez que você falou com Summer?

---

2 Refere-se à Quinta Emenda da Constituição Norte-Americana, que assegura o direito de não responder a perguntas autoincriminatórias. (N. E.)

– Quando ela estava no quarto de Zach ontem. Ela saiu dizendo que ia ver como Gabriella estava. Não achei nada de mais. Ela sorriu e até riu com a gente. Não sabia que ela tinha ficado tão brava. Então, quando ela não atendeu nenhuma das ligações ontem à noite...

– Nem apareceu no seu quarto – James acrescentou.

Ethan suspirou.

– ... nem apareceu no meu quarto, achei que estivesse chateada com o que aconteceu, mas nem considerei a possibilidade de ela ter ido embora.

– Então você não tem ideia de onde ela possa estar?

Ethan fez que não.

– Espere um minuto, Zach não mandou Gabriella voltar para Portland? – Ryder perguntou. – Talvez Summer tenha ido com ela. Essa seria minha primeira opção.

Por um longo momento, Robert considerou a possibilidade e fechou os olhos, massageando as têmporas:

– Se ela for tão cabeça dura como todos nós, eu diria que não somente ela voltou para Portland como está cuidando para se encontrar com o cliente, como ela havia proposto quando riram dela.

Ele pegou o telefone e ligou para seu piloto para confirmar suas suspeitas, se afastando para falar ao telefone.

Ryder se aproximou de Ethan e o encarou:

– Você tem muita coragem, sabe disso, não sabe?

Ethan fez que sim.

– Se Summer estiver magoada, se estiver chateada por sua causa, não haverá um lugar no mundo onde você possa se esconder que não encontremos.

Ethan concordou novamente.

– Se ela estiver magoada ou chateada por minha causa, não vou me esconder. Vou aceitar o que acharem que mereço, porque vou merecer isso e ainda mais. – Seu coração doía de pensar em Summer ter ido embora por sua culpa. – Nunca quis machucá-la. Nunca quis que as coisas chegassem a esse ponto.

– Bom, pois é... elas chegaram. – Ryder disse antes de se virar e ir até onde o pai ainda falava ao telefone.

Ethan estava certo de que James viria ameaçá-lo ainda mais, e ficou surpreso ao vê-lo indo para perto do pai e do irmão. Ethan o acompanhou com o olhar e, quando se virou, viu William à sua frente. Ele se preparou para mais um sermão.

– Espero que não vá se intimidar ou se irritar, pois é isso que eles fazem sempre – William destacou.

A expressão de Ethan demonstrava sua confusão.

– Quer dizer, sei que eles vão tentar fazer pressão para você se sentir inferior. Não deixe que consigam. Summer merece mais do homem que ama.

Ethan balançou a cabeça.

– Como o senhor pode ter tanta certeza de que ela me ama?

William colocou uma mão no ombro de Ethan e deu um leve apertão como forma de apoio.

– Porque conheço minha sobrinha e sei, há muito tempo, que ela tem sentimentos por você. Também sabia que você seria o homem perfeito para ela. Não me decepcione. – Ele tirou a mão do ombro de Ethan e se afastou.

– Que...?

Demorou um minuto para Ethan se recompor e se juntar ao grupo. Robert estava desligando o telefone.

– Bom, exatamente como suspeitamos. Mark levou Gabriella e Summer para Portland ontem e foi instruído a ter uma boa noite de sono antes de vir nos buscar – ele riu. – Não tenho certeza se a ideia foi de Summer ou de Gabriella. De qualquer maneira, ele está se preparando para sair de Portland em uma hora. Vamos comer alguma coisa antes de irmos nos encontrar com Zach. – Ele pediu ao irmão e aos filhos para pegarem uma mesa e, depois, virou-se para Ethan. – Você e eu voltamos para Portland essa tarde e, se tivermos sorte, impedimos Summer de piorar a situação com Morrison.

E, simples assim, tudo se resolveu.

– Sim, senhor – respondeu ele, e viu Robert se juntar aos outros na mesa.

Ethan tinha ficado agonizando de preocupação por semanas e, no final das contas, não tinha sido nada de mais. A decepção tomou conta dele, não por não haver mais brigas e discussões, mas por ter se deixado achar que seria diferente. Por ter esperado o pior, perdera um precioso tempo com ela e, como resultado, acabou afastando Summer. Não havia como ele se perdoar por seu comportamento covarde. Mas se Summer estivesse disposta a ouvi-lo e a lhe dar outra chance, Ethan garantiria que nunca mais lhe daria motivo para duvidar dele novamente.

•

Zach recebeu a notícia do relacionamento entre Summer e Ethan da pior maneira possível. Ainda pior do que James. Tentou pular da cama para esganar Ethan e, se não tivesse sido tão claramente dolorido para ele, teria sido cômico.

— Seu filho da puta! — ele gritou. — Esse tempo todo bancando o mediador entre mim e Summer e você estava dormindo com ela! Confiei em você! Confiei em você em relação a ela! Qual é o seu problema? Eu deveria te matar!

— Zach — Robert o alertou.

— Não! — ele gritou. — É isso o que você faz com um amigo? Tira vantagem da irmã dele? Usa a irmã dele? E tudo pelas minhas costas? — Ele soltou o peso sobre os travesseiros da cama e resmungou de dor. — Foi por causa dela que você não foi escalar, não foi? Toda aquela baboseira de motivos que você me deu... era tudo mentira. Ficou em terra para poder aprontar com a minha irmã!

— Não é verdade! — Ethan gritou de volta. — Minhas razões para não ter ido escalar foram reais. Tudo o que eu disse naquele dia era verdade. Mas se quiser saber se Summer e eu já estávamos juntos, então, a resposta é sim. Estávamos. Eu tentei, cara, tentei mesmo não deixar nada acontecer entre nós dois. E coloquei você à frente, Zach. Magoei Summer por ter colocado minha amizade com você como prioridade.

— Nem tente colocar a culpa disso em mim — retrucou Zach, fervilhando. — Você sabe que não é bom o suficiente para ela. Poxa, ninguém é! E você só provou isso ao se esconder e agir pelas nossas costas.

— Se eu chegasse para vocês e dissesse que queria namorar sua irmã, o que você está dizendo é que concordariam?

– Claro que não! Eu te mataria só por ter perguntado! Você tinha que ter ficado longe dela!

– Não pude! Não dá pra entender?

Zach urrou de frustração.

– Você... você não deveria ter feito isso. Você sabia.

– Não é da conta de ninguém! Você conta para todo mundo da sua família com quem está dormindo? Precisa da aprovação de todos antes de poder se envolver com alguém?

– Não é a mesma coisa!

– É claro que é! – Olhando pelo quarto, Ethan decidiu que o único jeito de resolver aquilo seria mostrar que não era o único a tomar decisões estúpidas. – Você contou para Ryder que dormiu com Cheryl Mackie no verão em que fomos todos surfar?

– Cara! – Ryder o interrompeu. – Como assim?

Zach o ignorou.

– Ou contou para o seu pai que ficou com Mindy O'Brien e, por isso, o pai dela desistiu daqueles negócios?

– Zach? – Robert perguntou. – Isso é verdade?

Zach olhou para Ethan antes de responder para seu pai.

– Isso foi há dez anos. Sério que vai me responsabilizar por isso agora?

– Era um contrato grande! Como você pôde ser tão irresponsável?

– Não acredito que estamos falando sobre isso – murmurou Zach.

– Mas consegue ver meu ponto? – Ethan perguntou. – Todos já erramos. Todos nos envolvemos com pessoas com quem sabíamos que não deveríamos e, ainda assim, não conseguimos evitar. A única diferença aqui é que eu amo a Summer. Quero uma vida com ela, um futuro. – Ele olhou pelo quarto e para todos os Montgomery de quem tinha sentido tanto medo de ter de enfrentar. – Vou ter um futuro com ela assim que voltarmos para Portland, e se precisar implorar por seu perdão, imploro. Por tempo demais deixei meu medo deste exato momento me impedir de dizer a ela o que sinto. Bom, não tenho mais medo. Não há nada que nenhum de vocês possa fazer para me impedir.

Por um longo minuto ele ficou ali, silenciosamente desafiando qualquer um a tentar.

– E se eu disser que se você seguir com esse relacionamento com ela, está demitido? – Zach perguntou com a voz baixa e mortal.

Ethan aproximou-se da cama e olhou bem para o amigo.

– Então eu lhe desejarei sorte para encontrar um novo vice-presidente. Não há nada com que possa me ameaçar. Não há nada que possa dizer ou fazer que vá mudar o que sinto por ela. Só espero não ter perdido o momento, espero que Summer ainda sinta o mesmo por mim.

– E se ela não sentir? – Zach perguntou.

Isso, certamente, não era algo com que Ethan gostaria de lidar.

– Vou fazê-la mudar de ideia.

– E se eu proibir? – Robert perguntou do outro lado da cama de Zach.

– Vou precisar dizer, com todo respeito, para o senhor cuidar da sua vida – disse ele, confiante. – Summer é adulta, não é mais uma criança, e ela é livre para tomar suas próprias decisões. Se ela desistir de mim, se decidir que não pode me perdoar e eu não conseguir fazê-la mudar de ideia, elegantemente sairei de cena. Sairei da vida dela e da empresa. Mas não para sempre. Nunca vou desistir dela, senhor. O senhor pode proibir o que for, mas amo sua filha mais do que qualquer pessoa possa vir a amar, e vou passar o resto da vida provando isso.

Robert olhou para o resto da família e perguntou:

– Alguém tem mais algo a falar a respeito? – Como não obteve resposta, ele continuou: – Ótimo. Então, vamos voltar ao trabalho.

Por um momento, Ethan ficou imóvel. Tinha sido isso mesmo?

Robert limpou a garganta.

– William, gostaria que você ficasse aqui com Ryder e James para falar com os médicos e ver quando é possível transferir Zach. – Ele se virou para Ethan. – Você e eu precisamos voltar para o hotel, fazer as malas e ir para o aeroporto. Me parece que você tem que intervir em uma reunião com um cliente em potencial.

Depois de uma rodada de apertos de mãos e desejos de boa sorte, Ethan e Robert saíram do quarto. Quando a porta se fechou, William se sentou e olhou para os três sobrinhos, abrindo um grande sorriso.

– Bom, bom, bom... – Alegre, ele cruzou os tornozelos, ao relaxar na cadeira. – Alguém tem algo a dizer a respeito de minhas habilidades?

Eles foram espertos o suficiente para manter a boca fechada.

•

– Conseguiu dormir? – Gabriella perguntou, pela manhã, enquanto subia no elevador com Summer.

– Com as milhares de páginas para ler sobre esse Morrison e Maylene querendo brincar, devo ter conseguido dormir uns treze minutos.

– Hum... São treze a mais do que eu dormi.

– Por quê? Não é você que tem tudo a perder aqui. Se eu fizer algo de errado e o Morrison for embora, todos ficarão loucos comigo. E não da maneira já usual: "ah, é só a Summer". Vai ser de verdade. – Ela se apoiou na parede do elevador. – Você vai ser considerada uma heroína porque foi embora quando Zach a mandou para poder garantir que tudo aqui corresse bem.

Gabriella olhou feio para ela.

– Não vim embora porque Zach mandou – disse ela em tom desafiador. – Obviamente, o fato de eu estar lá o estava deixando estressado.

– E por que isso? – Summer perguntou com um sorriso.

– Me pegou. Discutimos antes de ele partir para a escalada porque me recusei a colocar você no telefone para falar com ele. Eu disse que era um assunto de família, e não da empresa.

– Sério? – Summer arregalou os olhos. – E o que ele fez?

– Não sei. Fui almoçar.

– Não! – Summer disse com uma gargalhada.

– Não tenho orgulho disso, mas... talvez eu tenha um pouco. Foi uma saída gloriosa. – Gabriella não pôde evitar abrir um enorme sorriso. – Acho que ele deve ter ficado muito nervoso.

– Ah, com certeza! Deve ter ficado lá, parado, com o rosto vermelho e latejando, sem saber o que fazer! Pena que não houve testemunhas.

– Ethan estava lá, mas tenho certeza de que ele bancou o apaziguador, como sempre, e acalmou Zach. – Ao ouvir o nome de Ethan, o sorriso de Summer desapareceu. – Ei, me desculpe. Não quis citá-lo para irritar você. Tem notícias dele?

– Ele deixou algumas mensagens no meu telefone, mas não escutei. Não posso. Não ainda. Antes preciso fazer essa reunião com Morrison. Se eu ouvir a voz de Ethan, certamente vou perder a confiança no que estou fazendo.

– Por quê? – Gabriella perguntou.

– Porque não importa o que ele diga, vou escutá-lo rindo de mim com Zach. Estou tentando tirar isso da cabeça e me lembrar de que sou totalmente capaz de fazer isso. Não sou nenhuma sem noção que apenas recebeu um emprego de fachada na empresa. Quero conquistar meu espaço e mostrar para meu pai e para meus irmãos como estão errados a meu respeito.

– Acredito em você, Summer – disse Gabriella, quando a porta do elevador se abriu. – Você vai conseguir.

– Que Deus te ouça – murmurou Summer ao descerem do elevador e caminharem pela recepção da empresa.

– Por favor... está tudo indo do jeitinho que você planejou. Morrison não tem chances.

Elas abriram a grande porta de vidro e foram recebidas por Bob Davis, que tinha a expressão preocupada.

– Senhoritas, receio que tenhamos um problema.

•

Eram três horas da tarde e Summer estava suando. Seu plano original era se encontrar com Alan Morrison no primeiro horário da manhã, mas parecia que ele não seria fácil. Embora tivesse concordado em fazer a reunião às nove horas da manhã, ligara pouco antes e adiara para as três da tarde.

Summer não era idiota; ele queria mostrar que estava no comando. O único problema era que, com esse grande adiamento, seu pai, Ethan e quem mais quisesse se juntar ao clube poderia chegar a qualquer momento e estragar tudo. Por mais que estivesse extremamente nervosa, Summer aproveitou os últimos minutos para aprimorar sua apresentação e pesquisar ainda mais sobre Alan Morrison e sua empresa e, assim, poder falar com o homem de igual para igual e parecer saber exatamente seu histórico.

Sentada sozinha na sala de reuniões, Summer fez uma oração silenciosa, pedindo para que quem quer que fosse voltar do Alasca naquele dia se atrasasse o suficiente para ela poder terminar a reunião. Summer sabia exatamente quando Mark havia partido novamente para Denali, e ela não tinha dúvidas de que os passageiros já o estariam esperando, então, seria apenas o tempo de dar meia-volta.

Droga.

A porta se abriu e Gabriella colocou a cabeça para dentro.

– Chegou a hora do espetáculo. – Ela fez uma pausa e olhou para Summer. – Você vai se sair muito bem. Acredito em você.

Summer se sentiu estranhamente calma. Ela achou que ficaria enjoada assim que o cliente chegasse, mas se levantou calmamente e ajeitou sua saia.

– Por favor, peça para ele entrar. – Ela respirou fundo e ficou à frente da cadeira na cabeceira da mesa enquanto os ouvia se aproximando. Então, como se fizesse isso sempre, foi confiante até a porta, estendeu a mão e sorriu: – Senhor Morrison, é um prazer conhecê-lo.

•

Ethan segurou a respiração quando o helicóptero pousou no telhado do edifício.

– Ainda não acredito que o senhor fez isso – disse Ethan, quando ele e Robert esperavam pelo sinal de que poderiam descer.

– Gabriella não é a única assistente que pode tirar coelhos da cartola. Janet está comigo há quase vinte anos. Quando algo precisa ser feito, ela faz. Não é tão astuta quanto Gabriella, isso eu digo, mas em situações como essa, ela me deixa orgulhoso.

Robert ligara para sua assistente dizendo que havia mudado os planos e explicando o que precisaria, e ficara surpreso quando ela propôs que pegassem um helicóptero do aeroporto até o escritório. Ele apenas havia pedido para que ela garantisse que um carro os estivesse esperando, mas Janet disse que, se ele quisesse chegar ao centro de Portland naquele horário do dia, o melhor jeito seria de helicóptero. Ao olhar para baixo e ver o trânsito das quatro da tarde, ele teve que concordar.

O piloto sinalizou positivamente e os dois rapidamente tiraram os fones e desembarcaram da aeronave. Juntos, passaram pelas portas e entraram no edifício, mas Ethan parou no alto da escada.

– E o que vamos fazer, Robert? Chegar lá atirando? Quer dizer, não discutimos de verdade o que fazer.

Robert parou e pensou.

– Sinceramente, eu estava tão concentrado em chegar aqui que não pensei no que estávamos nos metendo. Só sabemos que Summer pode já ter tido sua reunião com Morrison.

– Temos certeza disso?

Robert fez que sim.

– Hoje pela manhã consegui algumas informações com Bob Davis. Não declarei minha irritação, agi como se tivesse sido minha a ideia de mandar Summer para cuidar da situação. Ele comentou que a reunião havia sido adiada, mas não soube precisar o novo horário. Acho que precisamos descer e avaliar que tipo de ação precisamos tomar para remediar os danos. – Ele olhou para Ethan. – E você? Já sabe o que vai dizer para Summer?

Ethan balançou a cabeça.

– Vou saber quando a vir. Se eu puder apenas olhar para ela, vou saber, pelo seu olhar, quão irritada ela está.

Fez bem a Robert ouvir Ethan falar daquela maneira. Se já houve um homem que ele considerou capaz de cuidar de sua filha, esse homem era Ethan. A princípio, ele não queria gostar, mas a ideia começou a assentar e tomar forma. Ele sabia que William estava certo. Ethan Reed era o homem perfeito para Summer. Ele só esperava que não tivessem chegado tarde demais.

– Então vamos parar de conversar aqui como duas colegiais e descer.

Eles desceram as escadas até o décimo oitavo andar do edifício, onde ficavam os escritórios da Montgomery em Portland. Passaram pela porta de vidro e pela recepção e perceberam que várias pessoas pararam de trabalhar. Sem dizer uma palavra, Robert seguiu para a sala de reuniões. Pelo canto do olho, Ethan viu Gabriella, pálida, em sua mesa. Sem diminuir o ritmo dos passos, sinalizou para que ela não se levantasse quando ela fez menção de fazer isso.

A porta estava entreaberta, e Robert segurou Ethan antes que ele entrasse. Ele sinalizou para que ficassem e ouvissem o que estava sendo dito do outro lado.

– Como pode ver, Alan – disse Summer com sua voz mais doce –, com essa projeção, você vai triplicar seu investimento em pouco mais de dois anos. Não sei quanto a você, mas essa não é uma proposta que eu recusaria.

Silêncio. Ethan queria entrar e ver do que ela estava falando. Em todas as conversas que tivera com Morrison, nunca discutiram esse tipo de retorno. O que ela tinha feito?

Do lado de dentro da sala de reuniões, Summer segurava a respiração. Ela estava correndo um grande risco ali. Não conseguia fazer uma leitura clara do homem.

– Isso é muito diferente do que já discuti com seu irmão – disse Alan Morrison, serenamente. – Ou mesmo com Ethan Reed.

– Depois de rever seus arquivos e pesquisar um pouco sobre sua empresa, percebi que o acordo com o qual estavam trabalhando não chegava perto de ser digno de um homem de sua posição. Não acredito em diminuir um cliente, Alan. Acredito que há muito potencial aqui para as nossas empresas, e trabalhar juntos será excelente para nós dois.

Ela o havia deslumbrado com seus galanteios, mas, no final das contas, aquilo era uma negociação comercial, e piscar com charme ou sorrir apenas a levaram até ali.

Alan Morrison soltou uma grande gargalhada, e o coração de Summer parou. Ela tinha estragado tudo. Droga.

Ele se levantou.

– Summer – disse Morrison, caminhando até a cadeira onde ela estava sentada e oferecendo a mão para ajudá-la a se levantar –, você é uma mulher e tanto. – Entusiasmado, ele apertou sua mão. – Não sei onde sua família a manteve escondida, mas sei que estou muito satisfeito por a terem incluído na equipe. Eu estava começando a me sentir um pouco preso em minhas negociações com os Montgomery, ninguém via o cenário mais amplo. Mas você viu. Fez seu dever de casa e isso significa muito para mim. – Ele soltou a mão de Summer e deu um passo para trás para ver a projeção na parede e sorriu. – Eu sabia que podíamos fazer algo assim, mas Zach não me ouvia – continuou Morrison. – E sei que se ele não ouvia, ninguém abaixo dele ouviria. Foi por isso que, depois que soube do acidente, resolvi sair da negociação. Não queria lidar com algum executivo júnior. Queria ser ouvido. Queria que seu irmão me escutasse antes de assinarmos os papéis. Olhando o que você me apresentou aqui, foi como se você tivesse lido em minha mente exatamente o que eu queria. – Ele colocou as mãos no bolso e continuou sorrindo para ela.

– Alan, fico tão feliz que tenha ficado satisfeito – disse Summer, radiante. – Esse era o meu objetivo. Queria que você visse que é valorizado como cliente e que queremos fazer negócio com você. Sei que Zach ficará feliz por termos conseguido conversar e resolver essa negociação, fazendo com que fique conosco. – Summer pegou os contratos e uma caneta e viu Morrison hesitar.

– Não quero parecer ingrato, porque não é o caso – disse ele, cauteloso –, mas ainda tenho uma ou duas questões aqui.

Ela queria se jogar no chão. O que poderia ter lhe escapado? Ela não sabia quando seu pai, Ethan, ou os dois, atravessariam aquela porta. Se conseguisse fazer Alan Morrison assinar os contratos antes disso, se sentiria muito mais segura.

Naturalmente, ela se sentou novamente, afastando os contratos e sorrindo serenamente para ele.

– Diga o que podemos fazer para deixá-lo feliz, Alan.

Em vez de voltar para seu assento anterior, ele puxou uma cadeira e se sentou ao lado dela.

– Como vou saber que, quando Zach estiver curado e de volta ao escritório, ele não vai tentar renegociar esses termos? Como vou saber se ele não vai dizer que você não tinha autoridade para fazer esse contrato?

No mesmo momento, Robert e Ethan entraram, confiantes, pela porta. Com a mão estendida, Robert se aproximou do cliente.

– Alan Morrison? Sou Robert Montgomery.

Alan olhou para Summer, depois para seu pai, e voltou o olhar para ela.

– Seu pai? – Summer fez que sim, lentamente levantando-se. – É um prazer conhecê-lo, Robert. Você tem uma filha e tanto.

– Sim, eu sei – disse ele, orgulhoso. – Foi por isso que a enviamos para tratar com você. Com Zach temporariamente incapacitado, sabíamos que Summer poderia fazer a reunião e cuidar das negociações.

Summer ficou radiante com o elogio, mas não conseguia parar de olhar para Ethan. Apenas olhar para ele já a deixava sem ar. Se não estivessem no meio de uma reunião, talvez já tivesse se jogado em seus braços, dizendo como tinha sentido sua falta. Pois tinha. Mesmo irritada e decepcionada como estava, ficar sem ele na noite anterior havia parecido errado. Era engraçado como poucas semanas haviam mudado tudo.

Ele também olhava para ela com uma intensidade que ela não conseguia decifrar – será que ele estaria bravo ou estava tão aliviado por vê-la como ela estava por vê-lo? Summer olhou para seu pai e Morrison e avaliou se poderia ir até Ethan e beijá-lo sem que ninguém percebesse. Preferiu não tentar.

– Isso significa muito para mim – disse Alan, e Summer se virou a tempo de vê-lo pegando os contratos e sentando novamente, para assiná-los.

Summer queria pular e comemorar. Todos se levantaram e viram a equipe jurídica entrar e orientá-los, incluindo Summer, o local correto para assinar. No fim, todos se levantaram, apertaram as mãos e se felicitaram.

Pareceu uma eternidade até Morrison e seu pessoal saírem e Summer poder ir até a mesa de Gabriella, para quem deu um grande sorriso e levantou os polegares. Quando todos foram embora, Summer foi para o escritório de Zach – que ela tinha usado durante a manhã – e se sentou para esperar pelo confronto que sabia que estava prestes a acontecer. Não demorou para Ethan e seu pai entrarem. Robert fechou a porta.

Ele se sentou em uma das grandes poltronas em frente à mesa de Zach e olhou para sua filha. Um sorriso surgiu em seu rosto.

— Foi um grande risco que você assumiu hoje, mocinha.

— Foi mesmo — concordou ela, encontrando o olhar do pai também com um sorriso.

— Como você sabia que ele aceitaria? O que a fez ter tanta segurança de que seria capaz de convencê-lo a ficar?

— Vocês me mandam relatórios e atualizações sobre tudo o que diz respeito à empresa desde que tenho vinte e um anos. Aprendi muito nesses anos lendo os relatórios e juntei esses conhecimentos com minhas próprias experiências de vida. Para mim, é como se achassem que não sei ler, quando julgam ou dizem que eu não sou competente para isso.

Ele soltou uma alta gargalhada.

— Você é mesmo minha filha, sem a menor dúvida.

— E isso alguma vez foi uma dúvida?

— Não... — Ele balançou a cabeça. — Nunca foi. O que quero dizer é que você escolheu um caminho tão diferente do de seus irmãos que, naturalmente, presumi que não gostasse do ambiente corporativo. — Ele a avaliou e depois baixou um pouco a cabeça. — Um erro que não vou cometer novamente. Estou muito orgulhoso de você, Summer. Você fez um excelente trabalho aqui.

Ela não pôde evitar corar diante de tal elogio.

— Obrigada. Tudo o que sempre quis foi uma chance. Só queria ser levada a sério.

— Bom, acho que isso não será mais um problema. Você provou sua capacidade. É só me dizer qual posição deseja, e ela é sua.

Ela estava tentada a dizer que queria a vice-presidência, o cargo de Ethan, mas segurou a língua.

— Vou precisar pensar um pouco.

— Bom, quero que pense. Você acaba de fazer a empresa ganhar aproximadamente dez milhões de dólares. Nada mal para seu primeiro dia de trabalho – disse Robert, com um sorriso. – Agora, se me dá licença, acho que vou ligar para seu irmão e ver como ele está e aproveitar para contar que está tudo bem por aqui. – Ele se levantou e saiu da sala, mas não sem antes notar que Summer e Ethan mal percebiam sua presença. Ele fechou a porta silenciosamente.

Ethan estudava a mulher que amava, e as palavras lhe fugiam. O que ele poderia dizer para corrigir as coisas que tinha feito? Era óbvio que ela não precisava dele, ao menos não da forma como ele um dia pensou. Summer Montgomery não era uma mulher fraca; era a mulher mais forte que ele já conhecera. A forma como ela enfrentara sua família, fazendo um trabalho magnífico, o deixou um pouco impressionado.

– Você não vai se levantar e sair também? – Summer perguntou, erguendo a sobrancelha. – Afinal, o que as pessoas vão pensar se você ficar numa sala sozinho comigo?

Para qualquer outra pessoa, ela soava confiante, mas ele a conhecia o suficiente para perceber a vulnerabilidade em sua voz. Ethan se levantou e deu a volta na mesa até ficar ao lado de Summer, olhando para seu lindo, e confuso, rosto.

– Vão achar que estou bajulando a mulher que amo.

Os olhos de Summer se arregalaram, e ela soltou um sussurro antes que pudesse impedir:

– O quê?

Ajoelhando-se ao lado dela, Ethan pegou uma de suas mãos.

– Eu te amo, Summer. Sinto muito pela forma como agi no quarto de Zach ontem. Aquilo foi completamente desnecessário. Você não merecia, e sei que errei.

Ela olhou para ele e viu sinceridade em seus olhos.

– Você realmente me magoou, Ethan.

– Eu sei, eu sei, querida, e sinto muito. – Ele apertou a mão dela. – Mais do que você imagina. Mas quero corrigir as coisas. Quero passar o resto da minha vida compensando isso para você.

Agora ela estava realmente confusa. Será que ele estava dizendo o que ela imaginava que estava?

– Mas e a minha família?

Ele contou a respeito do confronto que tivera com todos no mesmo dia pela manhã.

– Acho que seus irmãos vão dificultar a minha vida por um tempo, mas seu pai e seu tio aceitaram muito melhor do que eu poderia imaginar. Sinto muito por não ter feito isso antes, Summer. Sinto muito se fiz você se sentir envergonhada pelo que estávamos fazendo.

– Você estava com medo – destacou ela.

Ethan concordou.

– Eu sei. E estou morrendo de vergonha por causa disso. – Ethan pegou o rosto dela nas mãos e sorriu quando ela o acomodou. – Você me pegou de surpresa, Summer. Quando fui até as termas para encontrar você e ver se estava tudo bem, nunca, em um milhão de anos, desconfiaria que você se sentia atraída por mim. E nunca imaginei beijá-la. – Ethan apoiou a testa contra a dela. – Ou fazer amor com você.

Summer suspirou.

– Sempre gostei de você, Ethan – disse ela, em voz baixa. – Mas você nunca percebeu.

– Me diga que não cheguei tarde demais, Summer – implorou ele. – Me diga que não estraguei tudo a ponto de não podermos continuar daqui.

Seria fácil concordar com ele, simplesmente dizer que ela estava bem, que os dois continuavam juntos e que tudo ficaria bem. Mas, pela primeira vez em muito tempo, Summer sentia que estava começando a se conhecer. Por anos ela se deixou levar por seus caprichos e tentou coisas e carreiras novas apenas porque era uma possibilidade. Fechar um negócio como aquele tinha sido uma experiência reveladora. Ela se sentia empoderada. Confrontar sua família e ver que o céu não desabara era uma descoberta. Do que mais ela seria capaz?

Cuidadosamente, ela foi se afastando de Ethan até soltar sua mão. A confusão o dominava.

– Não sei se consigo, Ethan – disse Summer, honestamente. – Você me machucou muito. Todos os meus piores medos em relação à minha família? Você fez igualzinho. Não acreditou em mim e, o que foi pior, ficou do lado deles, contra mim. – Ela se ajeitou na cadeira e fez o que pôde para acalmar o coração acelerado e dizer o que tinha para dizer.

– Preciso de tempo, Ethan. Tempo para descobrir o que quero fazer da minha vida. – Summer olhou em volta, pelo escritório de Zach. – Não acho que eu queira ficar aqui. Não quero ficar em um lugar onde sei que, constantemente, terei de provar minha capacidade todas as vezes. É exaustivo.

– Você não vai precisar! – Ethan argumentou. O pânico era perceptível em sua voz. – Já fez isso, Summer. Fez mais do que era preciso. Ninguém nunca mais vai duvidar de você de novo.

Ela deu um sorriso triste para ele enquanto os dois se levantavam.

– Zach tem uma longa recuperação pela frente. E essa empresa é dele. Ele nunca me quis aqui e não importa o que ache agora, não quero interferir. Vocês dois trabalharam muito bem juntos e transformaram essa empresa em um sucesso.

– E você também, Summer. Em um dia fez mais do que conseguimos fazer em meses às vezes.

– Obrigada por dizer isso – agradeceu ela, timidamente. – Mas... eu não acho que esse seja o meu lugar. Não é onde devo estar.

Ele pegou a mão dela na sua e não a deixou tirar.

– É, sim, onde você deveria estar – disse ele, ansioso. – Comigo. Aqui. Há uma razão para ter sido mandada para cá, Summer. Era a nossa chance. Para nós dois. Não vá. Por favor.

Lágrimas começaram a se formar nos olhos dela.

– Não me arrependo do tempo que passamos juntos, Ethan. Como eu poderia? Foi tudo o que sempre quis.

– Então não vá embora. Não precisa terminar. Me diga o que preciso fazer para acertar as coisas. O que posso dizer para convencê-la a não ir embora?

O coração dele estava em pedaços. Ethan realmente não achava que Summer fosse desistir dele assim, tão rápido. Ele achava que teria que insistir, mas não achou que as coisas fossem ser assim. Ele estava se afundando e não parecia conseguir se manter na superfície.

– Não é sobre você, Ethan – disse ela. – Sou eu. Finalmente estou vendo do que sou capaz e estou cansada de viver à sombra dos meus irmãos.

– Mas você pode fazer isso ficando aqui, Summer. Não precisa ficar na empresa, você pode morar aqui e pensar no que quer fazer. – Ethan a puxou para perto, até ficarem cara a cara. – Não me abandone – implorou ele, em voz baixa.

Summer queria se apoiar nele, sentir seus braços fortes a abraçando e ouvi-lo dizer que tudo ficaria bem. Infelizmente, ela sabia que isso apenas dificultaria quando, lá na frente, ela precisasse do tempo para definir o que queria fazer com sua vida.

Mas ela ainda queria Ethan?

Sim, mais do que o ar.

Ela poderia continuar em Portland?

Certamente.

Então, por que estava partindo?

Porque ele era uma distração. Uma distração sexy, mas não deixava de ser uma distração. Sua família a havia mandado para Portland para que tivesse uma chance de descobrir o que queria da vida. Bem, ela havia experimentado muitas coisas, mas não estava mais perto de obter uma resposta. Portland era a casa de Zach. Ele vivia ali há anos e adorava o lugar. Summer já havia passado por toda a Costa Oeste, mas não importava para onde fosse, a Carolina do Norte era sua casa. Era para onde sempre voltava.

E lá estava sua resposta.

Fazendo o que podia para se afastar, ela gentilmente tirou as mãos das de Ethan.

– Acho que vou voltar para casa.

– Ficar com seus pais? – ele perguntou.

– Não. – Ela balançou a cabeça. – Acho que chegou a hora de eu ter a minha casa lá. Amo minha família e adoro passar o tempo com eles, mas eles nunca vão parar de me ver como a criança da família se eu continuar agindo como uma.

– Mas você não age. Acho que você conseguiu mudar a opinião de todos hoje. Ninguém acha isso, Summer.

– Até quarenta e cinco minutos atrás, achavam.

Ela vai mesmo fazer isso, Ethan pensou. Ela realmente ia embora. Ele queria implorar, queria se ajoelhar e rastejar e, depois, levá-la para casa com ele. Mas ao olhá-la nos olhos, ele soube. Aquilo era importante para ela. Por muito tempo, as pessoas ditaram o que ela deveria fazer com sua vida e ela estava pronta para se posicionar. Como ele poderia lhe negar essa oportunidade?

– Quando você vai partir? – Sua voz falhou na última palavra.

Summer respirou fundo.

– Preciso empacotar algumas coisas no apartamento e combinar a mudança. Me despedir dos amigos. – O olhar de Ethan a estava matando. – Uma semana, no máximo.

– Queria que houvesse algo que eu pudesse dizer para fazer você mudar de ideia.

– Eu realmente preciso fazer isso.

– Eu sei. – Ethan precisava ir embora. Precisava fugir antes de fazer papel de palhaço. Incapaz de se conter, ele estendeu a mão mais uma vez e lhe acariciou o rosto, dando-lhe um suave beijo. – Seja feliz – disse ele delicadamente ao se virar e sair da sala.

Summer esperou a porta se fechar antes de se jogar na cadeira e começar a chorar.

Capítulo 15

– Isso não é justo.

– Eu sei.

– Tem certeza de que não vai mudar de ideia?

– Tenho.

Gabriella passou os olhos pelo apartamento cheio de caixas. Elas se sentaram no chão com uma pizza e uma garrafa de vinho. Summer estava com Maylene no colo. As duas usavam tiaras.

– Vocês ficam bem de tiara.

Summer riu.

– Deixa a gente bonita, não é, bebê? – Ela afagou a pug que, em troca, lambeu seu rosto animadamente.

– O que eu vou fazer aqui sem você? Você é minha única amiga na empresa.

– Não é verdade e você sabe disso – Summer a censurou. – As pessoas só ficam intimidadas porque você parece uma modelo de passarela.

Gabriella se engasgou com uma gargalhada.

– Certo. Se eu sou uma modelo, me explique por que não tenho um encontro há séculos.

– Ainda não encontrou alguém compatível com o tanto que você é incrível. – Summer apoiou-se em uma caixa e tomou um gole de vinho.

– E vai encontrar, e vai saber quando for a escolha certa. – Summer achava que saberia quando fosse a escolha certa, mas era uma ilusão.

Uma ilusão temporária que lhe partiu o coração. Ela suspirou e engasgou quando Gabriella tirou a taça de vinho de sua mão. – Ei!

– Combinamos que não teríamos pensamentos tristes esta noite, lembra? – Gabriella disse com pretensa firmeza. – Então, me conte seus planos. O caminhão de mudança vem pela manhã e você volta pra casa com o avião da família à tarde, certo?

– Sim – respondeu Summer, forçando-se para parecer animada. – Minha cunhada, Casey, achou um apartamentinho fofo e perto da praia para eu ficar enquanto construo a minha casa.

– Ainda não acredito que você fez isso tudo tão rápido.

– Às vezes, ajuda usar o cartão dos Montgomery.

– Ainda assim… não é certo.

– Aidan Shaughnessy disse que vai ficar muito feliz em trabalhar comigo nesse projeto. Eu disse exatamente o que quero e onde quero e ele disse que já tem um terreno em mente.

– Muito conveniente.

– Ele conhece a região como a palma de sua mão. – Summer fez uma careta para Gabriella. – Está trabalhando na obra da casa de James e Selena, e se eu conseguir ajeitar as coisas rapidamente, ele disse que pode colocar em sua agenda logo na sequência.

– E o que você precisou fazer para convencê-lo? Um encontro?

Summer gargalhou.

– Não vejo Aidan há anos. Ele sempre foi um cara superbacana, mas é amigo de James, e é mais velho e…

– E daí? Ethan é amigo de Zach e é mais velho ainda. – Gabriella a relembrou.

– Combinamos de não tocar nesse assunto esta noite.

– Ah, claro. Me desculpe. Continue contando sua história de sorte da qual nós, meros mortais, somos privados.

– Cale a boca – disse ela, pegando sua taça de volta. – De qualquer forma, duvido que as coisas aconteçam tão tranquilamente como queremos, mas só de saber que já estão em andamento fazem com que eu me sinta muito melhor.

– Você poderia construir uma casa aqui, sabe disso.

– Praia. – Summer a lembrou. – Quero uma casa na costa da Carolina.

Gabriella revirou os olhos.

– Exigente, exigente, exigente. Nada impede que seja sua casa de férias.

Ignorando a sugestão, Summer se ajeitou, sentando de pernas cruzadas.

– Você pode me visitar, sabe disso. Meu irmão não pode obrigar você a trabalhar sem parar e sem férias. Vá passar as férias comigo.

– Por favor, ele provavelmente já falou com os departamentos pessoal e financeiro para descontarem os dias que fiquei no Alasca, mesmo grande parte desses dias tendo sido gasta trabalhando para a empresa idiota dele.

Summer não pôde evitar rir.

– É, acho bem provável.

– Mas, de verdade, quando voltar pra casa pretende começar a namorar? Acha que esse tal de Aidan pode ser um namorado em potencial? Como ele é?

– Meu Deus! – Summer disse, exasperada. – Não quero namorar ninguém. Quero colocar minha cabeça no lugar. Acredite, namorar é a última coisa na qual estou pensando.

– Porque está apaixonada por Ethan.

– Claro, porque estou apaixonada por Ethan! – Summer gritou e engasgou. Maylene pulou de seus braços e ela levou uma das mãos à boca.

– O que foi? – Gabriella perguntou. – Qual é o problema?

– Eu o amo! Amo o Ethan!

– Sim, sim, já sabemos.

– Não disse pra ele!

– Quando?

– No outro dia, na sala do Zach. Ele disse que me amava e eu não respondi!

– E daí? Que diferença isso poderia fazer? Você continua pensando em ir embora. Dizer ao Ethan que o ama não vai mudar nada, vai?

Summer arregalou os olhos.

– Não... mas...

Gabriella se aproximou e passou o braço em torno de Summer.

– Olha, não se torture. Você deixou seus sentimentos por ele muito claros enquanto estavam juntos. Tenho certeza de que ele sabe que você o ama. Você só precisa de um tempo.

Summer apoiou a cabeça no ombro de Gabriella.

– Talvez.

Sem querer parecer esperançosa, Gabriella lentamente ergueu a cabeça.

– O que você quer dizer?

– Sinto falta dele. Sinto tanta falta que chega a doer. Choro para dormir todas as noites e acordo me sentindo péssima. Se estou fazendo a coisa certa, por que parece estar tão errado?

– Se descobrir essa resposta, por favor, me conte.

– Oh, Gabs... e se...?

– O quê? – A esperança transparecia no rosto de Gabriella.

– Nada. – Summer balançou a cabeça. – É que... não é nada.

– Humm. Deixa eu te perguntar uma coisa. Você está realmente feliz de ir embora?

– Eu não sei. Achei que estivesse. Sei que é algo que quero fazer, mas...

– Mas?

– Mas achei que ele tentaria me impedir – disse ela, triste. – Eu não achei que ele fosse aceitar e me deixar partir. Achei que Ethan, ao menos, tentaria me fazer mudar de ideia.

– Talvez ele só esteja tentando dar a você o que você pediu.

– Talvez.

– Ok – resmungou Gabriella. – Deixe eu fazer mais uma pergunta.

– Sim, você está acabando comigo.

– Ha, ha. Mas não é essa a pergunta. O que você queria que Ethan fizesse? Quer dizer, o que ele poderia ter feito de diferente?

Summer pensou a respeito por um momento.

– Bom... ele poderia ter aparecido aqui para tentar me impedir.

– E isso não teria te deixado brava?

– Ah, teria. Mas também teria demonstrado que ele se importa.

– Sério mesmo? Isso que demonstraria que ele se importa? Qual é o seu problema?

– Ou ele poderia bancar o homem das cavernas, me jogar no ombro e me impedir de partir.

– Você anda lendo muitos romances.

– Não tem nada de errado com isso. Quem não quer um macho alfa pra carregar você por aí?

– Humm... muita gente. Eu nunca chutaria que você bancaria a garotinha diante de uma tática de homem das cavernas.

– Bom, teve aquela vez que...

– Lá-lá-lá-lá-lá-la! – Gabriella cantou bem alto, colocando os dedos nos ouvidos. – Já disse que não preciso saber das suas escapadas com Ethan. Seja estilo homem das cavernas ou não!

Rindo, Summer ergueu as mãos em sinal de derrota.

– Está bem. Não precisa ouvir. Só estou dizendo que gostaria que ele tivesse tirado a decisão das minhas mãos.

– Não dá pra fazer omelete sem quebrar os ovos, Summer. Você disse que estava cansada de pessoas tomando decisões por você e agora está dizendo que queria que Ethan tomasse a decisão por você. Como funciona?

Antes que pudesse responder, o celular de Summer tocou. Suspirando, ela se levantou e foi atender.

– Zach! – ela disse, sorrindo. – Não acredito que esteja me ligando. Não achei que já pudesse fazer ligações.

– Estou com muitos ossos quebrados, Summer, mas meus dedos continuam funcionando – disse ele, secamente.

– Ha, ha, muito engraçado. Só achei que, de qualquer maneira, seria um grande esforço. Como você está? Como está se sentindo?

– Como se tivesse caído de uma montanha – disse ele e fez uma pausa. – Olhe, eu queria ter ligado antes, mas eles ficaram me fazendo passar por diversos exames e radiografias e mais um monte de besteira que não tive um minuto sozinho.

– E o que os médicos disseram? Que tipo de exames? – Summer perguntou, a preocupação com ele pesava sobre ela.

– Não quero falar disso agora, Summer. Estou ligando para falar de você.

– De mim? O que tem pra falar sobre mim?

– Fiquei sabendo de sua reunião com Morrison.

– Ah.

– Sim. Ah. Não acredito que você fez isso. – Ele não parecia bravo, mas também não parecia estar feliz.

– Tentei dizer que eu podia, mas...

– Eu sei, eu sei...

– De qualquer maneira, tudo deu certo, não é mesmo? – ela perguntou esperançosa.

– Sim, deu. Obrigado.

Summer afastou o telefone do ouvido e olhou para o aparelho como se estivesse ouvindo coisas. Seu irmão estava realmente a agradecendo? Talvez seu ferimento na cabeça tenha sido pior do que pensava. Ela precisou de um momento para se recompor.

– Então... hum... deu tudo certo. Bob Davis vai trabalhar com ele até você poder voltar. Acho que ele fará um ótimo trabalho.

– Você faria melhor, chorona – disse ele, e Summer pôde ouvir o sorriso em sua voz. – Eu realmente gostaria que você reconsiderasse e ficasse.

Aquilo a fez sorrir.

– Você diz isso agora, mas quando voltar, provavelmente vai odiar que eu esteja por aqui.

– Fui duro com você, Summer, sei disso. E nem sei por quê. Mas quando você poderia ter me decepcionado e perdido um grande cliente, você foi à luta no meu lugar. Não mereço sua gentileza e sinto muito por não ter sido mais legal com você antes... Bem, você sabe.

– Somos família, Zach. Nunca quis ver seu fracasso. Nunca. Nem mesmo quando você foi um idiota. – Ela o provocou.

– Poderíamos trabalhar bem juntos. Agora vejo que você não é um peso morto. Eu poderia ter colocado você num cargo de executiva sênior. Como uma miniversão de mim.

– Obrigada, mas estou bem assim.

Ele ficou quieto por um longo momento.

– Então, o que vai fazer? Quer dizer, quando voltar para casa? Já tem um emprego em vista?

– Não sei. Conversei com Casey e sua sócia está sofrendo para equilibrar as agendas de casamentos com a maternidade, assim como Casey, então acho que vou me encontrar com elas quando voltar. Ver se não há, talvez, um lugar para mim ali.

– Ah... trabalhando com a família sem trabalhar com a família. Muito bom.

– Me parece uma boa escolha.

– Sinto muito se fiz parecer que você não poderia ficar em Portland. Sei que Ethan...

– A Carolina do Norte sempre foi meu lar. – Ela o interrompeu, sem vontade de discutir sua relação com Ethan com seu irmão. – Portland é um lugar ótimo, e eu certamente não me incomodaria de voltar para visitá-lo, mas sempre me imaginei vivendo na costa da Carolina.

– Eu sei. E tenho certeza de que você será feliz lá, mas, ainda assim, sentirei sua falta.

Sua confissão a desmontou.

– Também vou sentir sua falta. E assim que você puder sair do Alasca e voltar para fazer sua recuperação, prometo vir ver como você está. Vai ficar tão cansado de me ver que vai agradecer por eu não ter ficado.

– Nunca. Nunca mais sentirei isso, Summer. Fui um idiota por não aproveitar o tempo que tivemos juntos, quando éramos apenas nós dois. Não sei quanto tempo todos vão ficar em cima de mim, fazendo com que eu me sinta ainda mais inútil do que já estou me sentindo.

– Você não é um inútil, Zach. Sofreu um grave acidente. Estamos tão aliviados por você estar vivo. Precisa esperar que fiquem em cima de você mesmo. – Ela queria soar firme, mas continuou como a irmã caçula. – Sabe que assim que der o sinal verde para a mamãe vir ficar com você, vai precisar mantê-la um pouco afastada.

– Nem me lembre – resmungou ele. – Não acredito que ela ainda não tenha vindo até aqui.

– O papai foi muito firme com ela. Disse que seria muito mais positivo para você se ela esperasse você poder voltar para casa. Que é quando realmente vai precisar de alguém cuidando de você.

– Ugh.

– Ela queria que você voltasse para lá para fazer sua recuperação. Agradeça por ela não ter conseguido.

– Nem me diga. – Summer ouviu vozes ao fundo e percebeu que seria a hora de desligar. Ele voltou à linha e confirmou. – Vou sair para outro exame. Se cuide, Summer, e avise quando chegar em casa.

– Pode deixar. Não dificulte sobre a vida dos médicos. Eles só querem ajudar.

– Tá, tá, tá – disse ele. – Amo você, chorona.

– Também te amo – disse Summer, e sentiu que estava prestes a começar a chorar. De novo. – Droga.

Summer guardou o telefone e voltou para se sentar, no chão, ao lado de Gabriella, que novamente a puxou para perto.

– É, eu sei.

•

Na manhã seguinte, Summer abriu a porta, esperando que fosse a equipe de mudança. Em vez disso, ela encontrou Gabriella toda arrumada segurando uma bandeja com dois cafés da Starbucks e uma sacola que ela esperava que contivesse muffins.

– Você não deveria estar aqui – disse Summer, ainda surpresa.

– Pois é, vou entrar. Obrigada. – Gabriella disse com um sorriso enquanto passava por Summer. Indo direto para a cozinha, ela apoiou a bandeja e a sacola antes de tirar a echarpe de seda que tinha em volta do pescoço. Maylene dançava e latia em torno de seus tornozelos e Gabriella se abaixou para acariciar o animal. – Quem é uma linda? Huh? Quem é uma linda?

Summer foi ver o que tinha na sacola e sorriu antes de se lembrar que deveria estar brava.

– A gente se despediu ontem à noite e foi horrível. Por que vai nos torturar de novo?

O cachorro agora fazia festa para Summer, esperando conseguir participar de tudo.

– Porque você não deveria estar aqui sozinha. – Era isso que ela estava escondendo.

Summer se inclinou sobre o balcão, com o rosto apoiado nas mãos.

– Achei que ele já fosse ter entrado em contato.

Algo na voz de Summer sinalizou para Maylene que aquele não era um bom momento para brincar. Então, ela se sentou aos pés da dona e ficou observando.

Não havia dúvidas sobre qual "ele" ela se referia.

– Sei que você achava.

– E agora eu vou embora. – Ela suspirou, abriu a sacola e pegou um muffin.

Gabriella pegou o muffin das mãos de Summer.

– Ei!

– Foi o que eu disse ontem à noite. Você precisa descer do muro, Summer. – Seu tom de voz saiu um pouco mais irritado do que ela pretendia. – Além disso, o de blueberry é meu. Tem um aí dentro com gotas de chocolate para você.

– Não estou em cima do muro – disse Summer, na defensiva, pegando o seu muffin. – Eu só... só pensei... – Ela colocou o bolinho no balcão de forma nada delicada. – Como ele pode dizer que me ama, dizer quanto está arrependido, que faria qualquer coisa para me convencer a ficar e depois apenas me abandonar?

– Eu, honestamente, acho que para uma família tão inteligente, vocês, Montgomery, às vezes são completamente sem noção.

– E o que isso quer dizer?

Gabriella suspirou e colocou o seu bolinho no balcão antes de pegar os copos da bandeja de papelão e entregar um a Summer.

– Já pensou que esse pode ser o grande gesto dele?

– O quê? Me deixar ir embora? Como isso pode ser um grande gesto?

– De novo, sem noção. – E para fazer sua amiga sofrer, Gabriella deu um show mordendo seu muffin de blueberries e tomando um gole de café. Quando ficou satisfeita ao ver a cabeça de Summer parecer que ia explodir, Gabriella apoiou o copo, limpou a boca com um guardanapo e explicou. – Ele não queria que você fosse. Ele disse isso com todas as letras, não disse? – Summer fez que sim. – Mas você, em sua sabedoria infinita, decidiu que precisava partir de volta para a Costa Leste e acertar as coisas em sua cabeça. Estou correta? – Novamente, Summer concordou. – Você e eu sabemos que, se ele quisesse, poderia ter convencido você a ficar. Provavelmente, nem seria necessário muito esforço da parte dele. Mas foi isso o que ele fez? Ele tentou manipular você? Não. Porque ele está dando o espaço que você disse que precisava. E por quê? Porque ele te ama.

O bolinho parecia areia em sua boca. Se não fosse o fato de ser chocolate e fazer muito mal para o cachorro, ela teria cuspido no chão.

– Você acha mesmo isso?

– Eu fico na minha mesa o vendo trabalhar dia após dia depois daquilo, Summer. Ele está péssimo.

– Mesmo? – Ela soltou, sabendo que era uma besteira ficar feliz por Ethan estar triste por sua causa, mas Summer não podia se conter.

– Você não tem mais quinze anos faz tempo. Por favor, não volte no tempo agora – Gabriella disse, tomando mais um gole de café. – No meu ponto de vista, você tem duas opções.

– Estou ouvindo.

– Opção um, você segue com seus planos. Volta para a Carolina do Norte e se situa. Passa um tempo organizando sua cabeça para não ter mais dúvidas sobre o que sente por Ethan e sobre um futuro com ele.

Summer pensou um pouco e olhou para Gabriella.

– E qual é o plano B?

– O plano B é mexer essa bunda e dizer pra ele agora mesmo que você sente muito e que o ama e que não quer, de verdade, voltar para a Carolina do Norte. Não de forma permanente e nem sem ele.

Os dois planos tinham suas vantagens, da perspectiva de Summer. Mas antes que ela pudesse escolher, ouviu uma forte batida na porta. Ela olhou para Gabriella, ansiosa.

– O que eu faço?

Gabriella balançou a cabeça.

– A decisão precisa ser sua. É isso que você sempre quis, não é? A liberdade de tomar suas próprias decisões sem ninguém dizer o que você deve fazer?

Mais uma batida.

– Odeio quando você está certa. – Mais uma batida. – Meu Deus. Preciso deixá-los entrar. Estão aqui para levar minhas coisas para a Carolina do Norte!

– Você sempre pode dizer que mudou de ideia – sugeriu Gabriella, com os olhos brilhando.

Mais uma batida.

Durante toda a vida Summer tinha sido impulsiva. Era algo natural para ela. Pensar, planejar e esperar não era a sua cara. Na maior parte do tempo, isso funcionava para ela, mas no caso de algo tão importante quanto isso, tão importante quanto seu futuro, ela não tinha certeza se estava disposta a correr riscos. Seus olhos disseram tudo quando ela olhou para Gabriella antes de ir até a porta.

– Sinto muito por tê-los deixado esperando – disse Summer aos dois homens que estavam ali. – Tudo está aqui – Ela entrou com eles e lhes mostrou tudo antes de voltar para a cozinha.

– Então você vai.

– Sim, eu vou.

– Bom... que droga – disse Gabriella, cruzando os braços e se apoiando no balcão. – Achei mesmo que os muffins fariam você mudar de opinião.

– Também achei. Mas só por um minuto. Não quero que ninguém me acuse de ter sido impulsiva. Quando as coisas dão errado, é a primeira coisa que escuto.

– Nunca escutou isso de mim.

– Eu sei. – Summer sorriu. – Você é uma ótima amiga. – Ela foi até Gabriella e a abraçou. – Não tem ideia de como vou sentir sua falta.

– Eu sei, porque também vou sentir muito a sua falta.

Atrás delas, os homens começavam a mexer a mobília e tirar as caixas enquanto Summer e Gabriella terminavam seu café da manhã.

Algumas horas mais tarde, o apartamento estava completamente vazio. Summer passou por todos os cômodos uma última vez, com Maylene nos braços. Tinham vivido ali por pouco tempo, mas ainda assim era difícil.

– Nossa próxima casa terá um jardim para você – disse ela ao cão e lhe beijou a cabeça. Em troca, recebeu um ronco.

– Você vai ficar bem? – Gabriella perguntou, na porta do quarto, vendo sua amiga andar pela casa.

– Em algum momento – disse Summer, triste. – Eu sabia que essa não seria minha casa para sempre, mas muita coisa aconteceu aqui e estou triste de partir.

Havia um milhão de coisas que Gabriella gostaria de dizer. Ela sabia que Summer estava sofrendo e que aquele era um momento muito delicado para ela. Então, em vez de lhe dar um sermão e oferecer sugestões, optou por apenas oferecer suporte.

Entrando no quarto, ela pegou o cachorro das mãos da amiga.

– Vamos, devemos encontrar Mark em uma hora. – Ela passou os olhos pelo quarto. – Você vai levar alguma coisa com você no avião?

Summer fez que sim e indicou a mala no canto do quarto.

– Só isso. Deixei a maioria das minhas roupas na casa dos meus pais. Provavelmente ficarei lá por um ou dois dias. Visitar minha mãe. Espero também ver Casey e o bebê e Selena. – Summer olhou mais uma vez em volta. – Vai ser bom. – Talvez se ela repetisse isso vezes o suficiente, conseguisse acreditar.

– Ok, então vamos colocar esse desfile na rua. Quer que leve você ao aeroporto?

Summer negou.

– Realmente preciso que esse seja nosso adeus. – Ela olhou tristemente para a amiga. – Porque se você estiver comigo no aeroporto, não vou querer entrar no avião.

– Bom – concordou ela. – Porque existe o risco de você entrar no meu carro e eu não levar você para o aeroporto. Vou dar uma de Thelma e Louise e ficar dirigindo até você encontrar um sentido.

As duas riram.

Depois, choraram um pouco.

Então, saíram do apartamento e foram para seus carros.

– O que você vai fazer com seu carro? – Gabriella perguntou.

– Combinei com o vendedor de pegá-lo no aeroporto. Ele vai cuidar da venda para mim.

– Ah. Isso é bom. – Elas estavam em pé e se olharam por um bom tempo. O caminhão de mudança já tinha saído e tudo estava bastante quieto. – Não estou dizendo adeus.

– Nem eu.

– Eu vou visitar você.

– É bom mesmo.

– Seja feliz, Summer – disse Gabriella e, rapidamente, entrou no carro.

Summer ficou parada no lugar. Foram exatamente as mesmas palavras que Ethan havia dito antes de ir embora.

Seja feliz. Parecia algo tão simples e ainda assim Summer tinha de pensar se isso seria possível. Em sua cabeça ela sabia que estava fazendo a escolha responsável. Mas seu coração dizia algo completamente diferente. Talvez quando ela estivesse em casa, cercada por sua mãe e cunhadas, elas a ajudassem a encontrar a perspectiva correta.

Talvez.

Summer prendeu Maylene no banco de trás e olhou para o lugar em que tinha morado quando sua vida mudou tanto. Não fazia muito tempo desde que ela havia se mudado para lá, cheia de esperanças. E lá estava ela partindo e se sentindo um tanto sem perspectivas.

– Ficar aqui sentada, olhando para a casa, não vai mudar nada – disse ela suavemente, e ligou o carro.

O relógio mostrava que ela deveria encontrar Mark em menos de quarenta minutos. O caminho até o aeroporto levaria ao menos trinta. Uma última olhada, um adeus para sua casinha, e Summer foi embora.

•

– Como assim o avião não está aqui? – Summer perguntou um tanto frustrada. – Não é possível. Falei com o piloto mais cedo e confirmei nosso voo. Houve algum tipo de problema?

A atendente do outro lado do balcão digitou algo no computador antes de voltar sua atenção para Summer.

– Não encontro esse voo nem mesmo agendado, senhorita Montgomery. Tem certeza de que era para hoje?

Summer queria bater a cabeça no balcão.

– Sim, tenho certeza de que era para hoje. Estou me mudando para o outro lado do país, então tenho certeza de que não errei as datas. – Ela buscava o telefone na bolsa desesperadamente para ligar para Mark. Claramente havia algum tipo de mal-entendido.

– Precisará sair da fila para fazer sua ligação, madame – disse a atendente. – Há pessoas aguardando atrás da senhorita.

Summer olhou para a mulher e jogou a bolsa no ombro antes de abaixar para pegar a caixa de transporte de Maylene, todo o tempo murmurando sobre como as pessoas são grossas e sobre como mataria Mark assim que conseguisse falar com ele.

Caixa de transporte na mão, telefone no ouvido. Summer virou e esbarrou em alguém.

– Oh, me desculpe – disse ela delicadamente sem se importar em olhar para a pessoa.

– Posso ajudar com alguma dessas coisas? – Uma grave voz masculina perguntou.

Ela levantou a cabeça e se viu frente a frente com Ethan.

– O que... o que você está fazendo aqui? – ela perguntou.

– Acho que a resposta é meio óbvia – respondeu ele, olhando para ela.

– Óbvia?

Ele fez que sim.

– Você deve partir hoje, certo? – Ela fez que sim. – Bom, eu estou aqui para impedi-la.

As palavras foram ditas com tanta leveza e simplicidade que Summer achou ter entendido errado.

– Me impedir? – ela repetiu e percebeu que estava parecendo uma completa idiota. – Eu não... como?

– Sou o motivo pelo qual Mark não está aqui. – Ele parecia orgulhoso de si. – Havia um cliente que precisava de transporte e o mandamos buscá-lo.

Todo o corpo de Summer tremia. Ela estava nervosa, ansiosa e um pouco mais do que animada. Por uma semana ela havia sonhado que Ethan aparecesse e a pegasse em seus braços. Ele estava ali, mas até o momento não a havia pegado nos braços. Eles deram um passo para o lado para que a próxima pessoa da fila pudesse ser atendida. Summer colocou a caixa de transporte de Maylene no chão, levantou-se, cruzou os braços e disse:

– Ah. Então posso pegar um voo comercial.

Ethan se aproximou. Muito.

– Não. – Summer ergueu a sobrancelha para sua resposta monossilábica, mas ela permaneceu em silêncio. – Não vai acontecer, Summer.

Bom, se ele não iria jogá-la em seus ombros e levá-la embora dali, então ela estava começando a se irritar.

– Ah, é mesmo? Não tem como você comprar todas as passagens disponíveis que poderiam me levar de volta para a Carolina do Norte. Em algum momento vai precisar me deixar ir.

– Nunca – disse ele em voz baixa e calma. – Nunca vou deixar você partir. Nunca deveria ter ido embora quando você disse que partiria. Achei que eu estivesse fazendo a coisa certa. Queria dar a você o que você disse que queria, mas o processo estava me matando. – Ethan pegou o rosto de Summer com suas mãos. – Eu amo você. Precisei esperar muito tempo para poder dizer isso e agora que posso, quero dizer todos os dias. O tempo todo. Se você me deixar.

Tudo em Summer amoleceu e ela se inclinou na direção dele.

– Eu também amo você – disse ela, e sentiu como se um enorme peso tivesse saído de suas costas. – Deveria ter dito isso no outro dia, no escritório do Zach. Eu deveria ter dito isso nas termas. Mas eu estava tão assustada quanto você, Ethan. Mas não estou mais com medo. A única coisa que me assusta é viver sem você.

Então ele a pegou pelos braços e a levantou do chão, girando-a em seus braços antes de parar e olhar dentro dos olhos de Summer.

– Fala de novo.

– Eu amo você.

Colocando-a de volta no chão, Ethan a abraçou com força e depois se inclinou e pressionou seus lábios contra os dela. Delicadamente ele mordeu e lambeu seus lábios até ela suspirar e abri-los para ele. Summer estava tão perdida na sensação que não percebeu quando Maylene escapou. Seus braços passaram por cima dos ombros dele e ela pressionou seu corpo contra o de Ethan. E eles se beijaram muitas e muitas vezes, deixando as línguas duelarem até ela achar que perderia a cabeça.

Rapidamente, ele se abaixou, levantou Summer e a jogou em seu ombro, começando a ir para a saída.

– Ethan! – ela gritou. – Me coloque no chão!

– Sem chance – disse ele e continuou andando, sem se importar com os olhares estranhos que recebiam das pessoas à sua volta.

– Não acredito que você esteja agindo como um homem das cavernas no meio do aeroporto!

– Achei que você gostasse quando eu ajo assim. – Ele a provocou e soltou um grunhido para compor o momento.

– Ethan – disse ela rindo. – Minha bagagem... minha... minha cachorra! Oh, meu Deus! Onde está Maylene?

– No carro.

– Espera aí... o quê?

Summer tentava olhar por cima do ombro para Ethan, mas ele tinha os olhos fixos na porta e os estava levando para fora do aeroporto. Ela queria fazer mais perguntas a ele, mas repentinamente estavam do lado de fora e ele a estava colocando de volta no chão perto de uma limusine preta. Ela olhou para o carro, para Ethan, e novamente para o carro.

– Muito confiante, hein?

– Esperançoso. Eu estava esperançoso. Agora, você vai entrar ou eu vou ter que te colocar do lado de dentro?

Ela riu. Riu honesta e verdadeiramente como uma garota e ficou sem graça com o som. Summer colocou a mão na boca e disse:

– Eu vou, eu vou.

Ethan se inclinou e acariciou seu pescoço.

– É uma pena, porque eu estava contando com mais uma chance de colocar minhas mãos em você.

– Bem, vamos entrar no carro, fechar o vidro de privacidade e, então, suas mãos podem fazer o que quiserem. – O olhar de Ethan se aqueceu e ele conseguiu conter as mãos até estarem no carro e com as portas fechadas. – Oh, espere! – Ela disse quando ele foi tocá-la.

– O que foi agora?

– As minhas coisas. Já está tudo indo para a Carolina do Norte. Sei que deve demorar alguns dias, mas...

– Não é um problema. – Ele a interrompeu.

– Tenho certeza de que minha mãe vai receber e tudo mais, mas...

– Estou dizendo que não é um problema.

– Preciso ligar para ela e dizer quando vai chegar.

– Summer! – ele disse, brincando. – Você pode ficar quieta um minuto e me escutar? – Summer ficou imediatamente quieta e olhou para ele com os olhos arregalados. – Suas coisas não estão indo para a Carolina do Norte. – Ela arqueou a sobrancelha e continuou a encará-lo. – Cuidei disso também. Aquele caminhão está entregando todas as suas coisas na minha casa.

Se ela não o amasse tanto, teria ficado irritada com tamanha interferência. Em vez disso, ela se jogou no banco até ficar totalmente sobre ele, fazendo com que Ethan se recostasse no assento.

– Como eu disse, muito confiante, hein?

Ethan segurou suas mãos nos cabelos loiros de Summer e foi isso. Não era mais preciso falar. Ela estava com ele e ele não a deixaria partir. Nunca. Delicadamente, ele guiou a cabeça dela até que seus lábios se tocassem e a beijou com todo o desejo e frustração que havia sentido durante a última semana. Ela se derreteu e Ethan soube que aquele não era o lugar para o que ele estava pensando, mas não conseguia se importar.

O mais delicadamente possível, ele inverteu as posições, ficando por cima dela. Erguendo a cabeça, ele olhou para Summer e sua expressão apaixonada e sorriu.

– Quando chegarmos em casa, vou desligar os telefones e trancar as portas. Ligamos para todo mundo amanhã. Temos muito tempo perdido a recuperar.

– Mas estão esperando que eu chegue em casa. Minha mãe ia me buscar no aeroporto.

Ethan balançou a cabeça.

– Gabriella já ligou para ela informando a mudança nos planos.

Summer olhou para ele e sorriu, seu amor por ele era obviamente visível.

– Andou muito ocupado, não é mesmo?

– Sou eficiente. Acredito que é essa a palavra que você está querendo usar. Sou extremamente eficiente.

– Sei – disse ela e ergueu a cabeça para beijá-lo no rosto. – Então, basicamente, ninguém espera ter notícias nossas até amanhã.

– Bom, acho que prefeririam ter notícias suas hoje, para terem certeza de que você está bem, que não a forcei a ficar...

– Ah, mas você me forçou. – Ela o provocou e usou a língua em sua orelha para atormentá-lo. Em resposta, ele gemeu. – Você foi bastante vigoroso no aeroporto.

– Sim, bem... situações extremas pedem medidas extremas – disse Ethan, num baixo grunhido enquanto ela continuava a trabalhar em sua mandíbula, pescoço e orelha.

– E você estava? – ela sussurrou. – Desesperado?

Sua determinação terminou. Ela o estava provocando e atormentando e ele não aguentava mais. Ethan levantou seu corpo delicadamente e olhou para ela com uma expressão profunda.

– Você quer ver como eu estava desesperado?

– Por favor – Summer estremeceu de excitação.

Ele passou a mão de seu ombro até seu joelho e depois voltou.

– O que você quiser – disse Ethan baixando o corpo sobre o dela.

Já passava das nove da noite e eles estavam deitados na cama de Ethan.

– Bem-vinda à sua casa, Summer – disse ele, beijando-lhe a têmpora.

Summer, entretanto, ainda tentava recuperar o fôlego. Desde que chegaram em casa, aproximadamente oito horas antes, tinham conseguido explorar quase todos os cômodos. Ele deixou o quarto para o fim da apresentação da casa. Em vez de responder, ela virou a cabeça e lhe deu um beijo no peito.

– Pare com isso – disse Ethan, rindo. – Foi assim que começou da última vez. – Mas ele nunca quis que ela parasse.

Summer estava ali, era dele e, pela primeira vez em sua vida, Ethan estava querendo pouca aventura e muita estabilidade.

Juntos, se mexeram e ficaram mais confortáveis embaixo dos lençóis.

– Preciso sair com Maylene? – Ethan perguntou.

Summer olhou para o canto do quarto onde tinham colocado a cama do cachorro.

– Ela está dormindo. Podemos deixar assim por enquanto. – Summer se aconchegou mais perto dele. – Obrigada.

– Por quê? Ela é só um cachorrinho. Esse espaço é novo para ela e quero ter certeza de que fique bem.

– Não é isso – Summer riu com o rosto contra o peito dele. – Quis dizer por tudo. Por não me deixar ir embora. Por cancelar meu voo e mudar a orientação da minha mudança. – Summer levantou a cabeça e olhou para ele. – Obrigada por me amar o suficiente para não me deixar partir.

Dando um beijo delicado no topo da cabeça dela, Ethan relaxou ainda mais.

– Obrigado por ter vindo para casa comigo.

Casa. Era bom ouvir isso, Summer pensou. E ela não poderia pensar em um lugar melhor para ouvir isso do que ali, nos braços de Ethan.

Epílogo

Não era o melhor momento, mas não dava para ser diferente. Summer passava pela casa pegando as coisas quando olhou no relógio pela centésima vez.

– Droga – resmungou ela. – Vou me atrasar.

– Você está bem? – Ethan perguntou ao entrar no quarto, enquanto arrumava a gravata.

– Só atrasada, como de costume.

– E daí? É só ligar para Mark e dizer que você vai se atrasar um pouco. Ele vai entender.

Ela sabia que era verdade, mas ao mesmo tempo ficava frustrada por estar tão desorganizada nos últimos tempos. Entre se estabelecer e arrumar suas coisas na casa de Ethan ela continuava planejando sua casa de férias na Carolina do Norte. Estava exausta.

– Odeio fazê-lo esperar.

– São quinze minutos, querida. Não horas.

– É. – Ela colocou os sapatos e se levantou. – Acho que eu queria que você fosse comigo.

Ele se aproximou e a beijou até sentir que Summer havia relaxado.

– Eu também gostaria de ir. Mas Zach vem para casa semana que vem e estou tentando deixar tudo em ordem para a sua recuperação. Simplesmente não posso me ausentar.

Já fazia quase um mês desde que Summer havia se mudado para lá. Por mais que ela quisesse trabalhar com Casey, Summer se deu conta de como era necessário ficar ali até a volta de Zach. Discutiram a possibilidade de dividir o tempo entre as Costas Leste e Oeste, mas até Zach se recuperar, não era algo que se pudesse definir.

– Vou fazer o que for possível para estar de volta antes de ele chegar. Acho que podemos dar um jeito de Mark me trazer para cá e depois ir para o Alasca, buscar Zach e a equipe médica.

– Você acha que isso vai dar certo? – Ethan perguntou ao se servir de uma xícara de café.

– O que você quer dizer?

– Você acha, por um minuto, que seu irmão vai aguentar todos esses desconhecidos na casa dele?

– Bom, ele vai ter que aguentar se quiser se recuperar em casa em vez de ir para um centro de reabilitação.

– Não sei... Não acho que vá ser algo fácil.

– Quando se trata de Zach, raramente é fácil – disse ela, suspirando.

Summer não queria partir, mas era o chá de bebê de Selena e ela queria muito estar presente. Além disso, seria uma oportunidade de discutir o trabalho com Casey e ver se haveria algo que ela pudesse fazer a distância e que pudesse ajudar nas operações do dia a dia do planejamento dos casamentos.

Como se estivesse lendo a mente dela, Ethan apoiou a caneca e perguntou:

– E você pretende se encontrar com Casey? – Summer fez que sim. – Alguma chance de discutirem um evento de verdade?

– Acho que ela deve ter vários eventos agendados – disse Summer, depois de pensar por um momento. – Se eu tiver sorte, poderei observá-la trabalhando enquanto eu estiver lá. Se não acontecer, terei de marcar outra viagem para ver o que realmente fazem.

– Sem noção – murmurou Ethan, rindo.

– Como assim?

– Estou querendo saber – Ethan se aproximou – se você acha que podem conversar a respeito de um casamento. Não o casamento de alguém. Um casamento... de verdade. Tipo o nosso.

A boca de Summer se abriu e formou um perfeito "O" quando ela olhou para ele.

– Você está falando sério?

Ali mesmo, ele colocou a mão no bolso e se ajoelhou.

– Summer Montgomery, eu amo você. Não posso imaginar a minha vida sem você ao meu lado. Quero que a gente construa uma casa, uma vida, uma família juntos. Quer se casar comigo?

Nunca, em um milhão de anos, Summer imaginou que Ethan fosse pedi-la em casamento tão rapidamente. Ao mesmo tempo, parecia que ela estava esperando isso desde sempre.

– Sim – Summer respondeu, enquanto a primeira lágrima escorria por seu rosto. – Sim, eu me caso com você!

Ethan se levantou e colocou o anel no dedo dela antes de se inclinar e dar-lhe um beijo. Ele não tinha planejado pedi-la em casamento naquela manhã. Mas quando pensou na viagem e em todas as possibilidades, soube que seria o momento perfeito. Ele a olhou nos olhos.

– Quero que comece a planejar o casamento dos seus sonhos – disse ele, delicadamente. – Quero que você tenha tudo o que for preciso para realizar seu sonho.

Summer pegou o rosto de Ethan nas mãos.

– Meus sonhos já viraram realidade por sua causa.

Depois de Summer ter aceitado seu pedido de casamento, aquelas foram as palavras mais doces que Ethan já ouvira.

TIPOGRAFIA	ADOBE DEVANAGARI
PAPEL DE MIOLO	HOLMEN BOOK 55 g/m²
PAPEL DE CAPA	CARTÃO 250g/m²
IMPRESSÃO	IMPRENSA DA FÉ